Cíntia Lacroix

Sanga Menor

2ª edição

Porto Alegre
2013

Copyright © 2009 Cíntia Lacroix

Preparação e revisão
Rodrigo Rosp

Capa
Samir Machado de Machado

Foto da autora
Drigo Cardoso

Dados Internacionais de Catalogação na Publicação (CIP)

L147s   Lacroix, Cíntia
            Sanga Menor / Cíntia Lacroix. – Porto Alegre : Dublinense, 2009.
            256 p. ; 21 cm.

            ISBN: 978-85-62757-02-0

            1. Literatura Brasileira. 2. Romances Brasileiros. I. Título.

                                  CDD 869.9368

Catalogação na fonte: Ginamara de Oliveira Lima (CRB 10/1204)

Todos os direitos desta edição
reservados à Editora Dublinense Ltda.

Av. Augusto Meyer, 163/605
Auxiliadora — Porto Alegre — RS
contato@dublinense.com.br

Para o Gustavo, pelo desafio

1

Nas horas miúdas da manhã, Lírio costumava mover-se com vagar. Ou, como objetaria a velha Margô, com vagar ainda mais vagaroso. Poltrão!, diziam os olhos de pedra da tia-avó ao avistarem o estremunhado vulto no alto da escadaria, branco como um fantasma, por causa do talco que ele empoava no rosto e nos cabelos. Sim, Lírio usava talco para limpar-se das viscosidades do sono, pois o contato com a água, antes do meio-dia, doía-lhe como bofetada.

Enrolado em seu roupão de listras verticais, o sobrinho sugeria a Margô a ideia de uma planta franzina, dessas cujo caule tem de ser cingido por estacas firmes e amarrado a elas com força, a bem de que não vergue. Coitada da Rosaura, como saíra-lhe moleirão o filho! Arrebentando-se em bocejos, ele se derramava escadaria abaixo como se fosse um óleo, um líquido espesso. Em cada degrau, as pantufas de pelego demoravam o tempo suficiente para que a tábua tivesse a oportunidade de ranger com inteireza, de modo que a tábua seguinte só ganhava voz quando o fôlego da anterior estivesse exaurido. Cessada a verberação do último degrau, Lírio chegava ao térreo do chalé e, deparando-se com a tia, murchava os ombros, num pedido mudo de comiseração. Coçava os cabelos, propagando uma auréola de talco em torno da cabeça, e arriscava um sorriso. Mas a velha mantinha-se rija. Cravava-lhe o olhar acusador de todas as manhãs e só dava bom-dia ao sobrinho depois de dar-lhe as costas, entregando-se de novo à tarefa doméstica interrompida. E, então, Lírio podia vê-la esmurrando com força os estofados, ou entortando as cerdas da vassoura sobre o assoalho, ou açoitando a poeira dos móveis com o espanador de penas de avestruz. Podia surpreender-se, uma vez mais, com a energia daquela mulher de oitenta e dois anos, e com o fato de que Tia Margô fosse sangue do seu sangue. Podia envergonhar-se, já àquela hora tenra da manhã, de ser o homem inútil que era. Um come-e-dorme, um moloide, um fardo sobre os ombros de duas pobres mulheres. Que vexame! A indolência de Lírio Caramunhoz era voz corrente em toda a cidade. A tia estava certa de olhá-lo assim. No entanto, mal Lírio começava a repreender-se e, no umbral da porta que levava à cozinha, surgia a mãe, trazendo, sobre uma prancha de madeira, o tijolo recém-tirado do forno.

— Bem quente, Lirinho, como você gosta — dizia Rosaura, e descansava a prancha de madeira no chão, junto à poltrona, para que o filho pousasse os pés friorentos sobre o tijolo.

O calor emanado do barro dissipava num instante a nuvenzinha que tentara pairar sobre a consciência de Lírio. Sem opor resistência, ele se acomodava com cuidado na sua poltrona. Descalçava as pantufas e, expirando um gemido de alívio, rendia os pés ao consolo oferecido pelo tijolo. Não era fácil ser duro consigo mesmo; não com uma mãe assim, que o olhava de um jeito tão doce, que o cercava de tantos aconchegos. E Rosaura enfiava-se cozinha adentro para voltar em seguida, trazendo a tigela em que fumegava o leite, misturado com açúcar e com polenta tostada na chapa. Não raro, ela se desculpava:

— Usei um garfo de dentes mais largos, Lirinho. Veja se a polenta ficou amassada o bastante.

Desde menino que ele, à hora do café da manhã, sorvia aquela mistura. Deliciava-se com o contraste entre a polenta, levemente salgada, e o leite açucarado. E enquanto Lírio, a mansas colheradas, consagrava-se ao ritual de esvaziar a sua tigela, Tia Margô espiava, de soslaio. Seus lábios de idosa estreitavam ainda mais nos momentos em que os pés do sobrinho, entregues à quentura do tijolo, rompiam o imobilismo para trocarem, entre si, carinhosas esfregadelas. Pirata!, pensava a velha.

Naquela manhã, entretanto, convinha que Lírio recrutasse todas as suas forças e tentasse ser mais ágil. Não era um dia como outro qualquer. Era o primeiro dia de setembro.

Lá embaixo, no térreo do chalé, a folhinha do Sagrado Coração de Jesus, pendurada na parede junto ao guarda-comida, indicava o número 23 para o dia de hoje. Contudo, não havia erro: só no dia 23 é que o mês de setembro começava de verdade, pois todos os dias anteriores ao início da primavera não passavam de um triste arremedo de setembro. Assim dissera, desde sempre, Rosaura Caramunhoz, mulher que devotava um amor extremado pelas flores, ao ponto de ter escolhido o nome de Lírio para a sua criança, e teria se chamado Petúnia a menina que Deus não mandou. Se o pai do garoto estava ou não de acordo com a graça eleita para o seu filho varão, nunca se soube, porque, já àquela época, o infeliz do Percival achava-se amordaçado.

Exortando a si mesmo a comportar-se como um homem vigoroso, Lírio desceu, às pressas, a escadaria do chalé, e quem olhasse para os seus pés poderia pensar que as felpudas pantufas brancas fossem dois coelhinhos assustados. Naquele instante, na saleta em que a sinuosa escadaria desaguava, Tia Margô transferia para o interior de caixas de papelão os diversos jogos de louça dispostos sobre a mesa. Espantada pela música ligeira que os degraus entoaram, a velha, virando-se de improviso, deixou escorregar a xícara que tinha nas mãos. O grito da louça partindo-se contra o assoalho fez estremecer a nuca de Lírio.

— Porqueira! — disse a tia-avó, cerrando as mãos e fitando, desalentada, a diáspora dos cacos pelo chão de parquê.

— Desculpe, Tia Margô. Acho que assustei a senhora.

Ela sequer olhou para o sobrinho. Acocorou-se e pôs-se a

recolher os fragmentos da xícara. Separados uns dos outros, eles nada diziam sobre a linda violeta que Rosaura pincelara sobre a louça. Até a assinatura da pintora, que iniciava por um erre gordo e retorcido em rococós, havia sido desmembrada.
Diante do silêncio da tia, Lírio insistiu:
— Deixe que faço isso, Tia Margô.
No entanto, ele continuou de pé, apertando as mãos uma na outra e olhando consternado para a tia. Ainda agachada, a octogenária alçou o rosto e encarou-o por um instante. Será que o moleirão pretendia recolher os cacos usando a força do pensamento? Depois, encontrando a asa da xícara, Margô apanhou-a e estendeu-a para Lírio.
— Tome aqui. Pode ser de alguma valia para você.
Sem entender a insinuação, ele se apressou em agarrar a asa de louça e agradeceu, esboçando um sorriso medroso. A tia era mesmo uma mulher de força extraordinária. Vejam só! Sequer aceitava a ajuda que ele oferecia! E Lírio, encorajado por tais pensamentos, enveredou para a cozinha à procura da mãe, enquanto a velha, de cócoras, fincava-lhe nas costas o seu olhar impiedoso.
— No que posso ajudar, mamãe? — indagou Lírio, empenhando-se em demonstrar entusiasmo.
Rosaura acomodava, dentro de uma imensa sacola plástica, dezenas de panos de prato, todos eles pintados com motivos florais e assinados com o erre rococó. No chão, havia duas outras sacolas já bem estufadas. Uma delas continha trilhos e guardanapos de crochê; outra, roupinhas de liquidificador, rendadas na borda e acinturadas por uma fita mimosa.
— Volte para a cama, meu filho! Não vê que o dia ainda nem rompeu? — disse Rosaura, pondo em Lírio uns olhos carregados de pena e circundados de olheiras.
— Faço questão de ajudar, mamãe. Vocês duas já devem estar cansadas e, sozinhas, não vão conseguir dar conta.

— Imagine se não, Lirinho! Sua tia e eu fazemos isso três vezes por ano, desde que o mundo é mundo. Estamos bem treinadas.

De fato, não era só no início da primavera que aquela azáfama invadia o chalé dos Caramunhoz. A cidade de Sanga Menor era famosa em toda a região pelos três grandes bazares de artesanato que a comunidade organizava ao longo do ano: o bazar do dia das mães, o bazar da primavera e o bazar de Natal. Rosaura e a velha Margô orgulhavam-se de participar de todos os três eventos, montando, na praça da igreja, uma banquinha cujos artigos enchiam os olhos do público. As pessoas que afluíam à praça, moradoras de Sanga Menor ou das cidades vizinhas, não iam embora sem antes conferir as mercadorias da banca quatorze, onde a mãe e a tia-avó de Lírio expunham seus esmerados trabalhos manuais. As flores de Rosaura estavam pintadas por tudo: nos panos de prato, nas louças, nas bandejas de azulejo, no cabo das colheres de pau, no fundo dos cinzeiros de argila. E os bordados, em ponto de cruz e em ponto cheio, tinham a saliva de Margô na ponta das linhas multicoloridas, e assim seria pelo tempo que as vistas dela o permitissem. Havia, também, os travesseiros recheados de flor de marcela, que prometiam um sono sereno, e os saquinhos atoalhados para bolsa de água quente, que evitavam o contato desagradável da pele com a borracha. Havia ainda toda a linha de vestuário para eletrodomésticos, e mais as cestas de vime, de infinitos tamanhos, cuja parte interna era acolchoada com o matelassê de tecidos alegres.

Sim, a produção de Rosaura e Margô era contínua e abundante. Estendia-se durante o ano inteiro, mas assumia um ritmo frenético nos dias que antecediam os bazares. E, embora Lírio nada percebesse, as olheiras da mãe, de bazar em bazar, estavam mais arroxeadas, instalando-se em seu rosto por períodos cada vez mais longos. Ele tampouco notava que as costas da tia estavam menos eretas, e os seus cabelos cor de fumaça caíam mais do que o habitual, tanto que ela agora se via obrigada a usar a rede o tempo todo, até quando dormia, para não deixar, atrás de si, o rastro denunciador da iminente calvície.

— Eu poderia ajudar a acomodar as coisas dentro da kombi — aventurou-se a dizer.

— Não tem necessidade, meu filho. Não vê que nós contratamos o Tatu? E não foi só para que ele transportasse a gente daqui até a praça, mas também para dar uma mãozinha com o carreto das mercadorias.

Era verdade. Bom, se alguém estava sendo pago para fazer o serviço, seria até um desperdício de dinheiro se ele se intrometesse.

— Eu não me conformo de não poder ficar com vocês na banca, mamãe.

Rosaura olhou enternecida para o seu menino grande:

— Eu sei, Lirinho. Mas que se vai fazer? Não podemos deixar o papai por sua própria conta, podemos?

Lírio meneou a cabeça, com os olhos fixos no pelego branco das pantufas. Tinha de reconhecer, de novo, que a mãe estava com a razão. Não seria certo deixar o papai sozinho. Mesmo que ele estivesse de fraldas; mesmo que já tivesse comido o mingau da manhã e não precisasse se alimentar novamente senão ao meio-dia; mesmo que ele nunca chamasse por ninguém. Deus nos livre, mas sabe lá: alguma coisa poderia acontecer ao coitado. E a família carregaria, para sempre, o chumbo do remorso.

Tia Margô, que atravessava a cozinha para despejar a louça partida no balde do lixo, não pôde deixar de ouvir as palavras da sobrinha. Teve de fazer força para manter-se quieta. Que bobajada era aquela? Até parece que Rosaura não lembrava: durante os três anos em que o filho estudara aqueles mapas todos, elas iam para o bazar e o Percival ficava sozinho em casa! Sim, porque o bilontra do Lírio — que de burro não tinha nada — inventava sempre uma desculpa: infelizmente, justo naquele fim de semana em que haveria bazar, ele precisava enfiar-se na biblioteca municipal, pois tinha de preparar-se para uma prova difícil. Lorota! Se o moleirão precisava mesmo estudar, nada o impedia de fazê-lo no gabinete do chalé! A verdade é que o safado, naqueles dias, preferia manter-se distante. Vai que a mãe ou a tia confiassem-lhe alguma tarefa? A pobre da Rosaura, contudo, fingia acreditar nos argumentos do filho. E, assim, tocavam-se as duas para a praça da igreja, de coração na mão. Não podiam pagar uma moça, pois a bendita faculdade por correspondência era um sumidouro de dinheiro, e as finanças da família, que nunca haviam sido frouxas, desbancavam de mal para pior. Rosaura e a tia deixavam Percival com uma sineta amarrada à mão por um pano de prato e preveniam a vizinha para que, se não fosse incômodo, mantivesse atento um dos ouvidos.

Mas a sineta nunca tilintou. Talvez porque, há anos, o pobre do homem não movesse mais os membros. Contudo, o médico havia sido categórico: o derrame não comprometera essa parte do cérebro, ao menos não de forma significativa. Prova disso é que Percival conseguia manter-se de pé, embora todo treme-treme, quando o puxavam da cadeira de rodas para deitá-lo na cama. Portanto, bastava ele querer, mas querer mesmo, e poderia movimentar tanto os braços como as pernas, ainda que de forma curta e desordenada. O fato é que, à hora do almoço, Rosaura corria de volta ao chalé para dar a papinha ao marido e, com a graça do bom Deus, encontrava-o com a expressão parva de todos os dias, os músculos da face nas mesmas posições, assim como as franjas da manta de lã que lhe cobria as pernas ossudas. Até o fio de cuspe que lhe escorria pelo canto da boca aparentava ser o mesmo de sempre, petrificado numa transparente estalactite, e só a umidade entranhada no babeiro é que afastava a suspeita.

Em sincronia com a tampa da lixeira, que se abriu no instante em que Margô acionou o pedal, Lírio abriu a boca, uma vez mais:

— Se eu, ao menos, tivesse herdado a habilidade manual que vocês duas têm, mamãe, poderia colaborar para a produção das peças.

A velha teve vontade de avançar para cima do sobrinho. Podia valer-se de um dos cacos da xícara, o mais pontudo de todos, para riscar fundo aquela cara-de-pau. A quem o traste achava que conseguia enganar? Hipocrisia, teu nome é Lírio Caramunhoz! Até parece que ele, sinceramente, lamentava a falta de habilidade com as mãos. E até parece que era essa a única habilidade que faltava ao cagarola!

Antes que Rosaura pudesse dizer imagine, Lirinho, você não nasceu para essas coisas, o filho explodiu num espirro, espargindo uma bruma de talco em direção à mãe.

— Olhe aí, Lirinho! É nisso que dá levantar da cama quente com essa pressa toda! O corpo não tem tempo de se aclimatar! — ralhou ela, largando os panos de prato e correndo a abrir a portinhola do fogão à lenha, onde o tijolo jazia, agarrando calor. — Feche direito esse roupão e já para a poltrona! O tijolo está quase.

Obediente, Lírio virou-se e foi para a sala. Já recobrara o ritmo habitual e avançava no seu passinho-tartaruga. Enquanto remexia a cartilagem do nariz com movimentos circulares da mão espalmada, ele cedia a concordar com a mãe. Parece mesmo que fora imprudente; ainda mais que, na cozinha, soprava aquele vento encanado.

Tia Margô permitiu-se um comentário:

— Espirro nunca foi anúncio de desgraça, Rosaura. E, no caso dele, que tem essa mania de enfarinhar o rosto com talco, nada mais normal do que espirrar.

— Tia, a senhora parece que não lembra. O Lírio teve

pneumonia! Quem teve pneumonia deve estar sempre alerta, porque a recidiva pode ser fatal.

— Ele tinha onze anos de idade, Rosaura. Passaram-se quase vinte anos desde então.

— O corpo da gente tem memória, tia. E se o pulmão do Lirinho tiver uma memória tão boa quanto a cabeça dele, há de guardar fresca a lembrança daquele ronco pavoroso e daquelas escarradas escuras.

Capitulando, Margô deu por encerrada a conversa. Não queria desentender-se com a sobrinha, como já acontecera uma vez. Sabia que ela enxergava o filho com olhos turvos. Garimpava justificativas para cada uma das fraquezas de Lírio, desde as mais toleráveis, inerentes à própria espécie humana, até as mais graves, que desvelavam, no seu amado rebento, o caráter flácido, a natureza ignava. Mas Rosaura não era cega, e tampouco surda. Não estava alheia ao diz-que-diz que pipocava em cada esquina de Sanga Menor. Todo mundo assuntava: o filho de Rosaura Caramunhoz é um parasita, um sanguessuga; vive às custas da mãe e da tia velha; consumiu os cobres da família para cursar faculdade de geografia e, agora, não quer saber de trabalhar; parece até um entrevado, como o infeliz do pai.

Já fazia dois anos que Lírio concluíra o curso de geografia por correspondência. Logo à entrada do chalé, sobre o console de madeira escura, repousava agora um enorme porta-retrato, com moldura de madrepérola, em que aparecia um Lírio bastante circunspecto, segurando o canudo branco e equilibrando, na cabeça, o chapéu preto de tampa quadrada. Quanto dinheiro custara aquela fotografia! Três anos de mensalidades dispendiosas, mais os livros que tinham de ser comprados, mais os mapas, as bússolas, as lunetas... E Rosaura ainda fizera questão de presentear o filho com um anel de formatura: assumiu crediário na joalheria do Ildebrando e só depois de um ano inteiro é que conseguiu quitar o carnê, mesmo sendo diminuta a ametista e aguado o amarelo do ouro. Meu Deus, como se depauperara rápido o pecúlio dos Caramunhoz! Haviam escorrido como água as modestas economias que Percival conseguira juntar durante a sua breve carreira de escriturário. Judiaria. Tudo isso para quê? Pendurado o diploma na parede do gabinete, Lírio alegou cansaço: as provas finais, segundo ele, haviam sido penosas. E Rosaura, olhando o anel que reluzia no dedo do filho, suspirara comovida, lembrando-se dos dias em que ele mal podia fazer a soneca da tarde, e de outros em que renunciava ao seu programa favorito de televisão, e das vezes em que engolia a comida às pressas, tudo isso para enfiar-se naquelas leituras de tantas letras. Mas o esforço não havia sido em vão. E ela cutucava a tia com o cotovelo: o Lirinho iria longe, isso era certo! Pois não é que agora sabia de cor, em ordem alfabética, o nome de todos os países do globo? E tinha, na ponta da língua, as respectivas capitais! E sabia também o nome dos mares e dos rios, e também o dos planaltos e das planícies! Ah, Lirinho! Ele tinha o mundo na palma da mão! Rosaura não cabia em si de tanto orgulho, e achou que o filho, depois de tantas façanhas, merecia mesmo uma trégua.

Aquela trégua, porém, estendeu-se por um período comprido. A própria Rosaura não imaginou que o filho estivesse tão cansado.

O diretor do colégio dos padres, que devia um favor a Percival, colocou à disposição de Lírio o cargo de professor de geografia. No seu traje azul-marinho, o homem apareceu no chalé por duas ou três vezes. Batia nas costas do rapaz, insistia para que ele comparecesse à próxima reunião de professores. Queria apresentar-lhe o corpo docente, queria trocar ideias sobre o plano de ensino. Precisavam mesmo reformular certos esquemas empoeirados e, para isso, nada melhor do que sangue novo, ideias arrojadas, o vento renovador próprio da juventude.

Tia Margô ria-se por dentro, enquanto vertia o chá dentro das xícaras. Sua voz até soava tremida:

— Quantas colheres de açúcar, diretor?

E mal ouvia a resposta. Era mesmo muito engraçado. Sangue novo! Mas quem disse que corria sangue novo nas veias do moleirão? Essa era boa! Para começo de conversa, não havia nada que corresse dentro daquele corpo: tudo se movia em compasso de lesma. O sangue de Lírio devia ser uma pasta gosmenta, e decerto levava um dia inteiro para ir-lhe da cabeça até o dedão do pé. E que história era essa de vento? Pois se o florzinha tinha pânico até de brisa, como se fosse despetalar-se!

Depois que o diretor ia embora, Rosaura punha em cima do filho uns olhos brilhantes:

— Que sorte, Lirinho! Uma oportunidade e tanto, caída do céu!

Mas Lírio respondia com reticências. Dizia que precisava de um tempo para pensar. O colégio seguia uma linha que não afinava com as suas crenças pedagógicas. Além disso, incomodava-o essa história de conseguir o cargo graças à amizade que existira entre o diretor e o pai. Ele queria triunfar, claro, mas por seus próprios méritos.

Margô encarava Rosaura, mas a sobrinha desviava o olhar.

Numa tarde, quando Lírio dormia a sesta, a tia encurralou-a no canto da cozinha:

— Encontrei com o diretor do colégio na farmácia. Ele quis saber do Lírio. É um homem muito bom. Está ainda esperando por uma resposta.

Rosaura, que descascava batatas, continuou atenta à serpentina amarronzada que ia nascendo do fio da faca.

— Pois é, Tia Margô. Um emprego direito, com ordenado seguro. Mas não dá para exigir do Lírio que ponha de lado os seus princípios morais.

A velha tentou manter a voz inalterada:

— Princípios morais, Rosaura? Mas que moral é essa? Ele sabe dos sacrifícios que nós duas fizemos para custear a faculdade. Sabe que trabalhamos como doidas e que você chegou a bater de porta em porta, oferecendo as nossas mercadorias.

— Sabe nada, tia. Ia saber como, se passava os dias metido nos livros?

— Ora, Rosaura! O Lírio não é bobo. Bobas somos nós, que vendemos a máquina de costura e, agora, temos de ralar os dedos no vaivém da agulha. Vendemos a estátua do cisne, que era a mais bonita do jardim. E até as bichas de brilhante, que haviam sido da minha mãe, andam agora nas orelhas sabe lá de quem.

A outra, largando a batata e a faca sobre a mesa, firmou os punhos no encaixe da cintura e enfrentou os olhos da tia:

— Bom, Tia Margô, eu bem que disse para a senhora não vender as bichas. Não tinha necessidade. Eu ia dar um jeito.

— E que jeito, Rosaura? Você estava prestes a hipotecar o chalé! Ah, tenha paciência! — A velha agora já perdera as estribeiras e resolveu ir até o fundo: — A verdade, Rosaura, vamos dizer de uma vez, é que o Lírio é um preguiçoso! Se ele tivesse algum princípio moral, tratava logo de arrumar um trabalho, tratava de botar algum dinheiro para dentro dessa casa. Mas qual! Prefere enrolar-se numa colcha de chenile e ficar vendo televisão. Tem hora que eu entro na saleta e, vendo ele e o Percival, nem sei quem é quem.

Os olhos redondos da sobrinha transformaram-se em dois riscos chineses. Foi pela fresta das pálpebras trêmulas que ela conseguiu enxergar o rosto da tia, cujas feições apareciam-lhe, agora, difusas numa névoa de fúria.

— Escute aqui, Tia Margô, não permito que ofendam o meu filho debaixo do teto da minha casa! Se a senhora quiser falar mal do Lírio, vá para a rua! Junte-se a essa gente mexeriqueira que se alivia das próprias imundícies emporcalhando a vida dos outros!

Aquelas palavras, quase berradas, ficaram latejando nos ouvidos da tia e da sobrinha. As duas fizeram silêncio, aguardando que os ecos desistissem de rebombar no quente das suas cabeças.

Rosaura tirou as mãos da cintura e escondeu, atrás delas, o rosto vermelho. Quando tornou a encarar a tia, a fisionomia da velha apareceu-lhe com os contornos ainda borrados, mas já não era a névoa de fúria que lhes roubava a nitidez, e sim uma pesada cortina de lágrimas.

— Ele não tem culpa, tia! — gemeu a mãe de Lírio, com o pouco de voz que lhe sobrara. — Cresceu vendo o pai assim, paralisado, silencioso. A senhora entende?

Tia Margô entendia. Abraçou a sobrinha e afagou os seus cabelos maltratados, que cheiravam a sabonete em barra. Pobre da menina! Tão corajosa, tão abnegada! Quem dera fosse sua filha. Mas não tinha importância: não seria maior o carinho que ela cultivava por Rosaura, e nem o orgulho.

Havia sido o médico, o doutor João José, quem enfiara aquela ideia na cabeça de Rosaura. Ele dissera que Percival funcionava como um modelo para Lírio, e que era por isso que o menino, embora já contasse quatro anos de idade, não proferia palavra alguma. Nem chorar ele chorava. Passava o dia sentadinho no chão, aos pés do pai, e mal dava bola para os brinquedos coloridos espalhados à sua volta. Nada despertava mais o interesse do garoto do que a figura inerte na cadeira de rodas, de boca entreaberta e enviesada, de olhos que se esqueciam de piscar. Mas não se aproximava. Quando Rosaura trazia as cumbucas de mingau, chamava o filho para sentar-se num mochinho, perto da cadeira de rodas, e ele se acercava com a cautela de quem adentrasse uma densa floresta. Depois de ajeitar uma toalha grande sobre o peito do marido e uma menor sobre o peito da criança, Rosaura revezava aviõezinhos, um para Lírio, outro para Percival. Fitando o pai, o menino empenhava-se em imitar-lhe o jeito diagonal de abrir a boca, a maneira ruidosa de mastigar e, esvaziada a cumbuca, fingia-se sacudido por soluços e arrotos, tal como sucedia ao pobre inválido.

O doutor aconselhou que elas evitassem o convívio exagerado do filho com o pai. Pusessem o garoto para brincar no jardim, em meio às roseiras e às estátuas dos sete anões. Por que não amarravam um balanço no tronco do jacarandá? Sugeriu, ainda, que deixassem de alimentar Lírio com a papinha preparada para Percival, e que impedissem o menino de estar à volta nos momentos em que deitavam o homem na cama para trocar-lhe as fraldas.

— Mas, doutor — ousou Rosaura —, será que está certo? Privar o Lírio do pouco que ele pode ter do pai?

— Está certo sim, minha filha. O nosso bom Percival, sem dar-se conta, está proibindo o garoto de crescer. Façam com que o Lírio conviva com outros homens, vivazes, e verão que o desenvolvimento dele retoma os trilhos.

Rosaura corou. Mas o que o doutor estava insinuando? Que ela deveria trazer homens para dentro de casa? Francamente! Vai ver o doutor pensava que ela e a irmã fossem farinha do mesmo saco.

Dali para frente, o cotidiano do menino Lírio alterou-se, mas não tanto quanto sugerira o doutor João José. Recrudescendo a linha de produção de artesanatos, Rosaura e Margô juntaram um dinheirinho a mais e compraram um televisor a cores, cujas polegadas eram tantas que haveriam de capturar, sem esforço, a atenção do pequeno. Nada de confinar a criança no jardim, pois o musgo que cobria as estátuas era a prova da umidade que reinava ali. E, quanto ao balanço, Deus nos livre: o jacarandá era tão velho que o tronco arriscava quebrar sobre a cabeça do menino. Ademais, o doutor parecia não compreender, mas Rosaura e a tia eram sozinhas. Precisavam manter em relativa ordem o chalé, que tinha dois pisos e mais o sótão; precisavam confeccionar as peças de artesanato, pois o tempo voava e, quando vissem, o bazar estava em cima; e tocava-lhes, ainda, prover os cuidados exigidos por uma criança de quatro anos e por um adulto entrevado. Não era pouca coisa. Colocar Lírio e Percival no mesmo ambiente, ao alcance dos olhos e dos ouvidos das duas, ajudava-as a conduzir melhor aquela vida de canseiras.

Instalaram o televisor na saleta e, com efeito, Percival deixou de monopolizar o interesse de Lírio. Agora, o pai tinha um forte concorrente, que alvejava o menino com luzes coloridas, alvoroçadas em correrias de gato e rato e em pancadarias sem fim. No entanto, o magnetismo emanado da imóvel figura continuava a exercer poder sobre o garoto. Seus olhinhos, não raro, corriam para a extremidade das órbitas e ficavam a contemplar o canto escuro da sala, onde nada se mexia, exceto aquele fio de saliva, que escorria como uma preguiçosa ampulheta.

Da rua, veio o som da buzina da kombi.

— Cruzes, tia! Deve ser o Tatu. Mas que horas já são? — perguntou Rosaura, espantada.

A velha Margô pôs os olhos no pulso e disse:

— Esse Tatu é mesmo um rico de um negrinho! Madrugador como ele só. Imagine que não são nem sete horas!

E, agarrando o molho de chaves que pendia de um prego na parede, Margô embarafustou em direção à saleta, num trote que não dava ouvidos aos lamentos do reumatismo. Sim, um negrinho como aquele merecia entrar pela porta da frente. Com vigor, ela girou a chave na fechadura barulhenta e escancarou a porta, recebendo, nas rugas do rosto, o ar frio daquela manhã de setembro.

— Bons dias, Tatu! — gritou a velha, sobressaltando os anões de cimento que viviam no jardim, em companhia da Branca de Neve, do pato de bico quebrado e do Cristo Redentor.

O jovem pôs metade do corpo para fora da janela da kombi e, mostrando a alva dentuça, devolveu:

— Bons dias, Dona Margô!

A massa de ar gelado entrava, sem cerimônias, sala adentro. Lírio, que já estava entronizado na sua poltrona, à espera do tijolo e da mistura, subiu os ombros até as orelhas, protegendo-se dos calafrios que lhe ameaçavam o corpo ainda morno. Lamentou-se para as listras do seu roupão: "Diacho. Quisera eu saber guiar um carro".

Da cozinha, Rosaura recomendou à tia que fizesse o Tatu entrar de uma vez: o Lírio estava pegando aragem. A velha virou a cabeça para trás e deu com a miserável visão do sobrinho. Atravessara a sala tão às pressas que nem percebera a presença do joão-ninguém. Notou que, na penumbra, o talco conferia ao rosto de Lírio um quê fantasmagórico. E ela perguntou a si mesma se o sobrinho realmente existia, pois talvez ele fosse um mero espectro vagando pelo chalé dos Caramunhoz, um patético espectro que não conseguia assustar ninguém, nem mesmo os cupins que comiam a madeira podre da escadaria.

Vendo que o olhar marmóreo da tia-avó insistia em cima dele, Lírio remexeu-se na poltrona, à procura de um conforto a que ele sabia não fazer jus. Arregalou os olhos de réu e, na branquidão do talco, eles pareciam duas nódoas de sujeira que precisavam ser removidas.

Em tempo, a mãe surgiu no umbral arqueado que separava a cozinha da saleta. Emoldurada por aquele arco e recendendo a amor, Rosaura Caramunhoz evocava a imagem da santinha que, durante a quaresma, visitava todas as casas de Sanga Menor, enclausurada no oratório ambulante de caixilho ogival.

— Encoste logo essa porta, tia! — repetiu ela, enquanto pousava a prancha de madeira no chão, rente à poltrona. E, notando que Lírio girava, na ponta dos dedos, a asa de louça que a tia lhe alcançara, Rosaura perguntou, intrigada: — Mas o que você pretende fazer com isso, Lirinho?

Ele, cuja consciência estava alheia ao caco de xícara que os dedos seguravam, retrucou:

— Isso o que, mamãe?

Rosaura apontou para a asa amputada e ouviu a resposta do filho:

— Ah, a asa da xícara? Não sei. Tia Margô disse que talvez pudesse servir para alguma coisa.

Estalando a língua nos dentes, a mãe arrancou-lhe a asa e mandou que pousasse os pés sobre o tijolo. Lírio obedeceu. E o calor subiu-lhe rápido, amarrando todo o seu corpo àquela âncora de barro, a deliciosa âncora de barro que o aprisionava ao nível do chão.

2

Sanga Menor era uma cidade em forma de ladeira. Uma ladeira suave na descrição de alguns, que tomavam por parâmetro, decerto, um precipício. Uma ladeira íngreme na opinião de outros, que talvez a comparassem à linha do horizonte. O fato era que, lá em cima, no gramado da praça da igreja, os moleques que jogavam futebol não podiam bobear: se a bola fosse deixada ao deus-dará, acabaria sendo puxada pela força da gravidade, e os peixes feiosos que nadavam na sanga, lá embaixo, tomariam um susto ao receber a visita inesperada.

Habituados ao sobe-e-desce de todos os dias, os moradores de Sanga Menor consideravam que a natureza brindara-os com um relevo até benéfico, pois a água das chuvas escorria ladeira abaixo, lavando a sujidade das calçadas e das ruas. Na enxurrada junto ao meio-fio, as crianças colocavam barquinhos de papel e, acenando com panos brancos, despediam-se das suas armações, que singravam impetuosas a valeta da rua principal em direção ao silencioso estuário.

A rua principal estendia-se desde o ponto mais alto da cidade, onde estavam a igreja, o clube e a prefeitura, até o ponto mais baixo, onde dormia a sanga, no seu leito escuro e quieto. Uma extensão de apenas um quilômetro separava o cimo e a base do terreno, mas a claridade que coloria a praça da igreja dava ares de outro mundo ao ambiente sombrio que, na extremidade sul da rua, vicejava em torno às águas. Havia quem descesse a lomba e se metesse a pescar, havia quem organizasse piqueniques nas margens da sanga, à sombra dos salgueiros e choupos, e havia até quem, no auge do verão, vestisse um costume de banho e fosse buscar, naquela água negra, refresco para os suores do corpo. Contudo, tais pessoas eram, em geral, forasteiros, ou então gente moça, cujos miolos estivessem comprometidos pela pouca idade. Os demais não queriam saber de intimidades excessivas com a sanga. Corria a lenda de que aquelas águas eram malditas, pois ali se depositavam, mais cedo ou mais tarde, todas as coisas sem cuidado, todas as coisas incontidas, tudo o que, perdendo o prumo, deixara-se ficar à mercê dos chamados mais baixos. Falava-se que as águas da sanga eram fecundadas de desvios e perversões. Ai de quem delas bebesse. E alguns chegavam a sustentar, à boca pequena, que um estranho animal vigiava o entorno às águas, um cachorro preto e de olhos esburacados, um cachorro que, para caminhar, não se servia das patas dianteiras. Uma ou duas pessoas teriam testemunhado a existência do tétrico custode. Mas isso foi há muito e muito tempo, quando o bazar de artesanato acontecia apenas uma vez por ano e limitava-se a meia dúzia de acanhadas banquinhas; quando a velha Margô era uma rapariga viçosa e casadoira, que consumia suas tardes bordando um enxoval cujo destino seria o escuro de um baú; e quando Rosaura ensaiava, com bonecas de pano, os desvelos que ela ofereceria, no futuro, a um marido entrevado e a um filho indolente.

    Bem no meio da rua principal, na altura da Farmácia Diamante, situava-se o ponto que dividia Sanga Menor em parte alta e parte baixa. Percival Caramunhoz, ao comprar o terreno onde construiria o chalé, aprecatara-se com réguas e mapas: queria certificar-se de que o pedaço de terra pertencesse à parte alta da cidade, ainda que por poucos centímetros. O pai de Lírio, um homem atento a tais pormenores, acreditava que aqueles centímetros acima seriam determinantes no desenrolar da sua vida. Facilitariam a sua ascensão na carreira de bancário, permitiriam que ele integrasse a diretoria do clube, dariam direito a ocupar os primeiros assentos da igreja. Todavia, os centímetros foram comprados à toa: o ambicioso Percival não mediu o quanto de saúde que lhe restava pela frente, pois não dispunha de régua para isso, e foi surpreendido pela aluvião de sangue que lhe lavou o cérebro, numa época em que a escadaria do chalé era feita de tábuas ainda novas e mudas. Rosaura carregava na barriga o filho que, nos planos do escriturário, seria o primogênito de quatro herdeiros, e Percival carregava na cabeça uma infinidade de sonhos em diferentes estágios de gestação. Sonhava ser gerente regional do banco; sonhava dirigir um automóvel comprido, com bancos forrados de couro vermelho; sonhava usar, no dedo mínimo, um anel de ouro puro. Todos esses sonhos foram carregados pela torrente de sangue e desceram lomba abaixo, tal como a água da chuva que lambia a poeira das pedras e rendia-se à força da sanga. De fato, no momento do desditoso derrame, o homem caminhava pela rua principal. Vinha do alto da cidade, faceiro: havia recém encomendado, na olaria do Gesualdo, mais uma estátua para o jardim do chalé. Pretendia povoar o jardim com esculturas, e esta prometia salientar-se entre todas as demais: o próprio Cristo Redentor, de braços abertos, todo branco. Ah, ia ficar bonito! Percival entregou-se a sorrir: se o Cristo saísse bom, quem sabe ele ainda encarregasse o Gesualdo, um dia, de modelar o seu busto. E imaginou as próprias feições perpetuadas em pedra, os olhos sem íris, o queixo sem a berruga. De repente, uma ardência pontuda fincou-lhe a têmpora, e Percival sentiu os miolos enrodilharem-se numa grande espiral, como se alguém houvesse destampado o ralo da sua cabeça e as ideias fossem sendo sugadas, em círculos, para um ponto cêntrico que tudo engolia, com uma fome veloz e insaciável. Quando o ralo tudo tragou, o corpo de Percival emborcou para frente, puxado pela força do declive, e o seu rosto chocou-se contra a laje da calçada, vitimando-se num impacto brutal. Um fio escuro de sangue escorreu-lhe por um dos ouvidos e, sem hesitar, tomou o rumo de todas as coisas que, naquela cidade, eram deixadas ao léu: a sanga. Não demorou e as pessoas acorreram, formando um círculo à volta do homem, mas um círculo falhado por uma pequena fresta, por onde o fio vermelho pudesse continuar a sua descida lomba abaixo. Alguém, tomando-se de coragem, agarrou Percival pelo ombro e alavancou-lhe o corpo inerme, girando-o com o tórax para o céu. Das pessoas ali em volta, não houve quem não abrisse a boca, deixando escapar um hálito impregnado de dó. Que desgraça! Mas como era possível? Um homem tão moço! Todos o deram como morto, e alguns sustentaram, mais tarde, que não fora engano: Percival Caramunhoz, naquele exato momento, estava investido na condição de defunto. Cogitou-se de ressurreição, e atribuíram o milagre ao Cristo Redentor, a quem Percival havia manifestado devoção profunda, minutos antes da tragédia, com a encomenda que fizera ao oleiro Gesualdo.

 Um mês depois do infortúnio, Gesualdo veio ao chalé para entregar a encomenda à quase-viúva. Rosaura recebeu-o à porta, com uma barriga imensa e os olhos injetados de hormônios e de luto.

 — Deus lhe pague, Seu Gesualdo — murmurou a gestante, adivinhando que o oleiro acabara de mentir ao dizer que Percival pagara antecipado pela estátua. E insistiu para que o generoso homem entrasse: ela estava, ainda agorinha, passando um café.

 Apoiado no Cristo, cuja cabeça alcançava-lhe a altura do umbigo, Gesualdo tentou esquivar-se. A imagem daquela mulher, túrgida feito cápsula de papoula à beira de estourar, dava-lhe medo. Mas ela fazia questão, e sequer abaixou os olhos quando o oleiro apontou para as próprias botas, mostrando o quanto estavam sujas de cimento e de barro.

— Com a sua licença — sussurrou o visitante, antes de adentrar, a passos inaudíveis, a saleta sombria do chalé.

Embora o sol brilhasse lá fora, a única luz que dava visibilidade ao recinto provinha de um abajur. E era uma luz precária, pois um lenço, com bordas de crochê, havia sido colocado por cima da pantalha, quebrando em dobro o lume da lâmpada. Contudo, Gesualdo não demorou a divisar, no ângulo mais escuro da saleta, o vulto de Percival. Imóvel e silencioso, não menos do que as estátuas que nasciam na oficina do oleiro, ali estava Percival Caramunhoz, o homem que o Cristo Redentor escolhera para agraciar com um milagre.

Quando Gesualdo já trilhava o caminho de volta à olaria, Tia Margô — que se transferira para o chalé no dia seguinte ao derrame — ajudou a sobrinha a recolher as xícaras. O lenço preto da noite já estava colocado por cima do sol quando as duas lembraram-se do Cristo, escorado contra o balaústre do alpendre. Correram a abrir a porta da frente, e a velha Margô, apresentada à branca estátua de braços abertos, não conteve o comentário:

— Mas tem a altura de uma criança! Onde já se viu? É até um pecado a gente olhar de cima para o filho de Deus!

Rosaura nada disse. Na manhã seguinte, agarrou o Cristo pelos braços e, recusando a ajuda da tia, plantou a nova estátua num ponto privilegiado do jardim. Bem longe do cisne, para não dar na vista que os dois regulavam na altura e que a ave, de asas esticadas, parecia querer imitar a pose do outro.

Naquela mesma noite, Margô endereçou aos céus uma oração aflita, com os cotovelos fincados na beirada da cama e os joelhos doendo sobre as chinelas. Nos dias seguintes, respirou aliviada ao ver que a criança de Rosaura não se adiantou em nascer; e, por muitos anos, creditou a ventura a Nossa Senhora da Hora Justa. Negou-se a admitir que o Redentor houvesse operado um segundo milagre no seio da família Caramunhoz, pois sequer no primeiro a velha podia crer: Margô guardava a suspeita de que a divindade sentira-se ultrajada — e com toda a razão — pela estátua anã encomendada ao oleiro. Se houvesse o dedo de Cristo nessa história toda, havia de ser um dedo em riste.

Só com o passar dos anos é que Margô compreendeu. Naquela ocasião, o nascituro não se antecipou em vir ao mundo não por mérito das rezas providenciadas pela tia-avó, e tampouco por uma suposta intervenção do Cristo Redentor. O episódio explicava-se pela natureza modorrenta do menino que estava prestes a nascer, natureza que a velha Margô, à época, desconhecia, mas hoje ela podia apostar: fora a poltronice de Lírio a fazê-lo agarrar-se às entranhas da mãe por aquelas dez luas inteiras. Que dias inquietantes! A cidade todinha já se perguntava, com a licença dada pelo deus-nos-livre, se o pranto derramado pela gestante não haveria roubado da criança os líquidos da vida. A pele de Rosaura já se riscava de largas estrias, enquanto a pobrezinha, seguindo as prescrições do doutor João José, caminhava de cá para lá com as Sagradas Escrituras apoiadas no topo do imenso ventre. Foi só na última semana que ela, com o devido respeito, substituiu a Bíblia pelo dicionário, já que as palavras dos homens pesavam mais do que a palavra de Deus. Mas nada acontecia. Antes de mandar buscar um cirurgião na Capital, o doutor João José tentou ainda os banhos de assento, e, na opinião de Margô, foi o que deu ponto. A ideia do doutor era que a água, bem quente, afrouxasse as carnes de Rosaura, e vai ver ficaram mesmo mais frouxas, mas Margô, anos depois, soube: Lírio desencruou não porque as entranhas da mãe amoleceram, e sim porque foi enganado pelo calorzinho da água do assento. Com toda a certeza, o boa-vida resolveu trocar o morno do útero materno por um ambiente ainda mais cálido e, talvez, mais espaçoso. Pois se deu mal, o poltrão! Bem-vindo à frialdade do mundo! E Margô, toda vez que pensava nisso, ajeitava as carquilhas do rosto num sorriso cruel. Até que lhe vinha à lembrança o bebê que, naquela madrugada gélida de agosto, ela aparara nos braços: os olhinhos desnorteados, o queixinho trêmulo, as mãozinhas desesperadas por agarrar o que quer que fosse. Envergonhada, Margô recolhia o sorriso.

3

A cena era corriqueira: Lírio e Percival na sala de estar do chalé, cada qual embrulhado em sua colcha, deixando-se metralhar, indefesos, pela violência das cores e sons que provinham do televisor. No ar, pesava o cheiro da letargia — mistura de armário embolorado e de pijama morno. De quando em quando, a salamandra, recheada de brasas, emitia um estalido.

Quando Rosaura e Margô irromperam, com os rostos corados pelo frio da noite e pelo sucesso das vendas, foi como se houvessem profanado um santuário. Tagarelavam animadas, com luzes nos olhos.

— O bazar fervilhou, Lirinho! Acho que nunca faturamos tanto como dessa vez! — disse a mais moça, agitando as mãos espalmadas diante do filho.

Lírio sentiu-se tonto, como quem houvesse levado um brusco safanão. Mas convocou esforços para responder com entusiasmo:

— Que maravilha, mamãe!

Tia Margô estava tão exultante que a imagem do sobrinho não lhe suscitou o costumeiro mal-estar.

— Valeu a pena o nosso empenho, não é mesmo, Rosaura? A freguesia se aglomerava diante da nossa banca! Vendemos até as esculturas feitas com bola de gude, que eu jurava fossem ficar encalhadas.

— É mesmo, tia. E até aqueles panos de prato em que eu pintei umas orquídeas às pressas, meio tortas!

— É verdade, minha filha — retrucou Margô. E acrescentou, depois de um fundo suspiro: — Benza Deus, Rosaura! Esse bazar trouxe fôlego para o nosso orçamento doméstico. Não vejo a hora de pôr os números no papel.

Ao som daquelas palavras, Lírio, que sequer levantara da sua poltrona, limitando-se a correr, da mãe para a tia, os olhos arregalados, sentiu um gelo na boca do estômago. O orçamento doméstico. Que desonra! Ele, um homem feito, diplomado até, não era capaz de contribuir, nem mesmo com um vintém, para o custeio das despesas da casa. Que papelão, e diante da cidade inteira! E enquanto Lírio martirizava-se, os números saltitavam eufóricos nas cabeças de Rosaura e Margô.

— Vamos ter dinheiro para trocar as cortinas dos quartos! — disse Rosaura, com as sobrancelhas alteadas.

— E até, quem sabe, para comprar a máquina de lavar roupas! — atreveu-se a velha, apressando-se em levar as mãos à boca, como quem houvesse faltado com o pudor.

Do fundo de sua poltrona, Lírio observava as duas mulheres. O rosto delas borbotava alegria. Pareciam rodopiar nas alturas, arrebatadas por um devaneio de cifrões, pela promessa de um amanhã melhor, sem tantas fadigas e penúrias. E ele se sentia ainda mais culpado: não conseguia participar do custeio das despesas domésticas e tampouco conseguia acompanhar as duas naquele frenesi. Condenado à sala de escassa luz, estava ali, cingido pela colcha de chenile — um socorro contra o frio constante, mas também um polvo de tentáculos apertados. Não tinha forças sequer para colocar-se de pé. Que vergonha! E, à medida que se expandia a exaltação da mãe e da tia-avó, mais ele se sentia amarrado, incapaz de mover-se.

De repente, o devaneio das duas foi interrompido. Uma lembrança viera à cabeça de Rosaura:

— Ah, Lirinho, e você nem imagina quem é que apareceu na nossa banca!

O filho mostrou à mãe uns olhos oblíquos, que pareciam estar sendo beliscados nos cantos externos. Como fizesse silêncio, Rosaura adiantou-se aos palpites:

— O Gilberto!

Ao som daquele nome, Tia Margô afrouxou as rugas, numa expressão de deleite:

— Como ele está bonito! Bronzeado e sorridente! Daria para ator de cinema, com aquele lenço charmoso atado à volta do pescoço.

— Ele surgiu assim, de surpresa! — explicou Rosaura. — Sua tia e eu quase caímos de costas, Lirinho! E comprou tantas coisas da nossa banca que deu para abarrotar uma sacola imensa!

A tia apressou-se com a justificativa: elas haviam insistido para que o Gilberto guardasse a carteira. Que história era essa? Parente não era freguês! Mas o danado fincou pé. Já não bastava que as tias teimassem em estornar a miserinha que ele lhes depositava no banco? E ameaçou as duas: disse que, se não aceitassem o dinheiro, ele espalharia, por toda a praça da igreja, que a banca quatorze estava distribuindo artigos. Era só chegar e levar.

— Ah, esse Gilberto! Desde pequenininho, foi sempre um azougue! — disse Margô, com um sorriso nos lábios e os olhos embebidos no passado.

Rosaura, também sorrindo, concordou com a tia. O Gilberto era mesmo tremendo e obstinado, ai de quem o desafiasse. Ele não hesitaria em aprontar a travessura prometida, e então, credo-em-cruz, seria uma barafunda. Não, não convinha arriscar. E ele também avisara que, disseminada a mentira

aos quadrantes da praça, entraria no carro e voltaria voando para a Capital, sem sequer fazer visita ao chalé.
— Sabe o que ele disse, Lirinho? — ajuntou Rosaura. — Que os anões do jardim ficariam furiosos quando descobrissem que nós duas o enxotamos de Sanga Menor!

E ambas sacudiram-se numa gargalhada solta, exorcizando um pouco do cansaço que se entranhara em seus corpos ao longo daquele domingo de tamanho rebuliço.

Lírio, lá de baixo, com a mão crispada sobre o braço da poltrona, continuava a observá-las. Mostrava os dentes com esforço, como se os lábios pesassem uma tonelada, e emitia sons entrecortados, numa louvável tentativa de acompanhar os risos da mãe e da tia-avó. As ideias moviam-se atordoadas dentro da sua cabeça. Gilberto estava na cidade! Mas quanto tempo se passara desde a última vez em que o primo pusera os pés em Sanga Menor? No mínimo, uns dez anos. E, naquela última visita, não viera contente, alargando-se em bravatas e em piadas de papagaio. Na ocasião, trouxera consigo o caixão cujo oco abrigava o corpo da mãe, o corpo da pobre Tia Caetana. Lírio lembrava, com nitidez, a fisionomia irreconhecível que viu estampada no rosto do primo: as feições de cimento, os olhos ausentes, os dois calombos pulsando na altura das mandíbulas. Saiu do rabecão preto e entrou no chalé com passos que esmurravam o solo, olvidando-se de cumprimentar os anões um a um, como costumava fazer, e de beijar a boca da Branca de Neve. Para as tias, que o esperavam vestidas de preto e com rosários apertados no úmido das mãos, ele disse — e Lírio nunca esqueceu:

— Vamos enterrá-la na margem da sanga.

Rosaura e Margô entreolharam-se, uma buscando na outra a confirmação de que aquilo só podia ser um mal-entendido. Mas Gilberto reinvestiu, extorquindo-lhes a tênue esperança:

— É isso. Vamos enterrar o corpo da mãe junto à sanga. Era a vontade dela.

Foi Rosaura quem, primeiro, recobrou a fala:
— Mas Gilberto, querido, que maluquice é essa? As pessoas merecem ser enterradas no campo santo! Além disso, não é nem permitido cavar sepulturas por aí, onde der na telha!
— Já falei com o prefeito. Ofereci uma enorme divulgação para os bazares de artesanato do ano que vem, incluindo tevê, rádio e outdoors, e ele deu o consentimento. Só pediu que a família desse uma satisfação à comunidade, com a encenação de um velório no cemitério, sucedida pelo enterro do caixão vazio.

Os rosários giravam nas mãos de Rosaura e Margô, empapando-se cada vez mais de suor. Mas que conversa sem cabimento era aquela? Será que o Gilberto estava no juízo perfeito?

Lírio, para quem o primo não dirigira sequer um olhar breve desde que entrara, mostrava a tez mais branca do que nunca, graças ao complô do talco com o pavor. A sanga sempre lhe provocara gelados arrepios. Durante toda a infância, o menino Lírio fora atormentado pela lenda do cachorro bípede, que o visitava em pesadelos martelados de taquicardia. O horrendo animal chamava-o de forma muda, convidava-o a descer até a sanga e a mergulhar no escuro das águas para descobrir que elas não tinham fundo, assim como não tinham fundo os buracos que o cachorro trazia no lugar dos olhos. Sim, Lírio poderia descer até onde quisesse, não esbarraria jamais no álveo, nada o deteria. "Venha, venha". E Lírio acordava aos gritos, com a boca seca e o peito a galope. O primo Gilberto — que era, então, um intrépido adolescente — fez inúmeras tentativas de curar o fedelho daquele medo bobo, mas todas sem sucesso.

À época, Gilberto e a mãe viviam ainda em Sanga Menor, na casa de fachada azul-clara em que filetes de tijolo à vista enfeitavam o contorno das janelas e da porta. Um pequeno jardim interpunha-se entre a varanda e a calçada, mas não era um jardim cujo aspecto mostrasse aos passantes o quanto fosse zelosa a dona da casa. Macegas e inços cresciam em liberdade, a salvo de estigmas; arbustos feiosos e sem nome expandiam-se, sem pudor, na direção que melhor lhes aprouvesse; formigas, lagartas e pulgões serviam-se à vontade do suco das plantas. E não havia um muro que desse arremate ao pujante matagal, tampouco uma simples cerca, de modo que não se podia saber, com certeza, onde começava e onde tinha fim. Caetana, contudo, orgulhava-se de não importunar a natureza, como fazia a sua irmã Rosaura. Ela jamais permitiria que o seu jardim fosse fiscalizado por anões e aves de cimento, menos ainda por uma frígida Branca de Neve e por um Cristo inoportuno, que traz redenção a quem não pediu. Jamais aborreceria a sábia terra, com estocadas de pá e ancinho, jatos de mangueira e salpicos de adubo. E, sobretudo, nunca seria capaz de armar-se daquele tesourão e de castrar a exuberância do verde que palpitava ao redor da sua casa.

Rosaura já não dizia mais nada: cansara de bater boca com a irmã, de tentar convencê-la a ser mais caprichosa. O consolo de Rosaura era que pouca gente passava defronte à casa de Caetana, pois o terreno situava-se lá embaixo, a uma curta distância da sanga. Havia sido o que ela conseguira comprar, coitada, com o quinhão de herança que lhe tocara, somado aos trocos que obtinha manipulando aqueles fantoches grotescos. Se a irmã ao menos encenasse umas histórias bonitas, como essas fábulas famosas que aprazem a toda a gente, conseguiria, talvez, amealhar um dinheirinho menos minguado. Mas Caetana era teimosa: insistia que os seus bonecos representassem aquelas tramas inventadas por ela mesma, repletas de situações absurdas que suscitavam no público o incômodo de não saber se era o caso de rir ou de chorar. E, quase sempre, a história alcançava um ponto em que os bonecos, aturdidos, descobriam a existência de Caetana, e então despencava, sobre eles, a consciência da condição de marionetes. Era ridículo. Mas Rosaura ficava quieta. Não tinha jeito: a teimosia da irmã era maior do que a dos inços, e Rosaura, já há algum tempo, não empreendia esforços para arrancá-la. As teimas da outra eram enraizadas até o fundo. Cada cisma de Caetana que se tentasse arrancar deixava sempre as raízes, e elas, mais tarde, armavam um furioso contra-ataque, fazendo com que a birra renascesse com força redobrada, bem como sucede com as piores ervas daninhas.

Acontecera isso, por exemplo, quando Rosaura aplicara-se em extirpar da irmã o hábito de banhar-se na sanga. Puxara-a para um canto e tentara convencê-la: não convinham os tais banhos. As águas da sanga — todo mundo sabia — eram grossas de sujeira; além disso, perigava que hospedassem sanguessugas. Caetana riu a sua risada gaiata, que movimentava, um a um, todos os fios dos seus longos cabelos. Ela fazia chacota do respeito temeroso que impedia a comunidade de gozar as delícias e a beleza da parte mais baixa da cidade. E manteve os banhos. Percival insistiu com a esposa: aquilo não podia continuar. Até os colegas do banco já estavam comentando. Diziam que a cunhada do Caramunhoz, não bastasse a mania de articular estúpidos bonecos, andava de concupiscências com a sanga: alguém a teria visto nua em pelo, entregando-se àquelas águas imundas com uma expressão de volúpia no rosto. Não, aquilo não podia seguir adiante. Era desabonador para a família toda. Se Caetana não quisesse ser razoável, então Rosaura dissesse que estava suspensa a ajuda de custo que eles, todo santo mês, botavam na mão dela.

Com o coração apertado, Rosaura desceu até a casa da irmã. Abordou o assunto com a delicadeza que convocava para pintar as flores mais miúdas, mas a irmã respondeu com a mesma risada zombeteira, não deixando alternativa para a outra senão lançar a ameaça sugerida pelo marido:

— Então, Caetana, você nos desculpe. Daqui por diante, não haveremos de lhe alcançar sequer um tostão.

Recolhendo a risada, Caetana fitou a outra com um olhar que espetava. E disse, cuspindo as palavras como se lhe causassem nojo:

— O Percival não sabe, mas o dinheiro em que ele se esfrega, naquele banco, é muito mais sujo do que a água da sanga.

Rosaura tentou, ainda, chamá-la à razão:

— Minha irmã, tente compreender! O Percival está para ser promovido! São prejudiciais esses boatos envolvendo a família dele!

Mas a outra saltou da cadeira e garantiu: ela, a Caetana dos fantoches, a Caetana dos cabelos até o rego, a Caetana da sanga, não pertencia à ilustre família de Percival Caramunhoz. E agarrando, do alto da geladeira, uma lata de biscoitos, abriu-lhe a tampa e despejou, diante da irmã, uma confusão de cédulas amarfanhadas. Era o dinheiro que Percival, a cada mês, fazia chegar à casa da cunhada, servindo-se de um estafeta do banco para, assim, tornar pública e oficial a caridade. Vociferou à Rosaura que levasse embora os excrementos do bancário, pois estavam comprometendo a higiene da sua casa. E fez, a seguir, algo que a irmã nunca mais pôde esquecer. Meteu as mãos por baixo da saia e, descendo a combinação até os joelhos, fez ver à outra a enorme mancha vermelha entranhada no tecido da toalhinha.

— Está vendo isso, Rosaura? São as minhas regras! E sabe o que vou fazer com elas, Rosaura? Vou afogá-las na sanga! — e desembestou porta afora, determinada a transformar as palavras recém-ditas em ação.

Rosaura foi-lhe no encalço, com os olhos escancarados e uma das mãos estrelada na altura do peito. Implorava que a irmã tivesse bom senso, que não mergulhasse a cabeça, pelo amor de Deus. Qualquer um sabia dos perigos a que uma mulher poderia expor-se ao molhar a cabeça durante o período das regras. Caetana, porém, não fez caso dos choramingos às suas costas, até porque um zumbido alucinante fincava-lhe os tímpanos, deixando-a surda como se já estivesse submersa no fundo das águas. Enquanto corria, livrava-se, aos arrancos, da roupa que tinha sobre o corpo. Quando alcançou a margem da sanga, já estava completamente nua, vestida apenas com a longa cabeleira crespa que se derramava em véu sobre as suas costas. Rosaura, diante da iminência da desgraça, estacou onde estava e ocultou a boca com ambas as mãos. Lágrimas grossas rolaram por cima dos seus dedos artesãos no momento em que ela viu a irmã mais nova ser engolida pelo escuro da sanga. E ficou imaginando, horrorizada, aquela água pútrida entrando-lhe pelo meio das pernas, fazendo conchavos com o fluido viscoso e vermelho, pactuando um medonho comércio de sujeiras.

Naquela tarde, Rosaura Caramunhoz empreendeu um esforço invulgar para subir a lomba da cidade. Quando entrou no chalé, não encontrou forças para enfrentar os degraus da escadaria. Deixou-se ficar no seu vestido de passeio e sentou-se, com todo o vagar, na poltrona de veludo cor de vinho, a poltrona que seria, no futuro, a acomodação predileta do filho ainda não nascido. Todavia, permitiu-se apenas a beiradinha do assento, mantendo a bolsa no regaço, segura com ambas as mãos. Seus olhos fixavam coisa nenhuma e pareciam ocupar um espaço demasiado em seu rosto rubicundo. Foi assim que o marido a encontrou, meia hora mais tarde, quando já havia encerrado o expediente no banco. Trazia pela mão a maleta retangular de couro, cujo interior não era atulhado de papéis importantes — como sugeria o ar altivo do escriturário —, mas animado pelo chacoalhar de um pente e de uma lata de vaselina perfumada.

— Cara é essa, Rosaura? — indagou Percival.

A mulher ergueu-se de chofre, como se o assento da poltrona houvesse acionado uma catapulta. Passados alguns segundos de arregalada mudez, ela conseguiu desvencilhar-se da acareação com o marido e desenfreou escadaria acima. E ele pouco compreendeu das frases desconexas que a esposa foi murmurando enquanto galgava os degraus, pois as palavras chegaram-lhe aos ouvidos mescladas ao martelar dos tacões das sandálias.

Rosaura fora mesmo ingênua ao acreditar que demoveria a irmã de banhar-se na sanga. Com as teimas de Caetana, ninguém podia. E deveria ter adivinhado que, à tentativa de arrancar-lhe a extravagância, a outra reagiria daquela forma explosiva, pois o mesmo acontecera tempos antes, quando Rosaura tentara abrir os olhos da birrenta para a sandice que era andar de namoricos com o tal do Eliezer.

Naquela ocasião, até a Tia Margô interveio, porque era mesmo um disparate. Bastava pôr os olhos no homenzinho para saber: ele não era boa coisa. Abotoado num jaleco pardacento e dirigindo uma caminhoneta roída pela ferrugem, Eliezer circulava de cidade em cidade, ludibriando as pessoas de miolo frouxo. Garantia-lhes que não era terráqueo, mas originário de um planeta cuja existência era, ainda, ignorada pelos astrônomos; afirmava que as aguinhas coloridas aprisionadas naquelas garrafas em miniatura eram elixires milagrosos, de amplo espectro, preparados à base de substâncias extraídas do solo do seu planeta natal.

Um a um, Caetana experimentava os elixires, privilegiando as cores que lhe agradavam mais. Atenta às prescrições do extraterrestre, ela se fechava num quarto escuro para sorver o conteúdo da garrafinha e, a cada gole, fincava o dedo indicador bem no fundo do umbigo.

A pedido de Rosaura, Tia Margô desceu até a casa azul-clara:

— Olhe, menina, cuidado com esses líquidos! É evidente que o homem não passa de um lunático!

Sem deixar de modelar a massa esbranquiçada que, aos poucos, tomava o feitio de um futuro marionete, Caetana corrigiu a tia:

— Lunático não, Tia Margô. O Eliezer não veio da Lua. Veio de um outro planeta.

Margô endireitou os óculos sobre a corcova do nariz e avaliou a sobrinha. Podia apostar que ela não acreditava naquela estultice. Era uma garota ligeira, de boa faísca, não se deixava lograr nem por si mesma. Malgrado os embaraços sem conta que Caetana criava à família, Tia Margô acalentava, secretamente, uma admiração pela menina. Gostava de gente assim, de temperamento indômito, gente ardida pelo palpitar da verve.

Quando a sobrinha chegava à praça da igreja, carregando a sua parafernália de bonecos e cenários, sempre encontrava a tia defronte ao coreto, já acomodada no seu banquinho de lona desmontável. Ao fim de cada representação teatral, nunca faltavam aplausos, mesmo que, às vezes, providenciados por uma única dupla de mãos. Margô explicava a Rosaura que sentia pena da outra: pobrezinha, esforçava-se tanto. Vinha lá de baixo a pé, com aquela mochila gigantesca às costas; armava o pequeno palco de papelão, ladeado por cortinas vermelhas e puídas; montava o cenário periclitante, onde os apliques ameaçavam despencar sobre a cabeça das marionetes. E, não raro, ninguém se punha a assistir a encenação. Várias pessoas detinham-se em frente ao coreto por algum tempo, de testa franzida, como se um anzol, arremessado de dentro do diminuto palco, houvesse-as fisgado pelo sobrecenho. Em seguida, porém, livravam-se da captura e, com ares de clara desaprovação, retomavam a caminhada interrompida. Era triste. Ao menos a família, através de um representante, estava ali para prestigiar o empenho da menina.

Rosaura, ouvindo as explicações da tia, dava de ombros: a tia que fizesse como achava melhor. A verdade, entretanto, insuspeitada por Rosaura, é que Margô apreciava as tramas desconcertantes que Caetana colocava em cena. Seria incapaz de admiti-lo, e chegava ao ponto de fingir desinteresse durante o espetáculo, movimentando as suas agulhas de crochê, mas não podia enganar a si mesma: o enredo urdido pelos títeres da sobrinha interessava-a muito mais do que o enredo de linhas que se agitavam sobre o seu colo. E aconteceu, mais de uma vez, de a velha perceber, já em casa, que errara nos pontos e nós do rendado cuja técnica ela dominava há anos.

Contudo, Rosaura e Percival tinham razão: o tal do Eliezer era mesmo o fim do mundo. Com aqueles olhos aflitos, cujas bolitas tremelicavam sem descanso, o sujeito parecia fugido de um manicômio. Ademais, era um saltimbanco: não demora, o vento carregaria Eliezer a outras paragens, onde novos ingênuos provariam dos seus líquidos cor de estelionato. É, Caetana tinha de cair em si. E o pior é que os fuxicos já pululavam pela cidade: corria a anedota de que os dois pombinhos passariam a lua-de-mel em outra galáxia. Subiriam a bordo da escangalhada caminhoneta que, após umas gotas de elixir no carburador, surgiria transformada em refulgente nave espacial. E os apaixonados tripulantes alçariam voo. Quem os avistasse, lá de baixo, apontaria o dedo para cima e juraria que o céu estrelado de Sanga Menor estivesse sendo riscado por um cometa de cauda, sem supor que o rastro do bólido nada mais fosse que a cabeleira de Caetana, a comprida cabeleira que nunca aceitara tesoura.

Margô reinvestiu:

— A cidade inteira está comentando, menina!

Caetana alargou um sorriso e disse, sem tirar os olhos dos contornos que o papel machê, pela obra das suas mãos, ia assumindo:

— Quanto a isso, tia, não há o que se possa fazer. A pequenez de espírito é uma doença para a qual não existe elixir. Em planeta nenhum.
— Bom, Caetana, mas você podia, ao menos, parar de trancar-se com o homem aqui dentro da sua casa! — redarguiu Margô, agora em tom exaltado.
A sobrinha espichou-lhe um olhar impregnado de ironia:
— Tia Margô, quanta bondade! A senhora está sugerindo que nos emprestaria, por algumas horas, um dos quartos da sua pensão?
Margô inspirou fundo: a menina era mesmo atrevida. Em busca de paciência, a visitante apontou os olhos para o quadrado da janela, que emoldurava os galhos desgovernados de um possível pé de chuchu. Mas não pôde evitar que a imagem abjeta viesse-lhe à cabeça: a sua pensão, a pensão que ela gerenciava com tanto zelo e carinho, transformada em lupanar.
Por aqueles tempos, Margô ainda não morava no chalé dos Caramunhoz. Foi somente mais tarde, quando Percival foi atraiçoado pelo derrame, que ela abandonou o sobrado onde vivera desde a infância e transferiu-se para a casa da sobrinha. Pensava em voltar tão logo Rosaura estivesse com a criança nos braços e os nervos em ordem, e foi o que ela assegurou aos vizinhos lastimosos que vieram se despedir. Contratou duas raparigas e encarregou-as de tocar a pensão adiante. Entretanto, não passava dia sem que algum dos hóspedes viesse bater à porta do chalé, e as queixas eram as mais diversas: uma pedra fora encontrada no arroz, o corrimão da escada estava coberto de pó, as toalhas de banho arranhavam de tão ásperas, um fede-fede havia sido flagrado entre os lençóis. Passado o primeiro ano, Margô fartou-se daquilo. Vendeu a pensão ao vesgo Marcolino, que era um hóspede de longa data, tão antigo que até auxiliara a velha a pendurar a tabuleta, então brilhosa de verniz, onde se lia "Pensão Saúde". Doeu-lhe, é verda-

de. Tinha sido seu avô a mandar construir o casarão. No entanto, não derramou uma lágrima sequer. Depois de assinar a papelada, olhou com ternura para o imenso pessegueiro que sombreava o terreno e piscou um dos olhos para a forquilha lá no alto, onde a rainha dos pêssegos deixava-se ficar por horas a fio, rodeada por seus aveludados súditos.

Margô nascera e crescera naquele sobrado. Imaginara povoá-lo com a sua descendência, dando continuidade ao suceder-se das três gerações que haviam pisado aquelas tábuas. No entanto, a rainha dos pêssegos não se casou. Não por falta de um belo enxoval, nem por falta de dignos pretendentes, mas o fato é que, dos mancebos que lhe pediram a mão, nenhum deles deu-lhe frios na barriga, nem fogo nas faces, nem tremor nos joelhos, nem gagueira na língua, nem branco nas ideias. O mal do amor revelava-se por tais sintomas — todo mundo sabia e até estava escrito nos livros de romance. Margô esperou ansiosa por algum dos sinais, ao menos um, mas a desejada doença nunca a acometeu. Não lhe restou senão recusar os candidatos a marido: não convinha tomar remédio sem estar doente.

Cheia de saúde, Margô foi testemunha da lenta metamorfose que se operou no sobrado. Com o passar dos anos, ele se agrandalhava e emudecia, os quartos pareciam multiplicar-se e os pêssegos eram dezenas, a apodrecer tristemente dentro de um cesto na cozinha. E chegou um dia em que ela se surpreendeu só, sentada à cabeceira da mesa de dez lugares, sorvendo uma sopa de feijão que saíra tão saborosa, mas Margô não tinha com quem comentar o quanto havia sido boa a ideia de acrescentar ao caldo aquelas rodelas fininhas de aipo. A velhice matara-lhe os pais, o câncer matara-lhe o irmão, a bebida trancara o padrinho num sanatório, o chamado de Deus carregara a irmã para a clausura de um convento, e o dinheiro escasso convertera em supérfluos os empregados. Entre uma colherada e outra de sopa, uma ideia ganhou luz na cabeça de

Margô: podia transformar o sobrado em uma pensão! Sim, o sobrado negaria o ócio convertendo-se em negócio! Sanga Menor estava repleta de pessoas solitárias, gente mais idosa, cujos filhos haviam se transferido para a Capital ou para cidades maiores, e também certos jovens forasteiros, que atracavam na cidade com seus diplomas ainda frescos, animados pela crença de que, em terra de cego, o caolho é rei. Pronto! Seria o fim dos quartos ocos, das cadeiras de assento sempre frio, dos pêssegos podres e da louça aprisionada, em pilhas, no escuro dos armários. E o nome? Margô fixou os olhos na outra extremidade da comprida mesa e mastigou, sem pressa, uma rodelinha de aipo. Quando a engoliu, o nome da futura pensão invadiu-lhe a boca como um sabor, um delicioso sabor, e ela murmurou: "Pensão Saúde".

"Tudo teria sido mais fácil se, naquela época, essa teimosa houvesse concordado em mudar-se para a pensão", pensou Margô, fitando, ainda, os galhos horrendos do pé de chuchu.

Quando Rosaura e Caetana viram-se órfãs, a mais velha das meninas já estava de aliança no dedo esquerdo, instalada no chalé que o marido fizera construir um nadinha acima do meio da lomba. A mais nova, porém, estava ainda solteira, e quando o anjo da morte levou-lhe o pai para junto da mãe, a garota pareceu respirar um tanto aliviada, mas não só porque o velho enfim descansara, depois de meses agonizantes às voltas com o tumor: também porque ela poderia, finalmente, sair daquela casa, onde não fora feliz. Na época, Margô insistiu com Caetana: havia um quarto vago na pensão, e era o mais ensolarado de todos, com vista para o pessegueiro e, na parede, um lindo gobelim competia com a janela. Mas a sobrinha recusou. Disse que queria morar num lugar só seu, onde vigessem as suas leis, ou a falta delas. Diante da explicação da menina, Margô foi-lhe em cima: Caetana estava sendo injusta ao imaginar que a tia alimentasse planos de governar a sua vida. Ora! Tantas vezes

Margô interviera, rogando ao irmão que não fosse tão severo com a caçula, que a deixasse um pouco livre, para acontentar-lhe a natureza soberana. As mediações da tia, era verdade, nunca lograram afrouxar as rédeas que repuxavam, sem clemência, os ímpetos de Caetana, mas não era correto desconsiderar o mérito das tentativas. Se a sobrinha viesse morar na pensão, ia ver só: ninguém meteria o bedelho na sua vida. Caetana, porém, era turrona, tal como o pai, e não deu ouvidos à tia. Agrupou suas ralas economias e, vendida a casa onde ela e a irmã haviam crescido, tornou-se proprietária da choupana azul-clara com arremates em tijolo cru, uma casinhola até jeitosa, mas situada a poucos passos da sanga.

Alojada no seu novo lar, Caetana pareceu tornar-se ainda mais selvagem, à semelhança do jardim que dava boas-vindas aos seus raros visitantes. Preocupada, Rosaura culpava a sanga: havia de ser insalubre respirar, dia e noite, os vapores que subiam daquelas águas. Mas Margô, embora não fizesse pouco caso dos vapores, estava convencida de que a morte do pai tivera o efeito de uma alforria para os impulsos da menina. E vinha-lhe à lembrança aquela peça de teatro, uma das primeiras que Caetana montara, num tempo em que as esquisitices da sobrinha contavam, ainda, com a atenuante da adolescência: os bonecos passavam o tempo inteiro atormentados por uma tesoura gigante, que os perseguia com ameaças; queria cortar-lhes o cabelo, as unhas, a língua; mas chegou o dia em que um dos marionetes decidiu enfrentar a temível tesoura e, num embate furioso, o gume das lâminas seccionou, por acidente, as cordas que controlavam o corajoso boneco; ele não caiu desconjuntado, como a plateia esperava, e quem caiu foi a tesoura, humilhada, com a boca faminta tão aberta que os dorsos das lâminas se encontraram, e o boneco surgiu sobranceiro, em primeiro plano, banhado por uma luz cor de sol que Caetana fez incidir sobre o palco.

Margô puxou mais um suspiro: se ela tivesse conseguido dobrar a birrenta, quanto falatório teria sido evitado. Como se pudesse ler os pensamentos que, naquele momento, iam pela cabeça da tia, Caetana falou:
— Se a senhora tivesse me convencido a ir morar na pensão, essa pouca-vergonha não estaria agora acontecendo. Não é mesmo, Tia Margô? Naquele quarto, eu não poderia beber dos elixires do Eliezer, porque o gobelim e o pessegueiro estariam sempre de olho, vigiando tudo.
Pega de surpresa, a tia desconcertou-se:
— Ora, menina! Não seja boba!
— A senhora devia é me agradecer, tia, por eu ter recusado o quarto. Eu a poupei de uma trabalheira insana e ingrata, a mesma trabalheira em que o meu pai consumiu a vida. — E, parando de modelar a massa branca, Caetana acrescentou uma desnecessária confidência: — Vou lhe contar uma coisa, Tia Margô. Eu não tive pena quando o médico veio dizer que o câncer estava vencendo o pai, que estava ganhando espaço, mais e mais. Não tive pena e até me senti solidária com aquelas células enlouquecidas, porque imaginei o quanto elas teriam padecido sob o jugo do velho, o quanto teriam sido reprimidas pela mania dele de controlar tudo, quantas renúncias teriam sido obrigadas a amargar. Sim, o câncer era uma justa insurreição. Não teria sido correto detê-la com o talho de um bisturi.
Tia Margô saiu indignada da casa da sobrinha. Atravessou o pequeno jardim chutando, com violência, as macegas e os inços. Aquela diaba não tinha respeito por coisa nenhuma, nem pela memória do finado pai!
Antes de dirigir-se à pensão, ela foi até o chalé de Rosaura e apresentou a sua baixa. Não queria abraçar a causa. Não lhe pedissem mais para intervir junto à louca da Caetana.
E, como as fofocas fervilhassem pela cidade inteira, Percival teve a prodigiosa ideia: explicariam a toda a gente que os

líquidos coloridos estavam roubando a razão da coitada. Verdade que Caetana sempre tivera uma personalidade forte, mas assumira um comportamento tresloucado desde que passara a empinar as garrafinhas prescritas pelo charlatão. Aquele homem era um risco para a saúde pública. Merecia ser banido de Sanga Menor antes que fosse demasiado tarde.

O alarma eriçou os nervos da comunidade. Caetana não havia sido a única a experimentar os líquidos que se agitavam nas garrafinhas de Eliezer. Para apaziguar o desassossego coletivo, o prefeito foi ao coreto da praça da igreja e esclareceu: não havia prova alguma de que os elixires do suposto extraterrestre fossem nocivos à saúde humana. Para dissipar as suspeitas, ele encarregaria o farmacêutico da cidade de analisar a composição das fórmulas; e, quanto à Dona Caetana, pediria ao doutor João José que a examinasse para elucidar se a moça estava, realmente, com o juízo afetado.

Quando Caetana soube da polvorosa que sacudia Sanga Menor, tomou-se de fúria, adivinhando que só podia ter sido o cunhado a espalhar o boato. O boboca do Percival queria afastá-la de Eliezer a todo custo, pois atribuía àquele namoro, assim como às mais variadas circunstâncias, um potencial lesivo para a escalada meteórica que sonhava empreender na hierarquia do banco. E o mais revoltante eram os planos do prefeito, que incluíam a elaboração de um laudo médico cujo objeto seria a saúde mental da pobre moça dos fantoches. Coitada, nunca conseguira andar na linha, mas parece que, agora, perdera de vez o equilíbrio.

"Mas isso não fica assim", pensou Caetana, transida de ódio, enquanto conferia os números de um calendário.

Naquela mesma tarde, ela fez vir Eliezer, e a esbodegada caminhoneta esteve defronte à casa azul-clara por, ao menos, um trio de horas. Despediram-se um do outro quando já se insinuava, no céu, a silhueta crescente da lua. Caetana deixou-se ficar no seu jardim, sentada sobre as macegas, ouvindo, na lonjura das ruas, os estertores do motor, cada vez mais últimos, cada vez mais, até que se ultimaram, e só ficou o canto dos grilos. Sentiria saudades de Eliezer. Do cheiro acre do seu pescoço. Do sorriso que se abria sem urgência, dente a dente. Do modo como ele brincava com os cabelos dela, como se fosse um filhote de gato às voltas com um novelo de lã.

No dia seguinte, uma angustiada Caetana invadiu a Farmácia Diamante. Pousou, sobre o balcão, uma das garrafinhas de Eliezer e pediu ao farmacêutico que, com a maior brevidade, desvendasse os mistérios daquele elixir. Erguendo o frasco contra a claridade da rua, o homem examinou, com o hemisfério sul dos óculos, o líquido esverdeado e denso que a transparência do vidro revelava. Pediu à moça que não se afligisse: ele se pronunciaria tão logo a ciência desse permissão.

Da farmácia, Caetana rumou para o consultório do doutor João José. Ante o olhar desconfiado do médico, que a conhecia desde menina, ela garantiu estar disposta a colaborar. Submeteria corpo e mente às investigações que fossem necessárias, tudo a bem de clarear as sequelas com que o elixir lhe houvesse gravado a saúde.

No arco de um mês, os dois cientistas apresentaram ao prefeito o espantoso resultado dos seus estudos. E não adiantou que o mandatário, passado o susto da revelação, tivesse-lhes recomendado discrição absoluta, porque, naquele mesmo instante, toda a cidade já comentava, graças à língua grande da esposa do farmacêutico: o elixir que a Caetana dos Fantoches ingerira não era senão esperma, esverdeado por gotas de anilina, e o preço da imprudência não fora nada menos do que um estado gravídico. O rebuliço foi enorme. As pessoas intercalavam cochichos e sinais-da-cruz: que bizarro feto estaria evoluindo no ventre da fantocheira? Teria a pele verde e a cabeça triangular? E mulheres de todas as idades acorreram ao consultório do doutor

João José, porque também elas haviam ingerido os elixires, sem supor que neles estivesse inoculada a semente do extraterrestre, uma semente poderosa, que resistia aos ácidos do estômago e rastreava, no âmago do corpo feminino, o desprevenido óvulo. Propagou-se a histeria: o planeta de Eliezer pretendia, decerto, dominar a Terra, e o primeiro passo seria transformar Sanga Menor em uma colônia de mestiços, criaturas híbridas que se levantariam, no futuro, como um exército contra os terráqueos.

Os bancos da igreja abarrotaram-se de fiéis e infiéis. Todas as Nossas Senhoras foram importunadas com promessas, mesmo aquelas de existência, até então, desconhecida. E quando Caetana avistou, da janela da sua choupana, a branca procissão que se arrastava ladeira abaixo, em direção ao seu endereço, reconheceu: não medira as consequências do chiste com que pretendera zombar da cidade. A mediocridade daquela gente estava, de fato, em constante aperfeiçoamento.

Uma onda de alívio varreu Sanga Menor quando, enfim, ficou esclarecido que, naquele fatídico mês, nenhuma mulher havia sido fecundada, exceto a fantocheira. Na sequência do alívio, formigou, na alma dos conterrâneos de Caetana, a suspeita de que a moça pregara-lhes uma peça. E o orgulho recomendou a todos que não se falasse mais no assunto. Mesmo quando nasceu o pequeno Gilberto, as pessoas fingiram indiferença, embora farfalhasse, dentro delas, a curiosidade pelo aspecto da criança. Alguém espichou o olho e conferiu: o filho da maluca tinha a aparência de um bebê como outro qualquer, e colocou-se o ponto final naquela história toda, da qual Caetana saía, porém, com a reputação ainda mais degradada.

Foi assim que o primo de Lírio veio ao mundo. O primo que fazia chacota dos seus medos e o arrastava até a margem da sanga para brincarem de Robinson Crusoé ou de Cristóvão Colombo. O primo que tentava ensinar-lhe a cuspir no chão e a coçar as bolas. O primo que, agora, entrava no chalé, homem

feito, trazendo aquela ideia absurda de sepultar o corpo da mãe junto à sanga.
— Está tudo acertado, Tia Rosaura — tornou Gilberto. — E era a vontade da minha mãe.

Rosaura grudou as pontas dos dedos nas têmporas e balançou a cabeça, negando de forma obstinada:

— Não, Gilberto! Pelo que há de mais sagrado, não! A minha irmã não era um bichinho de estimação ou um animalzinho doméstico, que a gente enterra em qualquer buraco e depois marca o lugar fincando uma cruz de gravetos!

Mas o filho de Caetana manteve-se impassível e determinado:

— Eu concordo, Tia Rosaura. Minha mãe nunca foi um bichinho estimado, ao menos não pela maior parte das pessoas que a conheceram, e tampouco um animal que aceitasse doma. E é justamente por isso que ela será sepultada na borda na sanga, tal como desejou.

Essa havia sido a última vez em que Lírio vira o primo. Nas horas derradeiras daquele mesmo dia, realizou-se o enterro ribeirinho da mãe de Gilberto, mas Lírio não compareceu: Rosaura dissera-lhe que não se sentisse obrigado a testemunhar tamanho vilipêndio; ademais, a umidade do entorno à sanga poderia ser prejudicial aos pulmões de quem já tivera pneumonia. Lírio também não compareceu ao enterro fictício do dia seguinte, porque alguém tinha de ficar em casa, velando por Percival, que não era defunto, coitado, mas quase.

Passados alguns dias do enterro, Gilberto, já de volta à Capital, telefonara para Tia Rosaura. Ela pouco falou e, recolocado o fone no gancho, não encontrou forças para apresentar o relatório aguardado por Margô e por Lírio: desbragou um choro caudaloso, um choro que lhe avermelhou a face inteira, um choro que prometia durar para sempre. Quando restava do pranto não mais que soluços, Rosaura desvencilhou-se do abraço de Tia Margô e sussurrou:

— Esse menino, tia, é um tesouro. Deus foi bom com a minha irmã. Escreveu certo por linhas tortas. — E nunca ela conseguiu repetir tudo o que o sobrinho dissera-lhe.

Agora, Gilberto retornava a Sanga Menor. Haviam passado, frouxo, dez anos. Ao longo de todo esse período, o primo de Lírio nunca mais regressara à cidade, nem mesmo para deitar uma flor lá embaixo, sobre a terra anônima que escondia o sepulcro de sua mãe. Às vezes, o carteiro trazia uma carta, e as tias riam muito, porque os destinatários da correspondência eram sempre os anões do jardim, e Gilberto pedia-lhes a gentileza de contar às tias e ao primo essa e aquela novidade. Outras vezes, o carteiro vinha com um pacote, e as tias encontravam, no interior da caixa, um bilhete onde se liam instruções dirigidas aos sete homenzinhos: deveriam entregar para Tia Rosaura o vidro de perfume, as revistas de artesanato e os frascos de tinta; para Tia Margô, o broche e o lenço; para Lírio, as meias de lã azul-marinho; para tio Percival, as meias de lã verde-escuras.

Recordando esses episódios, Lírio nem percebeu que afundava, mais e mais, no macio da sua poltrona, enquanto a mãe e a tia exultavam à sua frente, alvoroçadas pelo sucesso estrepitoso daquele bazar de primavera e pela inesperada aparição do sobrinho, a quem ofereceriam um almoço no dia seguinte, e não poderia faltar o rocambole de batatas, que o comilão adorava, e nem os rosbifes na manteiga. E as duas, cheias de planos, empurraram-se em direção à cozinha, deixando Lírio em companhia do pai, cujas palavras, liquefeitas, escorriam pelo canto da boca.

4

— Será que tenho direito a mais uma fatia de rocambole?

Rosaura levou a mão ao queixo e fez cara de quem calcula. Depois, cheia de ternura, olhou para o sobrinho:

— Bem, Gilberto, você tem um crédito equivalente a dez anos de fatias de rocambole. Acho que pode servir-se de mais uma. Mesmo que essa seja a sétima!

Todos à mesa riram, enquanto o próprio Gilberto apanhava a travessa de louça e servia-se do desfalcado manjar.

— A senhora está sendo gentil, Tia Rosaura — disse ele. — Sabe, perfeitamente, que eu já ultrapassei a marca da sétima fatia, e há bastante tempo.

Para Rosaura e Margô, era uma festa observar o prazer com que o sobrinho comia. Ele fora sempre um bom garfo, desde pequeno; uma criança que não torcia o nariz para nada, e o talher nem precisava fingir-se de aviãozinho. A família indagava, perplexa, que caminho a comida fazia dentro do garoto. Parecia um atalho, uma via reta e desimpedida, capaz de garantir, mesmo aos alimentos mais substanciosos, fluxo veloz e ausência de rastros. Para Percival, não havia mistério algum: o moleque passava fome. Não que faltasse dinheiro para Caetana — que isso eles não permitiriam —, mas faltava organização, e o resultado era aquele: as refeições, na choupana azul--clara, não tinham hora certa para acontecer, sem falar que se compunham de ingredientes aleatórios, que não combinavam entre si e não atendiam às necessidades básicas do organismo humano; além disso, a cunhada pecava também pela falta de asseio: deixava o menino pôr na boca as piores porcarias, desde folhas arrancadas do jardim até minhocas exumadas da terra, pouco lhe importando se a barriga do pirralho fosse povoar-se de vermes.

— Eu nunca entendi qual é a mágica que você faz para não engordar, Gilberto! — disse a velha Margô, tornando a encher de limonada o copo do sobrinho.

— Desconfio, Tia Margô, de que as acomodações aqui dentro de mim não sejam as melhores. Toda comida que entra não vê a hora de sair.

Voltaram a dar risadas, inclusive Lírio, sem suspeitar de que a graçola do primo fosse servir de gancho para o comentário seguinte da tia-avó:

— Se é assim, o avesso do Lírio deve oferecer uma hospedagem cinco estrelas, porque a comida estaciona ali dentro e é preciso muito chá de sene para convencê-la a caminhar.

Rosaura voltou-se para a tia, mostrando dois vincos entre as sobrancelhas:

— Tia Margô! Isso não é assunto para se comentar à mesa!

Mesmo reconhecendo a censura como justa, a velha não conseguiu deter os sacolejos que o riso impunha às suas carnes. Levou o guardanapo à boca e, por trás da cortina de linho em cuja borda ela própria tecera um friso de crochê, continuou a mostrar os dentes. Era muito engraçado! Finalmente, chegava-se a uma explicação para a prisão de ventre crônica que acometia Lírio: a comida encontrava, lá dentro, toda a sorte de mordomias. Talvez a colcha de chenile, talvez o tijolo recém-saído do forno! Não era de admirar que a comida estagnasse nas entranhas do moleirão e que fosse preciso cutucá-la com chá de sene, leite de magnésia e até aplicações de clister. Aliás, o mesmíssimo processo acontecia no interior do chalé: Lírio aboletara-se ali dentro, cercado por todos os mimos e regalias que Rosaura corria a prover, e não conseguia avançar, não conseguia libertar-se do calor daquela casa, que era quase um corpo cujo interior ele habitava.

Vendo que o primo remexia-se na cadeira, Gilberto foi em seu socorro:

— Mas o Lírio está muito bem. Não é mesmo, Liroca?

Em resposta, Lírio levantou os olhos e mostrou o rosto caiado de talco. O outro não desanimou:

— Ainda lembro quando ele não passava de um fedelho, emparelhado com os anões do jardim, e eu jurava que o priminho nunca alcançaria a minha altura. Chegaria, no máximo, ao nível do Cristo. No entanto, aí está o Liroca, dois metros de comprimento, crescido como um jerivá! — E Gilberto, esticando o braço, bateu a mão espalmada nas costas do primo.

Tia Margô não conteve a ironia:

— Cuidado com os pulmões dele.

Mas Gilberto aplicou-lhe um outro tapa:

— Não há nada de errado com os pulmões do Lírio, Tia Margô. Nem com os pulmões, nem com o resto. Não é mesmo, Liroca? Ele é um homem forte e são. Trouxe até um diploma para a galeria de orgulhos da família.

Ao som da palavra diploma, Rosaura enrubesceu de contentamento:

— Pena que você não pôde ir à formatura, Gilberto. Foi uma cerimônia tão linda!

Gilberto fez seus os lamentos da tia. Fora mesmo uma pena. Fizera o possível para desmarcar a conferência ou para encontrar alguém que o substituísse, mas seus esforços haviam sido vãos.

Percebendo que o sobrinho, antes mesmo de dar fim à enésima fatia de rocambole, descansara o garfo sobre a beirada do prato, Rosaura correu a tranquilizá-lo. Pousou a mão sobre a dele e explicou que a sua ausência, embora lastimada por todos, fora compreendida, pois Gilberto — a cidade inteira sabia — era um profissional assoberbado, cuja agenda transbordava de afazeres. Ademais, o compromisso que o impedira de comparecer à colação de grau de Lírio não fora coisinha à toa. Levara até na televisão! As tias e o primo haviam ficado de queixo caído ao verem o rosto de Gilberto projetado na tela, e sentiram o peito estufar quando o locutor anunciou o seu nome como principal conferencista no congresso aquele. Como era mesmo o nome do congresso?

— Congresso Panamericano de Estratégias Publicitárias — respondeu Gilberto, já ensaiando a mão para reaproximar-se do garfo.

— Isso mesmo — fez Rosaura, achando muito sonoras aquelas palavras enigmáticas. — E eu recortei todos os anúncios que os jornais estamparam. Estão lá em cima, dentro da canastra onde eu guardo as minhas relíquias de família.

A seguir, ouviu-se a voz de Lírio, que pouco falara até então:

— Você sim, primo, é um verdadeiro orgulho para esta família.

— Ora, Liroca! Só porque sei vender o meu peixe? Isso não basta para promover a gente a orgulho. — E Gilberto empinou o copo de limonada, esvaziando-o tão rápido que o líquido pareceu não ter sido fracionado em goles. Depois, esticando um sorriso, ele disse: — Sou um bicho errante, Lírio, avulso no mundo. Não consigo fincar raízes em chão nenhum. E tampouco suporto a ideia de raízes aéreas, dessas que sobem da gente e vão buscar seiva lá em cima, sabe onde. Essa incapacidade — confessou, com olhos improvisadamente outros — devo ter herdado da minha mãe.

Rosaura e Margô revezaram-se em louvores e bendições à alma da falecida Caetana. Que Deus a tivesse. Que descansasse na paz do Senhor. Que os anjos guardassem a sua morada.

Tão logo emergiu daquele instante de devoção, Margô tornou a investir contra o filho de Rosaura:

— Melhor assim, Gilberto. Antes não ter raízes a tê-las em excesso — e lançou um olhar pétreo para Lírio.

Rosaura pigarreou de forma exagerada, na tentativa de comunicar à tia que ela adentrava o terreno das inconveniências. Será que Tia Margô não se libertaria jamais do cacoete de implicar com Lírio? Mas a velha nada percebeu. E continuou:

— Você acredita, Gilberto, que o Lírio passa semanas sem tirar o nariz para fora de casa? Não vai sequer até o jardim! Quando as raízes funcionam como correntes, então é melhor a gente não as ter. Você não acha?

Gilberto notou que, inadvertidamente, cutucara um vespeiro. Tentou contemporizar, dizendo que também ele não seria bobo de sair daquela casa, onde se comia o melhor rocambole de batatas do mundo, temperado com o carinho de duas fadas. Mas Margô estava longe, tão longe que não podia ser alcançada pelos panos quentes de Gilberto, e tampouco pelos chutes que Rosaura, por baixo da mesa, aplicava-lhe nas canelas.

— E você acredita, Gilberto, que o Lírio teve convite para lecionar geografia no colégio dos padres e recusou?

Rosaura saltou em defesa do filho:

— Ele não recusou, Tia Margô.

— Ah, é verdade! O Lírio não recusou o convite — corrigiu-se a velha, com a voz modulada pelo sarcasmo. — Faz dois anos que ele está pesando os prós e os contras, e os pratos da balança, até hoje, não lhe deram uma posição. O diretor do colégio, aquele santo homem, continua esperando por uma resposta do Lírio. Mas a culpa é dos pratos, que não se decidem!

A situação era espantosa para Gilberto. Ele olhava para o primo e não conseguia acreditar naqueles olhos baixos, naqueles ombros encolhidos, naquela mudez de réu. Por que Lírio não reagia? Por que se deixava enxovalhar desse jeito?

Parecia impossível que, passados tantos anos, Lírio continuasse o mesmo, o garotinho desprotegido que não podia renunciar ao seu casulo, que não se atreveria jamais a rompê-lo, por nenhuma recompensa deste mundo, pouco importando que a vida lá fora gritasse provocações e desafios. Pobre do Liroca! Gilberto lembrava bem o quanto os meninos da cidade divertiam-se à custa do primo, porque sabiam-no incapaz de revidar. Chamavam-no de borra-botas, diziam que os seus ossos tinham consistência de espuma e que os colhões eram miúdos como duas ervilhas. Lírio mantinha-se quieto e imóvel, espremido dentro do seu casulo, e Gilberto, observando à distância, não podia aguentar aquilo. Um misto de piedade e vergonha raspava-lhe os nervos. Marchava na direção do primo e postava-se ao seu lado, de braços cruzados e pernas abertas, evocando a imagem de uma ameaçadora letra A; depois, derramava sobre os garotos o seu olhar de soda cáustica, que dissolvia num instante o grupelho de gozadores, e só quando já iam longe é que Gilberto sacudia Lírio pelos ombros:

— Por que você não os manda comer bosta de cavalo? Por quê?

Hoje, vendo o primo ser espezinhado por Tia Margô, Gilberto teve vontade de sacudi-lo com a mesma força. A velha parecia desenfreada:

— A cidade inteira comenta. Há quem acredite que o Lírio padece de alguma doença misteriosa, que o obriga a viver confinado aqui dentro do chalé. Você acredita, Gilberto, que ele não tem sequer um amigo? Podia ir às festas do clube, conversar com rapazes da idade dele, conhecer alguma moça bonita. Mas não: prefere ficar ali, naquela poltrona, embrulhado numa colcha de chenile, como se fosse um velho mais velho que eu.

Rosaura tentou outro pigarro, desta vez mais eloquente, e sugeriu à tia em tom de quem ordena:

— Tia Margô, acho que a senhora deve ir até a cozinha. Está na hora de desenformar o pudim.

Alguma coisa, porém, impelia Margô a seguir pisoteando o sobrinho. Ela tinha consciência de estar desgostando Rosaura, a sua querida Rosaura, mas não conseguia conter-se. Subitamente, a pasmaceira de Lírio afigurava-se mais hedionda do que nunca. Mas quem mandara o moleirão sentar-se justo ao lado de Gilberto? Decerto que a proximidade radiosa do primo jogava luz sobre a miséria do outro, expunha-lhe as mazelas com terrível nitidez, e Margô, sentada à frente de Lírio, via-se assaltada pela repulsa.

— E talvez você não saiba, Gilberto, mas o Lírio, que hoje conta trinta anos de idade, jamais teve namorada! Se um dia ele se casar, há de ser com a Branca de Neve do jardim, pois não se pode negar que existe uma forte afinidade entre ambos: a inércia!

A essa altura da refeição, os talheres, inclusive os de Gilberto, já estavam cruzados sobre os pratos, de modo que, quando a mão direita de Rosaura golpeou a mesa, ouviu-se o estridente tilintar do metal contra a louça. Na jarra e nos copos, a limonada agitou-se. No centro da mesa, as dálias fremiram.

— Basta, Tia Margô! — bradou a mãe de Lírio, com uma voz que nem parecia a sua.

Um silêncio de chumbo pendurou-se no ar, e todos ficaram imóveis, com medo, talvez, de que o colosso despencasse sobre suas cabeças. Gilberto pensou em descontrair os ânimos, avisando que a Branca de Neve não era moça para casamento, tanto que ele a beijara na boca infinitas vezes, e a safada nunca se esquivou, tampouco exigiu o selo de um compromisso. Contudo, adivinhando que a graçola só faria o silêncio pesar ainda mais, Gilberto guardou-a para si. Olhou para o rosto dos seus companheiros de mesa e sentiu pena de cada um deles. A pobre Tia Rosaura: aqueles últimos anos pareciam ter marchado sobre ela com coturnos inclementes. Os olhos transpareciam um cansaço crônico, que vinha, talvez, do esforço de carregar olheiras tão roxas, e a boca ganhara o feitio de um queixume mudo. Já devia estar arrependida da explosão, mortificando-se por ter sido tão grosseira com a tia e por ter protagonizado uma cena vergonhosa diante do sobrinho. A velha Margô, por sua vez, também havia de estar picada pelo remorso, mas não porque considerasse ter sido injusta com Lírio, e sim porque Rosaura não merecia ouvir as esquisitices do filho cantadas em prosa e verso. Ah, a Tia Margô! Era impossível olhar para ela sem pensar em um maracujá, desses cuja casca é amarrotada de vincos e esmaecida de viço, e cuja polpa surpreende pelo fogo da cor, pela contundência do aroma e do gosto. E restava o primo, o desgraçado Liroca. Com seus dois metros de altura, ele parecia um bicho-pau, bem quieto, absorto no seu instinto de mimetização, rezando para que não lhe descobrissem a individualidade. Esse, com toda a certeza, devia estar dando a mão à palmatória, as costas ao açoite e a outra face para mais uma bofetada. Quem estava em situação mais confortável era, sem dúvida, Tio Percival: ali, no canto escuro da sala, sentado em sua cadeira de rodas, o homem a quem o Redentor presenteara com um milagre mantinha-se ao largo de toda aquela angústia.

Alguma coisa, porém, precisava ser dita. Com a ponta do dedo indicador, Gilberto alisou a borda do prato, descobrindo o relevo suave das flores pintadas por Tia Rosaura. Quem haveria de romper com a torturante vaca amarela? Se Gilberto tivesse de apostar, jogaria todas as fichas em Tio Percival, que surgia como candidato promissor, considerando-se o embaraço irremediável que amarrara a língua dos demais.

Cansado de esperar, o convidado tomou a iniciativa:

— Eu me lembro bem do diretor do colégio. Homem estranho. Só vestia azul-marinho. — Gilberto inseriu uma pequena pausa. Como ninguém agarrasse o gancho, prosseguiu:

— Lembro-me também dos padres, e é uma lembrança ardida, pois perdi a conta dos tiros de sal que os patifes mandaram no meu lombo.

Dessa vez, ele conseguiu extrair de Tia Margô um alinhavo de sorriso. Tia Rosaura, por sua vez, pôs no sobrinho uns olhos agradecidos, e o vinco entre as suas sobrancelhas deu a impressão de tornar-se mais raso. Gilberto entusiasmou-se:

— Eu voltava para casa com umas pústulas tremendas! Lembra, Tia Rosaura?

A dona da casa afrouxou ainda mais o cenho:

— Convenhamos, Gilberto, você não era santo. Pulava o muro do colégio para roubar as ameixas dos padres! Eles agiam em legítima defesa.

— Eu reconheço, tia — ponderou o publicitário. — Mas padre que é padre, quando precisa defender-se, recorre às suas rezas, e não a uma espingarda de sal! Ou será que não confiavam no calibre de Deus?

Todos à mesa permitiram-se um sorriso. Até Lírio subira os olhos e mostrava uma expressão convalescente, quase saudável, em que se podia, com boa vontade, adivinhar o sangue, circulando silencioso por baixo da máscara de palidez.

Gilberto congratulou-se: alcançara o seu intento.

Diziam de Gilberto Ilharga que ele dominava como poucos a arte de manejar as pessoas, de extrair delas o sentimento que melhor conviesse, e creditavam o seu sucesso como publicitário a essa fina habilidade. Ouvindo aquelas conjeturas, o incensado presidente da agência Ideário dava de ombros, indeciso entre sentir-se lisonjeado e ofendido. Tinha teorias próprias sobre a gênese do seu talento, mas não iria dividi-las com ninguém. Durante toda a infância e a adolescência, Gilberto observara as mãos hábeis de Caetana, manobrando o destino dos seus singulares marionetes. No espírito do atento espectador, algo forjou a convicção de que as pessoas diferenciavam-se dos bonecos apenas por não serem feitas de papel machê, e Gilberto resolveu aplicar a elas a técnica aprendida com a mãe. O êxito que mais tarde alcançou no exercício da profissão comprovou a procedência da sua tese, mas ele guardou o segredo para si: não tinha papas na língua para contar piadas sujas, nem para falar mal dos padres, nem para desancar o governo, mas aquilo não era coisa para ser comentada. Só com a mãe é que Gilberto atrevia-se a falar sobre a natureza títere das pessoas e, mesmo assim, usava palavras que lhe ficavam dentro da boca, palavras que só Caetana era capaz de ouvir, e ela respondia da mesma forma, estabelecendo-se uma conversa inaudível para os demais, mas loquaz para ambos.

— O certo era que me aspergissem água benta, e não que me alvejassem com petardos de sal! — continuou Gilberto, em tom de jocosa indignação.

As tias meneavam a cabeça, risonhas. Lírio tremia os cantos da boca, na hesitação de não saber até que altura eles tinham o direito de subir. Olhando para o primo, Gilberto sentiu o impulso de aplicar-lhe mais um tapa nas costas, mas, dessa vez, temeu pelos pulmões de Liroca, ou por algo de ainda mais quebradiço que pudesse haver dentro daquele corpo.

De repente, uma sensação de eureca apoderou-se do publicitário. E ele disse:

— Liroca! Você já ouviu falar do Colégio Vitruviano?

O outro, apanhado assim de surpresa, recolheu o sorriso e pôs a espinha em posição de sentido:

— O Colégio Vitruviano? Sim, primo, claro que sim. É a instituição de ensino mais famosa da Capital.

— Pois sabe de uma coisa? — Gilberto esfregava o maxilar enquanto falava. — Eles são meus clientes e estão me devendo um dinheiro grosso. Aposto que eu conseguiria colocar você lá dentro, Liroca, como professor de geografia, ou como pesquisador, ou com o rótulo que você preferir.

Àquelas palavras, um talho abriu-se no coração de Rosaura. A proposta do sobrinho implicava que Lírio fosse morar na Capital, a longínqua e perigosa Capital, para onde Rosaura viajara somente uma vez, cedendo aos tenazes convites de Caetana, e de onde trouxera as piores impressões. Contudo, mesmo com o coração ulcerado, Rosaura conseguia vislumbrar o quanto era preciosa a oportunidade oferecida por Gilberto.

Com as faces chamuscadas de excitação, ela preencheu o silêncio deixado pelo filho:

— Você acha mesmo, Gilberto? É uma escola tão renomada! Só crianças de família rica é que estudam lá.

Gilberto garantiu: bastava um telefonema seu e o Lírio estaria contratado. Explicou que a diretoria da escola andava apavorada com o possível ajuizamento da execução da dívida. E Rosaura, diante da segurança que o sobrinho transmitia, aliviou o fogo das bochechas pondo-as em contato com as palmas úmidas das mãos:

— Minha Nossa Senhora! Para o Lirinho, seria um presente de Deus, intermediado pela generosidade do primo!

Um pensamento mordaz invadiu a cabeça de Margô: "Tomara que esse colégio não siga alguma inaceitável linha pedagógica". E a velha não teria hesitado em colocar tal pensamento em palavras, não fosse pelo recente acesso de raiva da sobrinha, que pusera em terremoto não apenas os talheres, a limonada e as pétalas das dálias, mas também os nervos da boquirrota octogenária.

— E você poderia ficar lá em casa, Lírio! — prosseguiu Gilberto, cada vez mais animado. — Meu apartamento atual é enorme. Coisa da Mariel, minha última ex-mulher, que sofria de megalomania. É até ridículo que eu esteja morando sozinho naquele mundaréu de espaço.

Lírio continuava sem pronunciar palavra. Seu rosto branco

e mudo lembrava uma folha de papel onde nada estivesse escrito. A mãe tentou ajudá-lo:

— Então, meu filho, o que você diz?

Ele balbuciou palavras encabuladas, que não se encorajavam a formar frases completas. "Puxa vida", "lisonja", "surpresa" e termos afins ficaram errando pelo ar, sem atinar com a maneira de unir-se uns aos outros. Aquele embaraçoso nonsense prometia estender-se ao infinito, e Gilberto encarregou-se de dar-lhe cabo: agarrou a jarra de limonada e encheu os quatro copos até a borda:

— Bebamos em homenagem ao futuro integrante do quadro de professores do Colégio Vitruviano, o nosso bravo Lírio Caramunhoz, geógrafo e jerivá! — entoou Gilberto, entusiástico, erguendo o seu copo até a altura de um brinde.

5

Eram duas horas da tarde, e Lírio deveria estar na cama, dormindo a sua sesta. Contudo, ali estava ele, caminhando pela praça da igreja, sentindo, no rosto branco, a carícia amarelada daquele intenso sol de primavera. No céu, nenhuma nuvem. A luminosidade da estrela despejava-se violenta, sem filtros, e a fisionomia de Lírio tentava, em vão, proteger-se debaixo de um amontoado de rugas convocadas às pressas. Fazia muito tempo que ele não se expunha a sol aberto. A mãe, vendo-o decidido a sair para a rua naquelas horas impróprias, suplicara-lhe que levasse um chapéu, mas Lírio, num ato de virilidade, recusara o cuidado. Atravessara o jardim sob o olhar descrente das estátuas concebidas pelo oleiro Gesualdo e pusera-se a subir a rua principal, rumo ao cimo da cidade.

Por uma fresta entre as rugas, o geógrafo divisava o mês de setembro, já esparramado por toda a extensão da praça quadrangular. O roxo dos jacarandás, o rosa das quaresmeiras e o carmim das acácias cantavam vitória sobre as barbaridades do inverno. O coreto, situado bem no centro do largo, reconquistara o tradicional perfume doce, pois o jasmineiro, trepado no gradil das colunas, explodira os seus inebriantes florículos brancos. Na parte superior do gradil, alguém já se encarregara de pendurar as garrafinhas de água com açúcar, enfeitadas com hibiscos de plástico em cujo miolo os beija-flores, sem demora, viriam enfiar o bico. E o pipoqueiro Manfro, sentado no costumeiro toco de árvore, estava acompanhado não apenas do carrinho em que estouravam os grãos de milho, como também da caixa de isopor, recheada com os sorvetes aguados que a esposa preparava.

Aproximando-se de Manfro, Lírio deu-se conta: uma vida inteira vivida em Sanga Menor e jamais provara dos sorvetes que o ambulante vendia. Na lateral do isopor, a mão tosca escrevera *Gelícia*, com tinta vermelha e brilhante. Lírio permitiu-se a dúvida: talvez os sorvetes preparados pela esposa do pipoqueiro não fossem tão aguados quanto sempre lhe dissera a mãe. Gosto é gosto, e Rosaura Caramunhoz, sendo uma quituteira tarimbada, era muito exigente. Ele nunca saberia se não os experimentasse. Acercou-se de Manfro e, cheio de hesitação, pediu um sorvete de morango. Contudo, o barulho rascante que a caixa de isopor produziu ao abrir-se atravessou, na alma de Lírio, um brusco arrependimento, e ele ouviu a si mesmo gaguejando desculpas, explicando ao vendedor que mudara de ideia, ficava para outra vez. Virou-se apressado e, enquanto se distanciava do toco de árvore, mortificava-se, imaginando o olhar de escárnio que o pipoqueiro jogava-lhe às costas. Só podia ser o frouxo do Lírio Caramunhoz. Não tinha coragem nem para tomar sorvete.

Mas o Manfro que pensasse o que bem quisesse. A cidade inteira que futricasse à vontade, dizendo que Lírio Caramunhoz era um borra-botas, um parasita, um mandrião. Quando soubessem da novidade, ah, os mexeriqueiros teriam de engolir todas as injustiças que pensaram e disseram a seu respeito. E, nesse glorioso momento, Lírio daria tudo para ser uma mosca, para estar voejando ali por perto, vendo a expressão de assombro ovalar-se na boca de cada morador de Sanga Menor. Ele se vingaria de um por um, entrando-lhes boca adentro e fazendo com que se engasgassem.

"Que tolice!", pensou Lírio, esfregando a testa branquela que ardia ao sol. Não eram calúnias o que os conterrâneos diziam a seu respeito. Estavam cobertos de razão: ele não passava de um pusilânime. Em lugar de servir de arrimo para a mãe e para a tia anciã, Lírio não era senão um fardo para as duas mulheres, um fardo de dois metros de altura. Que decepção para elas! Depois das agruras que haviam enfrentado a bem de criar o garoto com saúde e dignidade, talvez esperassem por uma recompensa. Mas deram com os burros n'água, as infelizes! A única injustiça que os futriqueiros da cidade cometiam estava em considerá-lo um desavergonhado, um aproveitador. Isso, jamais. Ninguém em toda a Sanga Menor podia supor o tamanho da humilhação que o dilacerava. Ninguém imaginava os esforços titânicos que ele empreendia, sem sucesso, na tentativa de levantar-se do trono em que estava refestelado.

Lírio lembrou as palavras que o primo dissera-lhe na noite anterior:
— Deixe Sanga Menor para trás, Liroca! O que o prende aqui? Venha para a Capital, onde ninguém conhece você, onde não existem expectativas a seu respeito, nem boas, nem ruins. — E, vendo que o outro não se resolvia, Gilberto redobrou a ofensiva: — Se continuar plantado aqui, Liroca, você vai secar. Este chão é esturricado. Segundo a minha finada mãe, é por causa da sanga, que chupou toda a vida da cidade e deixou-a assim, virada em múmia.

A grama sobre a qual Lírio caminhava agora, verdejante como penugem de caturrita, desmentia o diagnóstico de esterilidade proferido por Gilberto. As árvores da praça, com suas copas atopetadas de flores, também protestavam, sugerindo que o filho da fantocheira, ontem, no bar do clube, talvez houvesse exagerado com a cerveja. Mas Lírio logo descartou a hipótese. Confiava na lucidez e na boa mira do primo. Não seriam umas cervejas a lhe borrarem a visão.

Mesmo assim, relutara em aceitar o generoso convite. A Capital. O Colégio Vitruviano. O apartamento gigantesco de Gilberto. Aos olhos do filho de Rosaura, a proposta desenhava-se apavorante. Aceitá-la seria jogar-se na vastidão do alto-mar, e o escafandro que protegia Lírio nunca fora submetido a prova tão dura. Se a própria sanga ameaçava-lhe a couraça, como poderia sentir-se seguro mergulhando em pleno oceano?

Quando os dois eram crianças — Lírio lembrava com apuro —, Gilberto puxava-o para perto da sanga. Garantia que as águas não eram malditas e que o cachorro bípede nunca existira. Mas o pequeno Lírio tremia de forma descontrolada. Mais ele ficava fora de si, e mais se sentia dentro de si, trancado no cárcere que era a sua própria pessoa. Um frio agudo assenhorava-se do trêmulo Liroca e, de repente, em meio àquela sensação siberiana, um fogo desabrochava-lhe nas têmporas: ficava a ponto de desmaiar. E Gilberto, vendo o outro naquele estado, largava-lhe a mão.

Agora, porém, seria diferente. Embora se sentisse impregnado de pavor, Lírio estava decidido a deixar-se arrastar pelo primo até o fim. Amanhã cedo, quando Gilberto desse arranque no motor do seu luxuoso automóvel, Lírio estaria sentado ao seu lado; no bagageiro, estaria a mala onde Rosaura colocara as roupas do filho, gotejadas com o doce das suas lágrimas de mãe; no alpendre do chalé, ela e Tia Margô esticariam seus acenos de adeus, até que o carro sumisse na dobra da esquina.

O sol continuava a derramar toda a sua inclemência sobre a praça da igreja. Conferindo o relógio de pulso, Lírio constatou, surpreso, que haviam se passado apenas quinze minutos. Absurdo! Poderia jurar que uma vida inteira tivesse transcorrido desde o momento em que se pusera a caminhar sobre o verdor do gramado. Logo adiante, a sombra fresca de uma acácia chamou-o a sentar-se, mas Lírio fez ouvidos moucos: não, ele não cederia mais à força daquelas fraquezas. Continuou a sua marcha, imaginando-se um bandeirante a desbravar a primavera, ao mesmo tempo em que desbravava o emaranhado dos medos e pachorras que o haviam imobilizado desde a infância.

Decisão estranha havia sido essa de vir até a praça. Por que diabos ele viera até ali numa hora daquelas? Esperava, talvez, que o sol acachapante atordoasse-lhe as ideias? Apostava que o cheiro do jasmim entorpecesse as suas apreensões? Sabe lá. Mas Lírio tinha um palpite: viera até o coração de Sanga Menor empurrado por um desejo bobo de despedir-se da cidade, e escolhera aquele momento de exagerada luz para que lhe ficasse uma lembrança límpida, capaz — tomara Deus — de ofuscar as imagens escuras e tenebrosas que a sanga imprimira em sua memória. Vez que outra, ainda lhe visitava o mesmo pesadelo da infância: o negrume das águas, o cachorro apavorante e seu chamado insistente, a promessa de um mergulho infinito, sem empecilhos, sem frustrações.

Sentiria saudades de Sanga Menor. A cidade de cuja vida ele jamais conseguira participar, a cidade que zombava dele, que o desprezava, mas era o pedaço do mundo que ele conhecera. Todos os livros de geografia, todos os mapas e diagramas que Lírio estudara, de nada haviam servido para alargar a sua noção do universo. No fim das contas, Tia Margô é quem estava certa: a faculdade havia sido uma gastança inútil de dinheiro.

Olhou para a direita e, avistando o janelão do clube, parou por um momento. Ontem à noite, aquele retângulo de madeira envernizada emoldurara a sua figura e mais a de Gilberto.

Havia sido o primo a propor que os dois saíssem a perambular pelas ruas, já que o céu estava sarapintado de estrelas, e era tão bonito o céu de Sanga Menor. Às palavras de Gilberto, Lírio procurara, por instinto, os olhos da mãe, mas não encontrou senão o topo da sua cabeça, porque Rosaura continuou deslizando o ferro de passar, como se não houvesse escutado a proposta feita pelo sobrinho, ou como se não a considerasse amalucada. Tropeçando em reticências, Lírio foi pegar o seu casaco de lã, enquanto Gilberto tirava do bolso um charuto e guilhotinava-lhe a proa, servindo-se, para tanto, de um pequeno artefato nunca visto pelas tias.

Ao cruzarem o jardim, o publicitário acercou-se da Branca de Neve e ofereceu-lhe uma tragada do seu Ojo de Monterrey. Ante a recusa silenciosa da estátua, Gilberto explicou ao primo num sussurro: o episódio da maçã deixara a princesa muito ressabiada. Transpuseram o pequeno portão de ferro batido e, por um momento, já na calçada, os dois ficaram estáticos. Lírio estremeceu: podia adivinhar a vontade do outro. Sendo filho de Tia Caetana, Gilberto decerto que preferia envoredar para baixo, em direção à choupana azul-clara, em direção à sanga. Contudo, após um ávido puxão de fumaça, o primo surpreendeu-o, sugerindo que rumassem ladeira acima, e lá se foram. Rosaura e a velha Margô, que espiavam por uma fresta da cortina, respiraram aliviadas e voltaram para as suas lidas.

Os primos vaguearam pelas ruas da cidade, recolhendo, aqui e ali, fragmentos da infância. A penumbra da noite, ao invés de encobrir os vestígios daqueles dias tão distantes, parecia iluminá-los. Ao passarem pela padaria do gago Zebedeu, Lírio e Gilberto enxergaram a estranha palavra que, um dia, amanhecera riscada a carvão na parede do estabelecimento, embora hoje as letras que compunham *bolchevique* já estivessem ocultas por quiçá quantas demãos de tinta branca. Passaram pela casa onde morava o Pitoco, invejado possuidor de um carrinho de rolimã comprado na Capital, e viram o garoto voando as tranças, rua abaixo, o garoto que hoje teria a mesma idade de Lírio, não tivesse morrido quatro anos atrás, num desastre de automóvel. Mais adiante, surgiu-lhes a casa do juiz, mas a cerca de madeira que a circundava já não era tão alta, e Gilberto, hoje, não precisaria mais se pendurar nas tábuas para espreitar a filha do magistrado, e não teria, portanto, espetado aquela farpa imensa no dedo, tampouco teria enxergado a linda moça, pois ela agora não morava mais naquela casa, e sequer morava dentro daquele corpo adolescente, cujas curvas reviravam os olhos dos machos de Sanga Menor. Dobraram uma esquina e viram o bêbado Hermínio, sentado no meio-fio, esbravejando contra os monarquistas. Passaram defronte à olaria do Gesualdo e contemplaram a si mesmos no umbral da porta, canequinha de folha nas mãos, encarregados por Tia Margô de pedir ao homem três dedos de cal para dar estrutura ao doce-de-abóbora. Atravessaram a rua e lá estava o poste de luz que, num dia de tempestade, tombara sobre o cupê do prefeito, e logo adiante vinha a casa da professora Diná, cujo corpo, numa manhã de geada, fora encontrado roxo junto à horta, regador ainda na mão.

    Eram muitas as lembranças. Parecia incrível que coubessem todas ali, naquela cidade de tão poucas quadras, em que morava um pingo de gente. Gilberto e Lírio perderam a noção do tempo enquanto percorriam as ruas de Sanga Menor, mergulhando, mais e mais, no escuro da noite e nas reminiscências da infância. Ouvia-se, de quando em quando, a gargalhada de Gilberto, explosiva e escancarada como a da mãe, e seguia-se um revezamento de comentários entusiasmados; em outros momentos, porém, ouvia-se apenas o cricri dos grilos, tracejando o silêncio filho da falta-do-que-dizer. Foi assim, por exemplo, quando os dois primos alcançaram o ponto da avenida onde Percival caíra, vitimado pelo derrame. Ao passarem pela fatídica calçada, Gilberto nada disse, e Lírio imitou-o, mas ambos sabiam que, sobre aquela laje, escorrera o sangue de Percival Caramunhoz, o sangue que se descarrilhara dentro da sua cabeça, e que desastre causara abandonar os carris! Gilberto, à época, era um menino de apenas cinco anos, mas recordava, sem esforço, o desespero saltando nos olhos vermelhos de Tia Rosaura. Lírio, por sua vez, não tinha lembrança alguma, pois era ainda um nascituro. Contudo, poderia reconstituir o triste acontecimento com maior acuidade do que as pessoas então presentes, tantas haviam sido as informações que Tia Margô lhe dera, sem que ele pedisse, e tamanha era a sua vontade de rastrear o pai, não o pai de hoje, sentado na cadeira de rodas, mas aquele que partira antes mesmo de conhecer o filho.

De lembrança em lembrança, os dois chegaram ao topo da cidade. A praça da igreja saudou-os com o seu cheiro doce de jasmim, que, após o cair da noite, parecia despudorar-se ainda mais. Gilberto, que já acabara o charuto, respirou fundo, mas Lírio não ousou fazer o mesmo: tinha respeito pelo sereno. Veio do publicitário a ideia de irem até o clube, molhar a garganta, e em seguida lá estavam os dois, na moldura do janelão que se abria para a praça. Debruçados sobre o parapeito, eles conversaram sobre o convite feito à hora do almoço. As palavras de Gilberto cheiravam a cerveja e a persuasão; as de Lírio, a guaraná e a receio.

— Não é decisão para ser tomada assim, em dois dias — justificava-se Lírio.

— Quem pensa não casa, primo, nem descasa, nem faz coisa alguma.

— Você diz isso, mas é da boca para fora. Sempre gostou de matutar as coisas.

Gilberto defendeu-se:

— Veja bem, primo, não é que eu seja avesso a reflexões. Pelo contrário: deixo as ideias entrarem dentro da minha cabeça e permito que elas falem à vontade, tudo o que quiserem, tudinho mesmo. Mas é preciso saber lidar com essas danadas, Liroca. É preciso mostrar a elas quem é que manda. Na hora em que devo tomar uma decisão, eu as faço calar a boca e não quero mais um pio. — Dizendo isso, Gilberto empinou o copo de cerveja para, então, acrescentar, movimentando o bigode branco que lhe ficara no beiço: — Se for na base da democracia, Liroca, o troço não funciona. Pode acreditar.

Lírio entreabriu a boca. Era estranho imaginar o primo como um ditador. Logo ele, que sempre berrara em defesa das liberdades, e até na delegacia fora parar, uma vez, por ter comandado, na Capital, uma passeata de repúdio contra a lei da censura.

Enquanto relembrava tais fatos, Lírio viu aproximar-se um vulto. Apertou os olhos e teve certeza: era ele, o diretor do colégio dos padres. Que azar! O homem reconhecera-o e marchava em sua direção, bamboleando a compleição redonda e embalada em azul-marinho. Lírio, sentindo o frio lamber-lhe o rosto, pousou o guaraná no parapeito do janelão para não dar na vista que o copo começara a tremer e, também, porque as suas mãos suplicavam, com desespero, uma pela outra. Miséria! A noite havia sido tão agradável! Caminhando ao lado do primo e ouvindo os seus comentários espirituosos sobre a vida, Lírio experimentara uma sensação de leveza. Sentira-se longe da âncora de barro quente, longe dos tentáculos da colcha de chenile. Poderia subir, como um balão, para o céu estrelado que flutuava acima de suas cabeças. No entanto, tudo não passara de um sonho, e o homem redondo que agora se aproximava era como um estridente despertador.

— Ora, ora, quem se vê! — disse o diretor, todo sorrisos, ao achegar-se o suficiente.

No alto dos seus dois metros de altura, Lírio sentia-se uma formiga:

— Boa noite, diretor. Como tem passado?

Gilberto precisou de apenas um segundo para entender a aflição que, naquele momento, mastigava os nervos do primo. Teve pena. A vida era bem mais fácil, e Lírio não sabia.

Alheio à tortura que infligia ao rapaz, o diretor prosseguiu. Perguntou pelas gentes do chalé. Fazia tempo desde a última visita que fizera. Estava mesmo com saudades do bolo de cenoura feito por Dona Rosaura, e também da prosa divertida de Dona Margô. E como andava a saúde do nosso Percival?

Lírio respondia de forma lacônica, o queixo tiritando como se o Polo Norte houvesse invadido Sanga Menor. Dali a pouco, ele sabia, o homem haveria de perguntar se o colégio teria ou não a honra de contar com Lírio Caramunhoz no cargo de professor de geografia.

E assim foi:

— Mas diga lá, meu jovem — atacou o diretor, pousando a mão gorducha sobre o ombro de Lírio, e para isso ele se via obrigado a colocar o braço em posição quase vertical. — Tomou uma decisão quanto ao convite que lhe fiz? Olhe, seria uma grande lisonja tê-lo conosco. Estamos todos à sua espera!

A tez de Lírio, pouco a pouco, abandonava o branco e aproximava-se do cinza. O pomo-de-adão corcoveava sem descanso em sua garganta, denunciando a obsessão de engolir a saliva tão logo ela se formasse. Era sempre assim: quando Lírio estava muito nervoso, a presença do líquido dentro da sua boca suscitava-lhe pavor, e ele então o engolia de forma compulsiva. Mas antes o cuspisse, porque a saliva engolida parecia impregnar-lhe o corpo, cada vez mais, de pânico.

Vendo que o primo estava emperrado, Gilberto correu em seu auxílio, tal como fazia quando os dois eram crianças:

— Vejo que o senhor ainda não sabe da novidade, diretor. O Lírio está de partida. Assumiu compromisso com o Colégio Vitruviano, na Capital.

O homem recolheu o braço e arregalou os olhos, tanto quanto permitiam as suas polpudas bochechas:

— O Colégio Vitruviano? Ora, ora, meu rapaz! A senhora sua mãe não estava enganada ao dizer que você iria longe! —

E ajuntou, sem conseguir disfarçar a incredulidade: — Bem, não me resta senão cumprimentá-lo e desejar-lhe uma bela carreira. Quando pretende deixar a nossa querida cidade?

Mais uma vez, Lírio não dava sinal de que fosse conseguir responder, e Gilberto encarregou-se:

— Depois de amanhã. Partiremos depois de amanhã.

Só então o diretor deteve-se a examinar a fisionomia de Gilberto. Levantou o rosto para poder avaliá-lo através da meia-lua dos óculos e, com surpresa, descobriu de quem se tratava.

— Mas vejam só! Ou muito me engano, ou temos aqui o famoso publicitário Gilberto Ilharga! Vencedor de tantos prêmios e alvo de tantas homenagens! Ora, ora, o bom filho à casa torna! A sua existência, meu jovem, é uma profunda honra para a nossa Sanga Menor!

Aquelas palavras melequentas embrulharam o estômago de Gilberto, ainda mais vindas daquela figura azul-marinho que, uma vez, diante da cidade inteira, ofendera a sua mãe. E ele, então, não se conteve:

— Nunca pensei, diretor, que o senhor me tivesse em tão alta conta. Afinal, sou o filho da Caetana dos Fantoches, a mulher que salvou o Judas naquele Sábado de Aleluia. A mulher que o senhor chamou de prostituta demente e que, na sua opinião, deveria ser expulsa da cidade. O senhor lembra, não lembra?

O diretor lembrava, e como poderia esquecer? Todos os moradores de Sanga Menor lembravam-se daquele Sábado de Aleluia, embora tanto tempo houvesse passado. Naquela ensolarada véspera de Páscoa, a comunidade, sem supor o revés que estava a caminho, preparara-se para cumprir o ritual de todos os anos: ali embaixo, na praça da igreja, fora montada a enorme fogueira onde o boneco, com um saquinho de moedas amarrado a uma das mãos, iria queimar e queimar, até que dele não restassem senão cinzas, que seriam, depois, jogadas na água imunda da sanga. Aglomerado à volta da fogueira, o povo aguardava. No rosto de cada um, os olhos brilhavam e as faces ardiam, mas não por obra das chamas, já que o padre ainda não ateara fogo às ripas, e sim pela febre da excitação: não demora, surgiria o Judas-boneco, e colocariam-no bem no centro do amontoado de lenha, atado a uma estaca que o mantivesse em pé. De fato, a espera foi breve. De dentro do coreto, vieram o padre e o prefeito, cada qual carregando o traidor por um braço. A cabeça de papel machê pendia para a frente, as pernas de pano varriam o gramado. Com a altivez que o momento pedia, as duas autoridades marcharam em direção à fogueira, enquanto a multidão lançava virulentos insultos contra o cabisbaixo. Todavia, sem que ninguém pudesse adivinhar, Caetana irrompeu da multidão. Com a velocidade de um risco, ela arrebatou o Iscariotes das mãos aturdidas que o conduziam e, abrindo espaço aos gritos, disparou da praça, deixando apatetados os que ali estavam para assistir ao espetáculo. Só depois que a cabeleira da mulher já desaparecera na curva da rua, é que as pessoas recobraram a fala e a ação. Estouraram protestos raivosos, misturados a rezas e lamúrias. Era uma blasfêmia! Um descalabro! Houve até quem sugerisse aproveitar a fogueira para queimar não só o Judas, mas também a bruxa que o considerara merecedor de piedade. E algumas pessoas já se armavam de pedras e pedaços de pau, incitando os indecisos a uma correria ladeira abaixo, no rumo da choupana azul-clara. O prefeito foi ao coreto e pediu calma, mas a indignação espalhava-se sem controle, como um fogo faminto. E, um minuto depois, a horda derramava-se pela rua principal. Resfolegando, os justiceiros chegaram à frente do casebre de Caetana. Puseram-se a gritar impropérios. Depredar o jardim não lhes pareceu uma boa ideia, pois era possível que, após o ataque, aquele matagal horrendo ganhasse uma aparência até melhor. Então, alguém arremessou uma pedra, que espatifou a vidraça da janela dianteira. Antes que voasse a segunda pedra, a porta escancarou-se de chofre, e o menino surgiu na varanda. Deveria ter, naquela época, não mais de dez anos, mas enfrentou a multidão com um olhar de quem já vira tudo o que há para ser visto.

— Venham, canalhas ignorantes! Não tenho medo de vocês! — berrou o garoto, de punhos fechados e sem camisa, o dorso magrela arquejando como o corpanzil de um touro defronte ao pano vermelho.

A massa paralisou-se. Embora ninguém admitisse, o filho da fantocheira impunha algum respeito. Não pela notória petulância do menino, mas pelos seus possíveis parentes por parte de pai.

O silêncio foi rompido por uma voz que vinha da sanga:
— O Judas! Lá está o Judas!

E o povo, aliviado, desabalou em direção à margem das águas. Mas ninguém pôde acreditar no que viu: no centro da sanga, acomodado dentro de um pequeno bote, lá estava o Judas, com os braços de pano à volta de um colorido ramalhete de flores. Da fantocheira, nem sombra. Talvez a bisca estivesse refugiada na sua choupana, ou talvez mimetizada na vegetação do redor. Mas havia, ainda, uma outra possibilidade: quem sabe, naquele exato momento, ela estivesse protegida na retaguarda do cachorro de duas patas. Com olhos grandes e silenciosos, as pessoas examinaram o entorno. Dali a pouco, o sol começaria a se pôr. Vieram os pigarros e as coçadas na testa, até que alguém propôs uma retirada estratégica. Deixassem o assunto com a polícia. Não valia a pena sujar as mãos com aquela água pútrida – e muito menos com o sangue ruim da Caetana. Contudo, antes que a multidão batesse em retirada rua acima, os mais ousados gritaram os derradeiros palavrões, e o diretor do colégio dos padres inflou o peito para berrar:

— Essa mulher não passa de uma prostituta demente! Deveria ser expulsa da nossa cidade! — e lançou uma cusparada nas águas onde navegava o Iscariotes.

Da varanda da choupana azul-clara, o menino Gilberto ouviu tudo. E hoje, passados mais de vinte anos, ele continuava a ouvir.

Pego assim, de surpresa, o diretor perdeu o compasso:

— Sim, sim, se eu puxar pela memória, acho que alcanço uma lembrança vaga do episódio. Sim, sim, o rapto do boneco Judas. Mas olhe, meu jovem, embora eu não recorde os detalhes do ocorrido, uma coisa é certa: jamais eu teria faltado com o respeito devido à senhora sua mãe.

Gilberto encarou o homem e sorriu de um jeito matreiro. Esvaziou o copo, antes que a cerveja amornasse, e pespegou um tapinha na lapela do diretor:

— Sabe de uma coisa? O senhor deveria, de vez em quando, experimentar uma outra cor. O azul-marinho não lhe cai bem. — E despediu-se da abobalhada criatura, arrastando Lírio pelo braço.

Agora, olhando para a moldura retangular do janelão do clube, Lírio quase conseguia enxergar a si mesmo, ao primo e ao diretor do colégio. Coisa louca: parecia a tela de um cinema, e o filme era de terror. Lírio esfregou os olhos. Devia ser efeito do sol forte sobre a cabeça.

No fim das contas, a aparição do diretor não fora uma desgraça. Pelo contrário: não fosse pelo empurrão do homem e talvez Lírio, agora, estivesse ainda pesando os pratos da balança, como falava Tia Margô. Contudo, teria sido mais digno se ele próprio houvesse tomado a árdua decisão. Na verdade, haviam sido as circunstâncias a livrarem-no do impasse em que se encontrava: o mérito era delas, e não seu. Confuso, Lírio perguntava a si mesmo se deveria agradecer às circunstâncias por terem se encarregado de tudo, poupando-o do esforço de decidir-se, ou se as amaldiçoava por terem-lhe roubado a oportunidade de sentir-se um homem.

Voltou a inquirir o relógio de pulseira e constatou, de novo, que o tempo cronológico transcorria mil vezes mais lerdo do que o tempo das ideias pulando em sua mente. Ainda assim, era melhor voltar para casa. A mãe, a essa altura, decerto já terminara de rechear as duas malas enormes, e era tão expedita que talvez já houvesse encaixotado os livros, os mapas, a luneta e a bússola; também não causaria surpresa se ela já tivesse acomodado no isopor o lanche para a viagem e se já tivesse posto por escrito os lembretes de importância capital: o remédio para o intestino, a ser tomado duas horas antes de cada refeição; a colherada de mel, de manhã e à noite, para limpar os pulmões; o endereço completo e o telefone de Gilberto, que Lírio deveria carregar no bolso sempre que saísse para a rua. Findas tais tarefas, perigava que a mãe estivesse chorosa, a antecipar o sofrimento da separação. Sim, era melhor ele ir para casa.

    E Lírio Caramunhoz despediu-se da praça da igreja, deixando, sobre o gramado, as suas pegadas invisíveis.

6

Era um edifício tão alto que seria impróprio chamá-lo arranha-céu. De fato, o topo do vertiginoso espigão não se contentava em raspar a abóbada celeste: fincava-lhe fundo as entranhas, arrebentando, sem piedade, o hímen azul que lhe protegia a pureza.

Acercando-se de uma janela vertiginosa, Lírio aventurou um olhar para o chão. Trinta andares abaixo, o mar explodia em ondas de farto merengue, mas não se escutava a voz dos estrondos. Apurando o ouvido, Lírio conseguiu, apenas, uma náusea ligeira, que lhe esfriou a testa e recomendou que ele devolvesse os olhos para o interior do apartamento. No entanto, a paisagem ali dentro não era menos perturbadora.

Como farejasse o desconforto do primo, Gilberto estalou-lhe um tapa no ombro:

— Diga alguma coisa, Liroca, ou vou pensar que o Adão comeu a sua língua!

Enrodilhado sobre uma enorme almofada de cetim vermelho, o gato continuou de olhos fechados, indiferente à menção recém-feita ao seu nome. Na verdade — o primo explicaria a Lírio, mais tarde —, o nome original daquele gordo siamês não era Adão. Aconteceu que Gilberto, quando decidiu separar-se de Mariel, impôs a condição de ficar com o bichano, que a mulher batizara Jean-François. Não houve disputa, pois Mariel já se fartara do gato; seus projetos de vida nova incluíam a companhia de um tucano. Tão logo se viu de novo solteiro, livre da mulher e das suas manias de grandeza, Gilberto rebatizou o felino: dali por diante, ele se chamaria Adão.

Olhando para o gato, Lírio tentava encontrar o que dizer, mas tudo o que dissesse seria insuficiente para traduzir a dimensão do seu espanto. O apartamento do primo era o ambiente mais suntuoso que ele já adentrara. Nem nos filmes da televisão vira algo assim. Havia tapetes felpudos, que engoliam o pé até a altura do tornozelo; luminárias gigantescas, retorcidas em inesperados feitios; estofados lustrosos, que mudavam de cor a cada olhar; e cortinas esvoaçantes, tão leves que bastava respirar perto delas para vê-las em movimento. Lírio enrubesceu, pensando na simploriedade do chalé onde vivera recluso a vida inteira: que agressão para os olhos refinados de Gilberto. E perguntou-se como o primo conseguira transparecer tamanha naturalidade nos três dias em que estivera hospedado na casa da tia, como se aquela singeleza não lhe causasse pena, ou até nojo.

O dono da casa pareceu ler os pensamentos do seu hóspede:

— Não se impressione com as frescuras da decoração, Liroca. É o rastro da Mariel. Pobre mulher. Uma escrava da própria soberba. Aquela parede ali, ela embestou que deveria ser revestida de rocha bruta pontilhada de pedras preciosas. Você acredita? Eu disse que topava, mas desde que eu pudesse trazer, lá de Sanga Menor, os anões da Tia Rosaura. Imagine o quanto eles ficariam felizes junto à parede, com tantas gemas coloridas ao alcance das picaretas!

Lírio conseguiu sorrir. O primo era mesmo gentil. Empenhava-se em colocá-lo à vontade.

— Acho que não cheguei a conhecê-la — disse ele, na falta do que dizer. E logo se arrependeu: era óbvio que não a conhecera.

— Azar o dela. Você teria simpatizado mais com a Rebeca.

Lírio estreitou os olhos. Uma desordem de nomes femininos dançava em sua cabeça. Não tinha certeza se a Rebeca fora a antecessora de Mariel ou de alguma das outras. No chalé, quando a mãe e Tia Margô comentavam sobre as esposas de Gilberto, sempre se referiam a elas como a primeira, a segunda, a terceira e a quarta.

— A loira? — arriscou.

— Não, Liroca! A de queixinho furado, que saltava de paraquedas.

Mas Lírio lembrava apenas de uma loira, muito vistosa, que se candidatara à prefeitura. Vira-a num retrato que o primo, uma vez, havia mandado às tias. Gilberto esclareceu: aquela era a Mildredt. Tinha soluções definitivas para os problemas sociais. Depois da derrota nas urnas, direcionara seus ímpetos de comando para a vida do então marido.

— Acho que ela esperava que eu respondesse "Heil, Mildredt", mas eu a surpreendi com um "Rua, Mildredt".

Pouco a pouco, Lírio afrouxava a musculatura. Seus dois metros de altura nem pareciam tão compridos e conseguiam equilibrar-se, um sobre o outro, com relativa segurança, sem suscitar a aflitiva impressão de um número de malabarismo amador. Ele agora escutava o primo falar sobre a Larissa, que fora a primeira do quarteto de esposas:

— Pobrezinha, Liroca. Delicada demais para mim. Ajeitava vários cálices sobre a mesa, cada qual com uma quantidade diferente de água, e deslizava o dedo médio sobre as bordas, extraindo melodias lindas de arrepiar. Coitadinha. Casou-se com um brucutu, que preferia deslizar o dedo dentro de vidros de geleia e de requeijão.

Contudo, em meio às comedidas risadas, Lírio teve um sobressalto. Acabara de descobrir, atrás de si, uma presença. Desconjuro – mas de onde viera aquela mulher? Deslocara-se silenciosa como uma nuvem e, agora, olhava-o de um jeito inquietantemente sereno, como se o conhecesse desde as fraldas.

Enquanto o visitante tentava recompor-se, correndo a mão pelos cabelos opacos de talco, Gilberto adiantou-se em apresentar-lhe a misteriosa figura:

— Mas não pense, Lírio, que a mulher ideal não existe. Aqui está ela: Valderez.

Era uma senhora grisalha e robusta. Os olhos, de um azul intenso, falavam do mar que cobre os corais, e as finíssimas rugas do rosto eram como fios de mãe d'água, irradiando calor para toda a sua fisionomia.

Ainda aturdido, Lírio foi assaltado por uma insistente impressão: já vira aquele rosto. Não era uma face comum, dessas que se extraviam na memória da gente. Era um rosto para lembrar.

Divertindo-se, Gilberto prosseguiu:

— É o que lhe digo, priminho. Com Valderez, eu me casei para sempre.

A mulher, sem abandonar o sorriso sereno, emitia muxoxos de desdém. Tinha ancas largas e peitos que ocupavam todo o espaço entre as clavículas e a cintura. No vestido de popeline estampado, protuberava um bolso repleto de saliências, e ali dentro ela sumiu a mão de unhas lilases, trazendo, para os olhos medrosos do seu observador, uma provável guloseima, embrulhada em papel de seda branco.

— Aceite esta bala de coco, menino Lírio, como saudação de boas-vindas — disse, e percebia-se que as cordas vocais eram revestidas de veludo.

Quase a contragosto, Lírio arredou o desassossego para o lado, mas o manteve por perto, ao alcance de uma eventualidade. Apanhando a gulodice, agradeceu, comovido. Era reconfortante saber que, num apartamento de cristais e sedas, obras de arte e colunas de estilo grego, havia lugar para uma prosaica bala de coco, em tudo semelhante àquelas vendidas na padaria do gago Zebedeu. Pena que não restasse a Lírio senão imaginar o gosto do quitute: o doutor João José proibira-o de comer coco, por causa do intestino.

Enquanto Lírio repassava, na lembrança, a sua extensa lista de restrições alimentares, o primo transbordava-se em elogios a Valderez. Dizia tratar-se de uma criatura munida de poderes mágicos. Bastava olhar à roda: Valderez lograva administrar aquele enorme apartamento com maestria tal que se enxergava, por toda parte, os vestígios do abracadabra. Ela meneou a cabeça e sorriu, acentuando as cálidas linhas que lhe mapeavam o rosto. Dia desses, o nariz do patrão começaria a crescer. Pois se há anos ela não passava sequer uma flanela sobre os móveis? E explicou a Lírio que Gilberto contratara uma equipe de mocinhas para cuidar da casa. Ai delas se Valderez juntasse um cisco do chão: o olho da rua arregalava-se, ameaçador, e as bobinhas esbaforiam-se a implorar a Valderez que fosse sentar-se na sua cadeira de balanço, quem sabe lhe apetecia uma xícara de chá ou uma fatia de torta?

— Já se viu semelhante isso, menino Lírio? Recebo salário para levar vida de princesa! — E contou que aquele seu patrão era mesmo um peralta e não respeitava sequer a seriedade dos documentos, pois não é que, ao assinar-lhe a carteira de trabalho, escrevera, com todas as letras, que ela ocupava o cargo de anjo da guarda? — Fico até vermelha na hora em que devo mostrar a carteira a alguém! — confessou.

Gilberto defendeu-se: e por acaso não eram serviços de anjo que ela lhe prestava havia quase dez anos? Valderez emitiu um ai-ai-ai desesperançado. Lançou para Lírio um olhar que garantia: com aquele ali, não valia a pena gastar o verbo. Agarrando a mão de Gilberto, recheou-a com três balinhas de coco nascidas do bolso do seu vestido e aconselhou o patrão a colocá-las na boca, mas todas juntas, que assim não sobraria espaço para as lorotas. E pediu licença a ambos, pois as mocinhas estavam dando os retoques finais no quarto do menino

Lírio, e a ela cabia, ao menos, dar o amém.

Com seus sapatos de sola de nuvem, Valderez transpôs a imensa sala de estar, deixando, atrás de si, um voejar gracioso de partículas de alfazema, que Lírio quase conseguia enxergar. Sim, ali estavam elas, descrevendo arabescos microscópicos e perfumados. Foi o primo a pescá-lo daquele devaneio:

— Falo tanto em vocês todos que Valderez sente como se já os conhecesse — explicou Gilberto. — Além disso, ela conviveu com minha mãe, e você sabe que Sanga Menor sempre foi o assunto predileto da Caetana dos Fantoches.

— Pensei que Tia Caetana guardasse um profundo rancor da nossa cidade.

— E guardava mesmo — confirmou Gilberto. — Mas lutou como louca para livrar-se desse rancor. Para ela, era como um catarro pestilento, e achava que, trazendo-o para a boca, poderia expectorá-lo em palavras. Engano: a coisa estava enraizada em suas entranhas.

Lírio ficou quieto. Nada sabia sobre rancores, já que, com a graça do bom Deus, não alimentava ressentimentos, nem por nada nem por ninguém. No entanto, podia compreender a noção de catarro teimoso e, de imediato, lembrou os olhos angustiados da mãe, pedindo-lhe para não apanhar sereno e para não esquecer, em hipótese alguma, as colheradas de mel. Depois, aventurou-se a dizer:

— Tenho a impressão de já tê-la visto.

— Talvez em alguma fotografia que mandei a vocês.

Mas Lírio tinha o palpite de ter visto aquele rosto em estado vivo, e não imobilizado na frieza de um instantâneo. Devia ser apenas uma ideia boba. Aos trinta anos, ele assistira a tantos programas de televisão que era natural a sua mente estar povoada por milhares de fisionomias. Ainda assim, perguntou ao primo de que maneira ele e Tia Caetana haviam conhecido a gentil senhora.

Aproximando-se do sofá furta-cor, Gilberto largou o corpo sobre a maciez das almofadas. Depois de seis horas no volante do automóvel, doíam-lhe as costas. Esticou as pernas sobre uma mesinha cujo tampo era um espelho ondulado, com desconcertante aparência de água, e, valendo-se do bico do mocassim, pediu espaço a um bibelô de aspecto oriental. Como visse que o primo mantinha-se imóvel, engessado na sua estatura de jerivá, chamou-o a acomodar-se: compreendia que o sofá não inspirasse confiança, com aquele tecido traiçoeiro variando de cor a todo instante, mas não ia morder-lhe a bunda. E então, depois de um respiro longo, desses que se faz antes de mergulhar sem hora marcada para voltar à superfície, Gilberto pôs-se a escarafunchar as suas memórias, as memórias daquele tempo distante em que ele e a mãe haviam chegado à Capital, arrastando um enorme baú de vime grosseiro, apinhado de fantoches e cenários, e também de entusiasmos e esperanças.

À época, não faltou, em Sanga Menor, quem jurasse ter sido o cachorro bípede a aconselhar Caetana. Tudo porque, antes de anunciar a sua decisão de ir embora para a Capital, ela passara três dias inteiros na sanga, dentro de um precário bote, remando para cá e para lá.

Não era incomum que a mãe de Gilberto empreendesse tais retiros. Gostava da música que os remos tiravam da água. Dizia que era canção de ninar para as ideias que teimavam em não adormecer e toque de alvorada para aquelas que resistiam a despertar. Contudo, jamais Caetana recolhera-se por tantas horas assim. A cidade borbulhava conjeturas escabrosas. Podia ser que o cachorro de duas patas houvesse escolhido a fantocheira como sucessora; podia ser que o horrendo animal estivesse comunicando à sua eleita todas as imundícies testemunhadas por aquele par de olhos esburacados.

Gilberto, que recém completara quinze anos, ia para a margem da sanga e esticava os olhos até a lonjura do bote, sem nada dizer. Ela se aprecatara com um cobertor e com uma cesta de frutas e queijos. "Sabe se cuidar", repetia o rapaz para si mesmo, e nem percebia que, em meio a tais pensamentos, machucava as mãos no manuseio inconsciente dos pedregulhos colhidos a esmo.

Quando o prefeito, azucrinado pelas súplicas de Rosaura e Margô, estava prestes a ordenar o resgate compulsório da fantocheira, Caetana deu por encerradas as suas reflexões. Remou para a borda e, sem pressa, apeou do escaler, não sem antes cumprir o ritual de jogar a cabeça sobre a nuca e banhar a cabeleira crespa no escuro das águas.

Poucos passos lomba acima e ela estava de volta à sua choupana cor de céu. O filho, que se achava sentado no chão da varanda, uniu, com um baque violento, as duas metades do livro que tinha no colo. Correu para a mãe e abraçou-a. E foi ali mesmo, sobre aquela maçaroca de plantas ordinárias, às quais ninguém dera nome, que Caetana disse a Gilberto:

— Junte os seus tarecos, meu filho. Nós vamos mudar o cenário da nossa vida.

Rosaura e Margô receberam a notícia com olhos escancarados e bocas ovaladas. Mas que ideia sem pé nem cabeça! Então Caetana não tinha tudo de que precisava, e mais o conforto de viver perto de parentes? Então não sabia que a Capital era um formigueiro de cimento e asfalto, onde o vizinho de porta era tão chegado quanto o japonês do outro lado do planeta? Mas que destrambelho! Só podia dar nisso, três dias e três noites sacolejando as caraminholas dentro de um bote fedorento!

Esperavam, talvez, que Caetana respondesse com a sua gargalhada insolente. Mas não. Ela se aproximou da irmã e da tia e, com o cuidado de quem aplica um curativo, colocou um beijo na testa de uma e de outra.

Uma semana depois, mãe e filho subiam na boleia do caminhão que lhes daria carona até a remota Capital. Ninguém estava ali para despedir-se deles, exceto os parentes do chalé. Rosaura apertava, junto ao peito, o buquê de inços e macegas que a irmã há pouco lhe entregara, e sobre aquele bizarro ramalhete ela depositava, uma a uma, as suas lágrimas de vá-com-deus. A velha Margô, por sua vez, mostrava os olhos secos e hirtos, e só mais tarde é que o choro viria, no escuro do quarto, quando o caminhão já estivesse a quilômetros de Sanga Menor e quando o fantoche, que agora jazia pagão nos braços de sua nova dona, fosse batizado, secretamente, com o nome de Nunca Mais.

— Você, Liroca, que agora me vê neste apartamentão de luxo, não pode imaginar o cubículo encardido em que morávamos, minha mãe e eu, logo que chegamos à Capital.

Lírio ouvia o relato do primo com atenção de estátua. Nas suas mãos, já estava morno o café que lhe fora oferecido, em bandeja reluzente, por uma das mocinhas. É que sempre quisera saber do rumo que tomara a vida de Gilberto depois que aquele caminhão dobrou a rua. As cartas de Tia Caetana eram poucas. Limitavam-se a escassas linhas e, no mais das vezes, não passavam de uma tentativa apaixonada de descrever o mar, o grandioso mar que banhava a Capital. Mas de que interessava a Lírio o mar? De que servia saber que as ondas pareciam uma cordilheira de montanhas indecisas, que se erguiam e desmoronavam em repetição, ou que a linha do horizonte, tão reta e silenciosa, tinha a força magnética de uma beirada de precipício? Lírio queria era saber do primo. Contudo, se lhe dessem a oportunidade, sequer atinaria com o que perguntar: a Capital era uma paisagem de contornos demasiado difusos. Tudo o que Lírio sabia era que aquele seu primo arrojado e ruidoso desaparecera num repente, e sumira, com ele, o assobio faceiro que galgava a lomba da rua, os cumprimentos espalhafatosos a cada um dos sete anões, o ó-de-casa vigoroso que se seguia após o escancarar da porta da frente. Gilberto trazia vida ao chalé. Ria alto e contava as coisas de um jeito engraçado, fazendo o sobranceiro televisor desbotar nas cores e acanhar-se nas polegadas. Até o pai, na sua cadeira de rodas, parecia interessar-se pelas rocambolices do garoto: por vezes, pousava em Gilberto um olhar diferente, em que um dos olhos se arregalava e o outro era picado, na pálpebra inferior, por uma sutil tremura. Tia Margô ralhava com o sobrinho, que era feio falar de boca cheia, mas nem bem ele engolira o último naco da fatia de bolo e a velha já estava insistindo para que pegasse outra, ao mesmo tempo em que lhe pedia detalhes e mais detalhes sobre o relato. Sim, as visitas de Gilberto eram uma lufada de vento na penumbrosa saleta, e causava estranheza que as mulheres do chalé não corressem a verificar se as janelas estavam bem fechadas, com as frestas cegas por jornal socado.

No afã de preencher a ausência deixada pelo primo, Lírio adquiriu o hábito de contemplar o mapa-múndi. Foi a mãe quem o apresentou à bolorenta folha de papel, que precisava ser desdobrada umas vinte vezes até espalhar-se pelo chão do gabinete, e foi também Rosaura quem lhe indicou, com um dedo hesitante, a posição onde se situava Sanga Menor e aquela correspondente à Capital. A lápis, Lírio marcou dois pontos, um grande e um pequeno, e passava horas calculando, com várias unidades de medida, a distância entre um e outro: cinco palitos de fósforo, uma unha de dedo polegar, três sementes de tangerina.

Naquela época, tiveram início os prognósticos quanto à futura profissão de Lírio. Espiando o filho à porta do gabinete, Rosaura, toda orgulho, fazia gestos que chamavam a velha Margô a aproximar-se:

— Repare só, tia — dizia ela em sussurros. — Tão pequenino, um nadinha de gente, e já quer conhecer o mundo inteiro! Sabe Deus as fantasias que vão dentro daquela cabecinha! Talvez planeje dar a volta em torno da Terra, ou quem sabe sonhe escalar as montanhas mais altas. Ah, esse Lirinho! Vê-se logo que não há de contentar-se com pouco.

Lírio fingia não ouvir os cochichos da mãe e tampouco o silêncio que Tia Margô oferecia como resposta. Mantinha os olhos presos no mapa, ou melhor, naquela misteriosa distância entre os dois pontos desenhados a lápis.

Hoje, vinte anos mais tarde, Lírio tinha o primo sentado à sua frente, acomodado naquele sofá de cor imponderável, disposto a responder-lhe as perguntas que, na época, à míngua de palavras apropriadas, o Lírio-criança tentava formular com palitos de fósforo e sementes de tangerina.

— Foi um tempo brabo, Liroca — continuou Gilberto. — A mãe imaginava encontrar, aqui na Capital, um público de gosto apurado, capaz de apreciar a sutileza das peças que ela escrevia e punha em cena. Mas a coisa não andou bem assim.

E Gilberto contou sobre a comovente perseverança da mãe. Com o mochilão às costas, encoberto pela longa cabeleira frisada, Caetana dos Fantoches tomava um ônibus atopetado de passageiros, do qual só desceria uma hora mais tarde, para então caminhar cinco quarteirões, pendurar-se em um bonde e, por fim, chegar à Praça Demóstenes Alcântara, no centro mais cêntrico da Capital, onde o lufa-lufa era constante e alguém haveria de interessar-se pelos bonecos que ela articulava com tamanha dedicação. Como fizera, durante a vida inteira, no coreto da praça de Sanga Menor, Caetana montava, na Demóstenes Alcântara, o seu palco de papelão, mas agora com cortininhas de veludo novo, cor de rubi, que se abriam ao puxar de um cordel e desvendavam um cenário revigorado. De fato, a lagoa já não era mais de papel celofane, mas de água verdadeira, esparramada dentro de uma vasilha rasa em cuja borda tufos verdes imitavam capim; e o sol deixara de ser apenas uma bola de esponja amarela, porque agora uma pequena lâmpada aninhara-se no seu avesso, como uma alma, e essa alma colocara em cena personagens extraordinários: as sombras dos títeres.

No entanto, as pessoas passavam diante do pequeno palco empurradas por uma pressa que não admitia nem mas nem meio-mas. Parecia até que lhes vinha alguém no encalço, relho na mão, gritando-lhes ameaças no cangote. Era diferente do que ocorria em Sanga Menor, onde os passantes nunca deixavam de esticar os olhos para dentro do retângulo de papelão, ainda que amontoando, entre as sobrancelhas, toda a desaprovação deste mundo. Ao fim do espetáculo, quando Caetana descia do coreto para recolher, do chão, a cestinha das contribuições, sempre encontrava uma ou outra moeda, algumas até de bom diâmetro, e não fazia mal que fossem mais numerosas as pedras, os caroços de fruta e os bilhetes desaforados. Mais do que dinheiro, o que Caetana queria do seu público era uma reação, qualquer que fosse. Na Capital, porém, a cestinha ficava vazia de reações, e se podia ver cada uma das solitárias margaridas estampadas no tecido com que Tia Margô forrara o côncavo de palha. Caetana não compreendia. Chegou a encenar uma peça em que os fantoches passavam como riscos pelo cenário. Mal surgiam num extremo do palco para, zupt, sumirem no extremo oposto, sem nada dizer, e o sol, com sua alma de 20 watts, sentia pena. Punha-se a perguntar para a lagoa se os atormentados bonecos não percebiam a magia quente que lhes incidia em raios sobre a pele, e se não tinham vontade de conferir o reflexo que as águas mostravam, ou de procurar por alguém no carimbo das suas próprias sombras.

Quando o despachante para quem Gilberto trabalhava estava de bom humor, o rapaz pedia-lhe uma hora de folga e ia para a Demóstenes Alcântara, onde encontrava a mãe e o seu engenhoso circo de papelão. Gilberto olhava para o interior da cestinha e sentia o coração apertar-se. Com o tempo, veio a ideia de distribuir panfletos à gente que passava, panfletos que o próprio Gilberto fabricava, às escondidas, porque ai dele se o despachante descobrisse que o mimeógrafo estava sendo usado para fins pessoais do leva-e-traz. Com palavras escolhidas à pinça, os volantes anunciavam o fantástico espetáculo teatral conduzido por ninguém menos do que Caetana dos Fantoches. Feliz de quem emprestasse dois minutinhos do seu tempo para o palco montado logo ali, ao lado do monumento ao Motor de Dois Pistões.

— Mas era uma gente de pescoço duro, Liroca. Precisei me aplicar mais e mais no texto dos panfletos. Quando a mãe já estava dormindo, eu acendia um toco de vela e sentava à mesa da cozinha. Tanto eu mordia a ponta do pobre lápis que ele capitulava e, na manhã seguinte, o papel pardo do pão estava tomado pela minha caligrafia sonolenta, uns garranchos que eu mesmo custava a decifrar na hora de passar a limpo.

— E deu resultado? — indagou Lírio.

Gilberto abriu um sorriso triste:

— Deu, mas não o resultado que esperávamos.

E contou que algumas pessoas passaram a observar a encenação de Caetana. Eram homens de camisa branca arregaçada nas mangas, que se postavam à frente do palco com os braços cruzados. Um dia, quando Caetana fechou as cortininhas cor de rubi, dois deles vieram para trás da estrutura de papelão e a interpelaram. Era filiada ao sindicato? E apresentaram crachás desbeiçados, que os identificavam como dirigentes do Sindicato de Artistas a Céu Aberto do Centro da Capital. Ela respondeu que não gostava de agremiações. O mais gordo dos dois, tirando os óculos escuros com vagar calculado, olhou-a perplexo. Explicou que não se tratava de gosto: quem quisesse trabalhar como artista ambulante dentro do perímetro de um quilômetro, considerando-se como ponto central a Demóstenes Alcântara, estava obrigado a filiar-se ao sindicato, e da filiação decorria o respeito a certas regras, bem como o pagamento da mensalidade. Caetana explodiu a sua gargalhada de mil dentes. E ia pagar pelo que, se a praça era pública? O mais magro acendeu um cigarro e tragou fundo. Dissipada a fumaceira malcheirosa, ele informou que era dever do sindicato zelar pelos direitos dos artistas de rua, bem como pela qualidade da arte apresentada aos transeuntes. E, com o cigarro, apontou para a lagoa de Caetana:

— Essa água parada, por exemplo. A senhora pingou cloro?
— Quê? — perguntou ela.
— Sempre que, na execução do seu número, o artista tiver de valer-se de um recipiente com água parada, o regulamento exige a adição de cloro. São cinco gotas para cada litro de água. Artigo 27, inciso III, alínea "j".

Diante do silêncio da mulher, o que não fumava encaixou os óculos escuros no alto da cabeça e, sacando do bolso uma caderneta, deu início ao questionário. Quis saber se eram alcalinas as pilhas que faziam acender a lâmpada do sol, se era reciclado o papelão do palco, se Caetana usava farinha de trigo na confecção do papel machê, se ela tinha um dia fixo de repouso semanal, se já contratara o seguro antichuvas e ventanias, se alguma vez fora agredida por um espectador descontente. Segurando a esferográfica à moda dos chimpanzés, o tipo tomava nota das respostas, mas ficou estático, sem saber o que escrever, quando Caetana, inquirida sobre serem reais ou fictícias as histórias que encenava, respondeu:

— Não existem histórias fictícias. Todas as histórias são reais, mesmo que você prefira acreditar que não.

Enquanto o colega hesitava, com a caneta suspensa no ar, o outro abriu a capanga e puxou, lá de dentro, um maço de panfletos.

— Uma última pergunta: quem é que está lhe prestando serviços de publicidade?

À visão dos panfletos fabricados pelo filho, Caetana teve um íntimo desfalecimento. Suas sobrancelhas, que se mantinham, até então, como dois arcos perfeitos, desenhados pela petulância e pelo desafio, desmancharam sobre os olhos. Teve medo. Sabia que Gilberto usava o material do escritório sem permissão do chefe: se a coisa viesse à tona, podia dar em demissão, ou até em meleca pior. Tentando aparentar indiferença, ela inventou que os volantes haviam sido impressos há muito tempo, lá na sua cidade natal, onde Judas perdera as botas. Os dois não se convenceram, pois o papel ainda cheirava a álcool. Advertiram Caetana de que aquele tipo de publicidade estava em total desacordo com as regras. Se a distribuição não fosse suspensa, estava prevista a aplicação de multa. Em caso de dúvida, era só conferir no regulamento: artigo 44, parágrafo 1º, inciso VI.

Dito isso, os dois sindicalistas despediram-se. O mais gordo entregou a Caetana o último exemplar do jornal do sindicato, acompanhado de uma ficha cadastral de filiação, e o mais magro afogou o toco do cigarro na lagoa do cenário. Enquanto se afastavam, dentro de suas camisas brancas, ela ficou a contemplá-los, incrédula.

Daí para frente, Caetana não teve mais sossego. Quando menos esperava, surgia um fulano do maldito sindicato. Perguntava se ela já preenchera a ficha cadastral, cobrava o valor da mensalidade, ameaçava-a com as sanções do tal regulamento. E foi naquela mesma época que a cestinha de palha recebeu, em seu forro de margaridas, as primeiras contribuições do público da Capital: eram cartas anônimas, escritas por cidadãos enfurecidos que recusavam, com veemência, os perigos da arte clandestina. Numa das cartas, um suposto cidadão alegou estar farto e deu a Caetana o prazo de sete dias, ao cabo dos quais, se ela cismasse em não regularizar a sua situação, seria arrastada pelos cabelos até bem longe da praça Demóstenes Alcântara. Para Caetana, era evidente que o verdadeiro autor dos manuscritos usava camisa branca arregaçada nas mangas.

Preocupado com a segurança da mãe, Gilberto aconselhou-a a instalar o teatro em outro lugar: a Demóstenes Alcântara não era a única praça da Capital. Havia outros pontos de intenso vaivém, e mesmo o local mais ermo seria sempre uma polvorosa se comparado à praça da igreja de Sanga Menor. Todavia, Caetana dos Fantoches tivera uma longa convivência com os inços mais tenazes, e ninguém iria arrancá-la do lugar onde decidira agarrar-se. Continuou montando o seu palco de papelão ao lado do monumento ao Motor de Dois Pistões, e Gilberto manteve intacto o orgulho que sentia pela mãe.

Certa tarde, quando distribuía os panfletos numa das esquinas da praça, o rapaz foi abordado por um senhor de barba ruiva e paletó de tweed. Com um leve sotaque estrangeiro, o homem chamou-o de rapazote e pediu que informasse, por gentileza, de onde provinham os volantes que tinha nas mãos. Gilberto avaliou a figura de cima a baixo. Os bicos dos sapatos eram pontilhados de furinhos que, juntos, formavam arabescos, e a gravata era fincada, na diagonal, por um alfinete de pérola. Um tipo assim elegante e de modos tão fidalgos não poderia andar metido com os mequetrefes do sindicato, e tampouco poderia estar ligado ao despachante seboso que, sem saber, patrocinava os espetáculos teatrais de Caetana dos Fantoches. Tomado de súbita confiança, Gilberto respondeu:

— Sou eu mesmo que os faço.

O homem parabenizou-o. Para um garoto de pouca idade, não era fácil operar um mimeógrafo. Muito bem, rapazote, que continuasse assim. Mas o que ele queria mesmo saber, por obséquio, era o nome da pessoa responsável pela criação dos textos impressos nos volantes.

— Já disse. Sou eu mesmo — retrucou Gilberto.

O gringo ficou em silêncio por um instante. Depois, considerando a possibilidade de não ter sido bem compreendido, repetiu a pergunta, agora em termos talvez mais claros: queria saber quem inventara as frases, quem escolhera as palavras, quem tivera as ideias. A resposta do garoto foi a mesma, embora em tom já impaciente, e não restou ao dândi senão coçar a barba alaranjada, enquanto perscrutava, com olhos de espanto, aquele menino magrela, que não deveria ter mais de dezesseis anos, que vestia uma calça jeans ruça e uma camiseta manchada de café.

O encontro daquela tarde foi decisivo para a vida de Gilberto, porque o janota não era senão o diretor-presidente da Ideário, a mais famosa agência de publicidade do país. Por culpa dele, o despachante perdeu o seu leva-e-traz, que passou a ocupar uma mesa própria no departamento de criação da agência, com direito a cadeira giratória e a uma secretária que lhe trazia suco de laranja e biscoitos.

Em poucos meses, Gilberto juntara mais dinheiro do que ele e a mãe haviam trazido de Sanga Menor. Puderam mudar-se para um apartamento mais espaçoso e próximo ao centro, servido de uma sacada que, sem demora, encheu-se de plantas esquisitas e vigorosas, nascidas de uma infinidade de latas perfiladas sobre o parapeito.

No aniversário de Caetana, o filho levou-a para jantar num restaurante fino, e ela usava um colar de pedras coloridas que ele comprara numa butique de senhoras perfumadas. Beberam vinho tinto e comeram carne macia, e foi só na hora da sobremesa que Gilberto criou coragem para fazer a proposta:

— Agora que temos dinheiro de sobra, mamãe, talvez pudéssemos pagar a mensalidade do sindicato. A senhora poderia encenar as suas peças em paz, livre da chateação daquela gente ordinária.

Ela o olhou com uma expressão sóbria, da qual desaparecera, num repente, todo e qualquer vestígio do vinho tinto:

— Prefiro morrer — disse, e Gilberto lembraria dessa frase dez anos mais tarde, ao enterrar o corpo da mãe junto à sanga, numa madrugada fria e sem lua, em que Tia Margô e Tia Rosaura rezavam e choravam baixinho, porque ninguém podia ouvir.

Remexendo-se no sofá furta-cor, Lírio interrompeu o relato do primo:

— Quer dizer então que foram esses tais sujeitos que levaram Tia Caetana a cometer... — e calou-se, já arrependido de ter aberto a boca. Canhestro, tentou remendar: — A cometer o ato impensado?

Gilberto acariciou Adão, que viera enrodilhar-se em seu colo.

— Ao longo da vida, Liroca, minha mãe cometeu uma série de atos impensados. Era uma criatura impulsiva. Parecia que um cavalo habitava dentro dela e que, sem aviso, o bicho aplicava-lhe um coice. Eu gostaria de acreditar que o seu suicídio foi um ato impensado, mas tenho certeza de que ela refletiu muito antes de pôr em cena aquele seu último espetáculo.

Da sala contígua, vinha a voz aveludada de Valderez. Pedia a uma das moças que tivesse a santa paciência: ora bolas, era só uma frasqueira, não pesava mais do que dois quilos. Os contra-argumentos da moça eram menos audíveis, mas se percebia o tom de súplica lamuriosa, e os dois primos adivinharam que estava sendo travada uma disputa pela tarefa de carregar a bagagem de Lírio até o quarto de hóspedes.

Reencontrando o fio da meada, Gilberto disse:

— Agora lembrei. Tudo isso estou contando para explicar a você como foi que Valderez entrou na minha vida.

E Lírio ouviu o primo narrar que, naquela época, Valderez trabalhava em um salão de beleza situado defronte à Praça Demóstenes Alcântara. Passava os dias fazendo papelotes, bucles e rinsagens, e só quando uma freguesa faltava é que ela ia até a porta do salão, respirar um cheiro que não fosse aquela mistura de amônia, esmalte de unha e xampu de ovo. Nesses momentos, podia acontecer que o proprietário do salão lhe oferecesse uma gasosa, e então Valderez estava certa de que ele lhe pediria alguma coisa: ou que fizesse hora extra, ou que esperasse mais dois dias para receber o salário, ou que lhe aplicasse uma massagem na cervical. Naquele dia, porém, a gasosa abriu alas para um pedido diferente. Enrolado na sua echarpe fúcsia, o proprietário pôs-se ao lado da sua única funcionária e apontou o dedo minguinho na direção do teatro de papelão, montado a poucos metros dali.

— Já reparou? Ela tem um cabelo deslumbrante, e quero que um raio me fulmine agora se não é um cabelo virgem, virgem de tesoura e de tinta.

Sim, Valderez já reparara. A mulher que articulava aqueles bonecos estranhos tinha mesmo um cabelo maravilhoso. Mas o importante, naquele momento, era sorver a bebida com cuidado, porque o canudo, de papel vagabundo, já começava a desmanchar.

Excitado, o dono do salão continuou, movendo como enguias os dois riscos de delineador que lhe ocupavam o lugar das sobrancelhas:

— Aquele cabelo, querida, vale ouro. Por que você não se torna amiga dela? Faça-a saber que bastariam umas tesouradas na linha do queixo e um bom dinheiro cairia em suas mãos, mais do que ela jamais poderá ganhar com o seu cirquinho de bonecos.

Valderez concordou, como concordava, por simples cansaço, com todas as ideias do patrão. Ficasse tranquilo. Tentaria aproximar-se da cabeluda e lhe faria a proposta.

No dia seguinte, Valderez chegou à praça meia hora mais cedo para, assim, ter tempo de travar contato com a outra. Caetana já estava ali, no costumeiro lugar, ao lado do monumento, e encenava uma de suas peças favoritas: a do espantalho que queria ser Jesus. Crucificado em meio ao milharal, o espantalho gritava: "Vinde a mim as aves de boa vontade"; e os pássaros, petrificados de receio, observavam à distância, com

saudades do tempo em que o boneco queria afugentá-los.
Enquanto aguardava que a peça chegasse ao fim, Valderez inquietou-se. Aquela história absurda alvoroçava-a por dentro. Estaria com a pressão baixa? Bem que o médico dissera para não sair de casa assim, de barriga vazia. E decidiu encaminhar-se para o salão de beleza: quem sabe ainda restasse, na térmica, um pouco do café de ontem.

Nos dias que se seguiram, Caetana entreviu aquela mesma mulher diante do seu palco, os olhos azuis arregalados, as mãos que, volta e meia, esfregavam os braços, como se quisessem aquecê-los. Agora, a atenta mulher já não batia em retirada no meio do espetáculo; esperava que as cortininhas cor de rubi se fechassem para, só então, desaparecer rumo ao salão de beleza, num caminhar ligeiro e miúdo.

Passaram-se vários dias até que Valderez tomasse coragem para, corridas as cortininhas, ir falar com a dona de tão belos cabelos e tão insólitas ideias.

— Bom dia — disse ela, com a timidez de uma menina.

— Eu queria que me desculpasse, mas só ontem é que meu patrão me pagou o salário. Ele tem esse mau hábito, de atrasar o pagamento. Então, só hoje é que eu pude colocar algumas moedas dentro da sua cestinha.

Caetana olhou para a cestinha das contribuições e não viu uma margarida sequer, pois o tecido estava todo coberto pelo prateado das moedas.

— Quanta generosidade! Vejo que você gostou bastante do meu teatro! — E, estendendo a mão, ela se apresentou: — Me chamo Caetana Ilharga, ou, como me conhecem na minha terra, Caetana dos Fantoches.

— Eu sou Valderez. Trabalho logo ali, no salão de beleza.

Germinava, naquele instante, a amizade entre as duas, uma amizade profunda e corajosa que lhes enfeitaria a vida pelos próximos dez anos, e que teria seguido adiante, não fosse a morte prematura de Caetana. Dentre tantas afinidades, descobriram-se nascidas na mesma data, canhotas de pé e mão, adoradoras de beterraba com alho e vítimas do magnetismo exercido por aquela linha distante, onde acabava o mar. Sim, quem sabe fossem irmãs gêmeas, separadas por um sortilégio do destino e só agora absolvidas daquele injusto afastamento, e riam de si mesmas, Caetana sabendo que nenhum parente seu poderia ter aqueles olhos cor de paz, e Valderez certa de que ninguém da sua família teria seiva o bastante para alimentar uma cabeleira tão frondosa.

Com frequência, almoçavam uma em companhia da outra, acomodadas em algum dos bancos da praça, e o favorito era aquele que ficava à sombra da única árvore de toda a Demóstenes Alcântara. Desembrulhavam os farnéis trazidos de casa e sorriam satisfeitas, porque o sol brilhava e a vida era boa. Por vezes, Gilberto escapava do almoço na agência para vir juntar-se a elas, e então a simplória refeição enfiava-se tarde adentro, pois o rapaz punha-se a falar sobre o novo projeto em que estava trabalhando, sobre a minissaia da datilógrafa recém-admitida, sobre a incrível máquina que fazia suco de laranja, sobre o aquário gigantesco que ornamentava a sala de reuniões. As duas ouviam encantadas: era fascinante aquele mundo dos reclames por onde transitava o garoto. Quando, pela terceira vez, o cabeleireiro vinha até a porta do salão, com a echarpe amarrada ao pescoço por um amontoado de nós, eles entendiam que estava na hora de encerrar a patuscada. Com um cafuné brincalhão, Caetana desalinhava os cabelos do filho, e Valderez, sem aceitar recusa, botava-lhe nas mãos a vianda com as sobras do almoço. E lá se ia Gilberto, feliz, para a Ideário, mas não tomava o bonde sem antes distribuir, na esquina, os panfletos que anunciavam o espetáculo da formidável Caetana dos Fantoches. Não o amedrontava a lembrança das duas ocasiões em que um homem de camisa branca, içando-o do chão pelo peito da camiseta, bafejara-lhe ameaças a meio palmo do nariz. Não importava. Agora, eram coloridos os panfletos que Gilberto distribuía, e coloridas estavam se tornando, também, outras tantas coisas na vida dele e da mãe.

Entretanto, as cores, às vezes, esmaeciam. Como naquele entardecer em que Caetana, após uma jornada intensa de encenações, preparava-se para voltar para casa. Era inverno e o sol despedia-se antes da hora, mergulhando no lusco-fusco a Demóstenes Alcântara. Enquanto ajeitava as marionetes dentro do mochilão, Caetana lembrou-se de que a amiga podia estar sem dinheiro para o bonde: não causaria espanto que o cara-de-pau da echarpe houvesse inventado algum pretexto para atrasar o pagamento por mais um dia. Deixou seus traquinéis onde estavam, o palco de papelão ainda armado, e foi até o salão de beleza. Assim que entrou, o sujeitinho veio-lhe ao encontro, com suas sobrancelhas contorcionistas:

— Posso ajudá-la, querida?

Ele começava a desconfiar de que Valderez estivesse fazendo-o de bobo. Há mais de ano que a funcionária alegava estar persuadindo a cabeluda a vender as madeixas. Dizia tratar-se de uma mulher temperamental, que tinha de ser conduzida com delicadeza, mas, diabo, aquilo já passava dos limites. Para que tanto trololó? E ele se abanava com o leque, tentando esfriar o calor que lhe subia toda vez que imaginava o esplêndido aplique a ser feito com as mechas onduladas.

Mas, naquele dia, o patrão de Valderez entusiasmou-se: quem sabe a inútil houvesse, finalmente, levado a bom termo a missão que ele lhe confiara?

Caetana ceifou-lhe a esperança:

— Vim oferecer uma moeda a Valderez para que ela possa tomar o bonde. Sei que está sem dinheiro nenhum. Pudera, faz uma semana que deveria ter recebido o salário.

Àquelas palavras, o outro se abespinhou:

— E o que você tem com isso?
— É minha amiga, e não vou deixá-la voltar para casa a pé.
— Sabe do que mais? — disse o cabeleireiro, dando um passo à frente e engastando as mãos na cintura. — Você deveria usar essa moeda para comprar um esmalte de unha. Mulher relaxada dá mais nojo que latrina de quartel! — e, ao dizê-lo, apontou os olhos afiados para as mãos de Caetana, cujas unhas falavam da massa branca de que eram feitos os fantoches e contavam, também, sobre a terra revolvida dentro das latas, a terra em que ela, com o ardor de um primeiro amante, afundava o sulco destinado a acolher a semente.

Nessa altura, Valderez já viera lá de dentro, segurando uma tigela de borracha na qual remexia uma mistura para permanente. Adivinhando que a conversa entre a amiga e o patrão iria de mal a pior, tentou dizer alguma coisa, mas Caetana foi mais rápida:

— Pois eu aposto que você gostava da latrina do quartel. Gostava, ao menos, do testemunho da latrina: aqueles embates furtivos, em que você resfolegava de paixão por um homem que, no minuto seguinte, cuspiria na sua cara, porque era nojento que um maricas usasse a farda verde!

Como num filme de faroeste, em que o caubói saca a sua arma com a velocidade de um relâmpago, o homem desvencilhou-se da sua echarpe fúcsia. Avançou mais um passo na direção de Caetana e sabe Deus o que pretendia, talvez esganá-la, apertando a seda em redor do seu pescoço, talvez chicoteá-la, valendo-se do fato de que as franjas da echarpe eram enfeitadas com miçangas pontiagudas. Nunca se soube qual teria sido a sequência da cena, porque, naquele instante, alguém colocou a cabeça para dentro do salão e gritou:

— Fogo! Fogo no teatro!

Caetana correu para a calçada, seguida de Valderez e do cabeleireiro, e estacou, incrédula: labaredas penduravam-se afoitas nas cortininhas cor de rubi, acendendo um clarão amarelado em meio à penumbra do entardecer que descia sobre a Demóstenes Alcântara, e nunca tantas pessoas haviam estado à volta do palco de Caetana dos Fantoches. Alucinada, ela desabalou em direção ao seu teatro, correndo com os braços abertos, e Valderez foi-lhe atrás, numa corridinha miúda e chorosa. O dono do salão de beleza deixou-se ficar na calçada, observando o forrobodó, e murmurou, enquanto roía as unhas de verniz:

— Santo Eustáquio! Permita que essa desajustada não queime os cabelos!

E foi mesmo um milagre que o fogo não lhe tenha devorado a cabeleira, porque ela se jogou sobre as chamas como se acreditasse ser água. A estrutura de papelão veio abaixo, e Caetana, de joelhos, pôs-se a aplicar tapas desesperados nas línguas de fogo. Quando percebeu que estava sendo vencida, levantou-se. Com um puxão, despiu a longa saia rodada e usou-a para esmurrar o inimigo. Funcionou. Amparada pela amiga, Caetana, atônita e de calcinhas, ficou a contemplar a fumaça escura que subia dos restos do seu teatro, e foi então que o povo, aglomerado no redor, começou a aplaudir. Ela olhou com terror para aquelas pessoas, como se lhe mostrassem, sem vergonha, o que de mais perverso possuíam.

Mais tarde, em casa, sorvendo o chá de camomila que o filho lhe preparara, Caetana sentiu a garganta doer. Deu-se conta da fúria com que estava discursando, há um tempo sem relógio, contra a alcateia execrável de sindicalistas. Pulhas! Tinham-lhe incendiado também as mucosas. Tinham posto em ebulição o magma que ela guardava dentro de si, no seu núcleo mais núcleo, e então as palavras haviam sido arremessadas como lança-chamas, que lhe passaram pelo arco da goela deixando queimaduras de terceiro grau. Enquanto sorvia seu chá e pensava tais coisas, Caetana aninhou-se, pouco a pouco, num silêncio apreensivo, e a Gilberto, sentado na outra ponta da mesa da cozinha, os olhos da mãe pareceram perdidos num nevoeiro. Só muitos dias depois é que ela lhe contou sobre a ideia desconcertante que então lhe invadira a cabeça: o fogo como uma marionete descontrolada, faminta de atenção, o fogo como uma marionete incompreendida, cujas carências, por fim, incendiaram, e só assim o pobre boneco logrou que os passantes dirigissem-lhe um olhar.

— Menino Lírio — chamou a voz suave de Valderez —, seu quarto está pronto. Quando quiser tomar posse, é só seguir ao longo do corredor e dobrar na terceira porta à esquerda.

Ainda aturdido com a narrativa do primo, Lírio agradeceu à bondosa mulher: já estava indo, loguinho, era muita gentileza. E deparou-se, espantado, com a xícara que lhe jazia nas mãos, a tal ponto desprovida de peso que ele, por um instante, embaralhou-se: não saberia dizer se eram as suas mãos que sustentavam a xícara ou se era a xícara que lhe sustentava as mãos. Tolice, pensou Lírio, mas não rápido o bastante para evitar que o rosto da velha Margô se desenhasse em sua mente: "Poltrão! Tem cabimento? Escora a indolência do corpo até sobre a delicadeza da porcelana fina!".

Na tentativa de esvanecer o fantasma da tia-avó, Lírio levou a xícara aos lábios e bebeu o café até deixar de novo branca a cavidade da louça. Um arrepio crispou-lhe o estômago, já que o líquido estava frio como água de poço.

— Pois é, Liroca — disse Gilberto, espreguiçando-se até estalar os ossos. — É como dizia a velha Margô: sou mesmo um linguaraz. Falo sem parar e nem percebo que estou enfastiando as pessoas. Vá para o seu quarto. Você deve estar seco por um banho quente e por uma cama macia.

As palavras banho quente e cama macia acenderam uma luzinha dentro de Lírio, e ele se levantou como um autômato, sem conseguir dizer que, de forma alguma, não estava enfastiado, e que queria ouvir mais, muito mais.

7

Nunca, antes, seus olhos haviam contemplado quadros tais, em que o pintor não reservara sequer uma nesga da tela para retratar o fundo: tudo parecia em primeiro plano. Uma hipertrofia de elementos acotovelavam-se na luta pelo protagonismo, ou por um ponto ainda mais próximo ao observador. Lírio sentia aquele mundo de imagens a uma distância ínfima do rosto, e as enxergava comprometidas na nitidez. Quanto excesso!

Ah, se a mãe imaginasse o apuro em que estava metido! Mal chegara, havia pouco mais de um mês, e já estava ali, caminhando por conta própria pelas ruas alucinantes da Capital.

Enquanto avançava, percorrendo aquela galeria de quadros que emergiam das telas, a vertigem escorria-lhe em gotas pelas têmporas. O pandemônio de automóveis e motocicletas, somado ao assédio intermitente de mendigos e camelôs, deixava-o zonzo. E, em seu ouvido, uma voz mal-assombrada sussurrava a mais aterrorizante das palavras: *perdido*. Sim, era preciso admitir: não tinha certeza de estar trilhando o caminho certo. Deus, por que saíra de casa?

Dentro da mão suada, Lírio apertava um dos cartõezinhos em que Rosaura escrevera o nome completo de Gilberto, mais o endereço e os telefones, porque assim saberiam a quem avisar, caso fosse preciso. Quando a mãe entregara-lhe os cartões, junto àquela explicação, ele os apanhara sem nada dizer; todavia, no recôndito mais escuro da sua cabeça, a mesma vozinha que agora o torturava com a palavra *perdido* perguntara-lhe: mas em que caso seria útil a Lírio portar consigo tais informações? Então não sabia falar? Então a mãe não o ajudara a memorizar, à exaustão, o endereço e os telefones do primo? E a maldosa voz apressara-se com a resposta: os cartõezinhos serviriam para o caso em que ele, perdendo os sentidos, tombasse sobre a laje, assim como sucedera ao pai, com a agravante de que, na Capital, o anel de pessoas à sua volta seria composto de uma liga perigosa: gente estranha. Sim, a mãe estava certa; suas precauções não eram demasiadas. Demasiadas eram — isto sim — as armadilhas que se antepunham sorrateiras no caminho dos mortais, pensou o filho de Rosaura Caramunhoz, recordando a frase ouvida, tempos atrás, num dos sermões do padre Darcy. Como agora, em que o desmaio podia estar de tocaia, logo ali adiante, talvez a um metro, dois, aproveitando-se do fato de que aquele excesso de imagens estava embebedando os sentidos de Lírio, empanturrando-lhe a capacidade de compreender o mundo.

    O pouco de tino que lhe sobrava dizia que o edifício do primo estava naquela direção. Se a vertigem permitisse, alcançaria o obelisco, dobraria em diagonal à esquerda e, então, com a ajuda de Deus, avistaria o mar, a enorme língua espumosa esticando-se para lamber a Avenida da Orla. Poderia até ouvir as ondas, não fosse a alaúza dos carros, não fosse o bate-boca entre a britadeira e o concreto, não fosse a falação compartilhada daquelas pessoas sem pudor.

    Não podia recriminar o primo. Na verdade, havia sido até elogioso, da parte de Gilberto, considerá-lo capaz de voltar sozinho para casa, como se Lírio não fosse um moloide, para quem percorrer desacompanhado aqueles cinco ou seis quarteirões equivalesse a atravessar o vale das sombras. Realmente, se os dois tinham feito, há pouco, o percurso que ia do apartamento até o restaurante, por que Lírio não seria capaz de fazer, sozinho, o percurso inverso? Então um homem adulto, e ainda por cima diplomado em geografia, não tinha condições de mapear na cabeça um trajeto tão curto? O que talvez Gilberto pudesse ter feito era avisar, com antecedência, que seria obrigado a rumar, às pressas, do restaurante para o aeroporto, pois assim Lírio teria se preparado para aquele retorno de mil perigos, sabe lá de que forma. Provavelmente, recusando o convite para almoçar no tal Calêndula. De fato, essa era maneira como Lírio Caramunhoz costumava preparar-se para as situações difíceis: evitando-as. E a voz severa de Tia Margô varou, em segundos, os seiscentos quilômetros que separavam Sanga Menor da Capital: "Paspalhão!".

Contudo, não tivesse aceitado o convite do primo e não a teria conhecido.

Janaína. O nome não poderia ser mais adequado. Soava como um gemido, um gemido vindo da dor suscitada por tão aguda beleza. Até então, Lírio não sabia, mas a beleza fincava, a beleza se enfiava na carne da gente como uma ponta de faca ainda tépida, recém-amolada na pedra.

Janaína, Janaína. Nunca soubera da existência de tal nome. Nenhuma Janaína nascera em Sanga Menor, e nenhuma forasteira assim chamada andara por ali, subindo ou descendo a ladeira da cidade. Mas isso não espantava, porque, afinal, também não havia flamingos rosados sobrevoando a sanga, assim como não havia música de violino no coreto da praça, nem champanhe gelada na banquinha de comes e bebes dos bazares de artesanato. A ausência de registros, em Sanga Menor, acerca de uma Janaína era fato que guardava coerência com o todo.

Deus abençoasse a encantadora senhorita, pois era a lembrança dela, com certeza, que agora distraía as ideias de Lírio, que as entretinha com coisa outra, diversa daquela realidade tenebrosa: ele estava perdido. Perdido e sozinho nas ruas esparramadas da fervilhante Capital. Não fosse a lembrança de Janaína a esvoaçar dentro de sua cabeça, como uma borboleta de mil cores, e as ideias impiedosas já teriam se jogado, esfomeadas, sobre a desprotegida presa, até virá-la em carniça. Lírio, então, tombaria desmaiado sobre a laje, ou quiçá morto, empapado numa poça não de sangue, mas de suor frio, e sem esperança de um milagre do Redentor, pois era improvável que, numa tal abundância de elementos, o Altíssimo conseguisse discernir as ocorrências terrenas.

"Há de ser nesta direção", murmurava, como quem diz uma prece. Num caminhar de passos falseados, ele agora se encontrava a poucos metros do largo onde se equilibrava o obelisco. O pavor do desmaio fazia-o inspirar com empenho, estreitando as narinas, mas o que entrava não era senão um ar ralo, que não matava a fome dos pulmões. Pensou na mãe: depois de respirar toda essa fumaça, quantas colheradas de mel seriam necessárias?

Tendo alcançado o largo do obelisco, Lírio dobrou em diagonal à esquerda. Espichou, então, os olhos aflitos. Mas onde estava o mar? A incredulidade arregalando-se em seus olhos, ele engoliu a saliva por três vezes sucessivas. Estava perdido! Mais que depressa, levou a mão à nuca e massageou-a forte, antes que a musculatura se empedernisse de vez, bloqueando o trânsito já dificultoso da consciência ao longo da medula. Perdido. Mas não podia ser! Estava quase certo de ter feito, ao lado do primo, aquele mesmo caminho! E Lírio, em meio ao torvelinho do desespero, agarrou-se de novo à lembrança de Janaína, às bolitas verdes dos seus olhos, flutuando num branco avermelhado que sugeria choro recente; ao seu lábio superior, que subia numa letra eme tão pontiaguda que, por pouco, não lhe tocava a base do nariz. "Janaína", gemeu baixinho, enquanto pontos pretos instalavam-se, progressivamente, nas imagens à sua volta, como se aquelas telas hipertrofiadas estivessem, todas, sofrendo um repentino ataque de mofo.

Contudo, antes que o preto triunfasse, ele vislumbrou, por uma fenda entre mil pessoas, um laivo azul do mar. Bom Deus, estava salvo! Convalescente, rumou até a beira-mar, enxugando os fios de suor que lhe pendiam das têmporas, negociando com o desmaio a retirada progressiva da ameaça. Pouco depois, certificou-se: não se tratava de miragem. Avenida da Orla, ali estava ela, e como era bonita! Caminhou agradecido pelo calçadão em que ladrilhos rosados revezavam-se com cinzentos, e logo estaria defronte ao gigantesco edifício do primo. Estava orgulhoso de si mesmo. Tinha pouco mérito nessa vitória, porque era preciso dividi-lo com a lembrança benfazeja de Janaína e com o empurrão bem-dado de Gilberto, mas aquele pouco, ah, aquele pouco já lhe inflava o peito. Seria exagero supor que sua vida estivesse mudando?

Enquanto pisava o calçadão, algo entortava a sua cabeça para a direção oposta àquela em que se enfileiravam os prédios. Na cansativa galeria de telas apinhadas de protagonistas, o mar era um quadro instigante, diferente dos demais. Lembrou-se das cartas de Tia Caetana, em que ela descrevia as ondas como uma cordilheira de montanhas indecisas e referia-se à linha do horizonte como um fio imantado. Tia Caetana tinha ideias estranhas. No entanto, era preciso reconhecer: o mar era algo deveras estranho.

Como se aproximasse o entardecer, o ângulo do sol estendia um tapete de espelho sobre o assoalho de água. Lírio deu-se conta de que, pela primeira vez na vida, a água não lhe infundia o costumeiro pavor. Desde menino, habituara-se a associar as grandes porções de água a uma atmosfera lúgubre e pantanosa, que prenunciava desgraças e punha-lhe os joelhos em tremelique. Todavia, aquela enorme planície azul, pincelada de uma luz tão prata quanto a bênção de Deus, encharcava-lhe a alma de paz.

Sentou-se num dos bancos de cimento. Comparado à sanga, o mar era tão maior! Poderia, sem esforço, engoli-la inteira, dissolver todas as suas imundícies, desmembrar o emaranhado da sua escuridão. E o cachorro de duas patas — que nada poderia contra a força esmagadora das ondas — levantaria aos céus, pela última vez, o seu uivo rouco, antes de afogar-se para sempre na espuma branca. Inspirando fundo aquele cheiro salgado, Lírio tentou convencer a si mesmo: o bem era maior do que o mal, sobrepujava-o, vencia.

Enquanto observava as gaivotas rasparem a barriga na superfície da água, voltou-lhe à lembrança o rosto de Janaína: as feições trabalhadas a cinzel, a minúscula pintinha preta no queixo. Como o primo era feliz! Aquela linda moça estava apaixonada por ele, e isso transparecia em cada movimento seu. Depois que ela pedira licença e levantara-se, explicando que o chefe estava à sua espera, Gilberto havia contado que a conhecera ali mesmo, no restaurante Calêndula, onde ela almoçava todos os dias. No mesmo prédio, nove andares acima, situava-se o consultório do dentista para quem Janaína trabalhava, o libidinoso Bitencourt, que se achegava de mansinho às suas costas, fazendo-a tremer de susto ao enxergar, por cima do ombro, o metal reluzente do alicate:

— Ainda arranco o siso dessa boquinha tão ajuizada! — dizia ele, a risada expondo um arco laqueado de branco polar.

Nas quintas-feiras, o Bitencourt tinha licença para não almoçar em casa, pois era o dia em que a esposa recebia as colegas do curso de respiração transformadora. Perfumava-se todo, aparava os pelos das narinas, limpava a caspa dos ombros e descia até o térreo em companhia da secretária. Era tal o ímpeto com que irrompia no Calêndula que o cortinado de fitas coloridas, preso no umbral da porta de ingresso, explodia como fogos de artifício, e passava-se uma eternidade até que as atarantadas tiras de náilon conseguissem recuperar a inércia. Todas as mesas, então, voltavam os rostos para o freguês recém-chegado: ao lado da frágil mocinha, o sessentão de cabelos repartidos pouco acima da orelha varria o recinto com um olhar de pura gabolice.

— Você gosta de linguiça picante? — perguntava, mas Janaína mantinha os olhos verdes no cardápio, certa de que, se os erguesse, toparia com a visão repugnante dos lábios do dentista, brilhosos da recente lambida. Porque o Bitencourt tinha esse vezo: nos momentos de maior excitação, passava a língua por toda a extensão dos lábios, revestindo-os com uma farta camada de saliva.

Com certeza, ele não gostou nem um pouco daquela quinta-feira em que, justo quando tirara o sapato e preparava-se para roçar o pezinho adorável da secretária, Gilberto acercou-se da mesa onde estavam acomodados. Segurando três pequenas taças de vermute, o primo de Lírio disparou:

— Posso oferecer-lhes um aperitivo?

Antes que o Bitencourt pudesse objetar, a bebida já estava colocada à sua frente, e o desconhecido já aterrissara as nádegas sobre a cadeira há pouco vaga. Atônito, ele observou o inoportuno sujeito servir-se, sem cerimônia, dos croquetes dispostos no centro da mesa, enquanto discorria, de boca cheia, sobre a fama do ilustre odontólogo sentado à sua direita. Ninguém, em toda a Capital, vestia os dentes de sua clientela com capas tão impecáveis. Caimento perfeito. Havia até quem se referisse ao consultório do doutor Farnésio Bitencourt como um ateliê de alta costura, do qual as dentaduras saíam envergando roupas deslumbrantes. Encantado com tão original lisonja, o dentista tornou a calçar o sapato e concedeu ao admirador o seu sorriso via-láctea:

— Sou inflexível comigo mesmo. A odontologia é uma arte e não pode ser aviltada.

Gilberto deu prosseguimento à avalanche de elogios. Só se

deteve quando o Bitencourt já se encontrava devidamente soterrado, incapaz de qualquer movimento tendente a repelir a intrusão do imprevisto comensal. Foi então que o publicitário virou-se para Janaína, que o olhava com seus grandes olhos verdes machucados de vermelho. Ele perguntou qual era mesmo o seu nome e, como a moça nada respondesse, teve a ideia de oferecer-lhe a cereja do seu vermute. Em câmera lenta, ela abriu a boca para o fruto encarnado que se equilibrava na ponta do palito à sua frente.

Tempos depois, quando o Bitencourt já desistira do almocinho romântico das quintas-feiras, pois era certo que o fã estaria no restaurante para, pela enésima vez, estragar tudo de novo, Janaína revelou um segredo ao seu herói salvador: desde aquele primeiro encontro, sempre que seus olhos cruzavam com os de Gilberto, vinha-lhe à língua um sabor forte de marasquino.

Quando o primo andava nessa altura do relato, Lírio o interrompera para indagar, perplexo:

— Mas por que você não se casa com ela? Por que não a liberta, de uma vez por todas, desse homem monstruoso?

Rindo, Gilberto explicara que Janaína não estava prisioneira do Bitencourt. Por mais nojo que o dentista lhe inspirasse, ela devia gostar de trabalhar para ele. Pois imagine que nem do dinheiro a gracinha precisava, já que era filha única de pai rico e morava numa mansão com piscina de trampolim e com arbustos podados no feitio de animais. Então Lírio não olhara para as mãos dela? Não reparara no acetinado da pele, nos dorsos lisos de tendões ou veias? Não reparara nos anéis? Não, Lírio não havia reparado. Contudo, agora que o primo trouxera o assunto, vinha-lhe à lembrança a imagem das delicadas mãos da moça, tão compenetradas em revezar carinhos na extremidade da madeixa cor de cobre que lhe caía à frente do peito. Como era linda! E Lírio sentiu, de novo, a estocada do gume da faca: a beleza fincava.

Confuso, ele pedira mais explicações, mas Gilberto limitara-se a dizer que a espécie humana era muito variada, e que conhecer Janaína teria sido uma felicidade para a sua defunta mãe: Caetana dos Fantoches saberia colher, na secretária, inspiração de sobra para uma conflituosa personagem.

De todo modo, o certo era que o primo, para a sorte de Lírio, não estava interessado em namorar Janaína. Sempre que a sua agenda de quinta-feira permitia, Gilberto rumava até o Calêndula para almoçar na companhia dela, mas o fazia por simples camaradagem, apenas para garantir a distância do Bitencourt, e também porque o Calêndula fazia o melhor ovo frito do mundo. Diante de tais circunstâncias, Lírio não estava sendo desleal com o primo ao imaginar-se com Janaína, beijando seus lábios pontiagudos, unido a ela pelo santo sacramento do matrimônio. Mas Deus, quanto devaneio! E ele riu por dentro, os olhos ainda fixos no mar azul. Se havia estado com a moça por míseros trinta minutos, se ouvira de sua boca três ou quatro palavras, tinha lá cabimento considerar-se enamorado a esse ponto? E o que sabia ele a respeito do amor? A velha Margô não mentia ao trombetear que a Branca de Neve fora a única rapariga cuja mão ele segurara. E o pior é que o fizera cheio de nove horas, com um medo absurdo de que a estátua o rejeitasse, e nunca repetira a ousadia, sobretudo depois de perceber que a tia o observava, com seus olhos de mármore, pelo canto da janela. De fato, exceção feita à Branca de Neve, ele nunca chegara perto de mulher alguma, nem de mulher direita e menos ainda de mulher-dama, dessas que mercanciam o corpo nos cabarés de lâmpada vermelha, mesmo porque não existiam esses descaramentos em Sanga Menor. Nos sermões de domingo, o padre Darcy jactava-se ao dizer que Sanga Menor era uma fruta sã, que não havia sido picada pelo bicho pernicioso do meretrício, mas Tia Caetana dizia que fruta sem marca de bicho era fruta venenosa, ou então de cera, e Lírio, na inocência dos seus nove ou dez anos, não sabia o que pensar.

Não importava. Vinte calendários separavam aquela época do dia de hoje, assim como seiscentos quilômetros separavam Sanga Menor da Capital. Pela mão do primo, ele viera para uma vida nova, uma vida em que — tomara Deus — não haveria tantos medos e culpas e mistérios. Tia Margô não o espiava pelo canto da janela, o cachorro bípede não o chamava durante a noite, o diretor do colégio dos padres não lhe cobrava hombridade. Aquilo tudo ficara para trás. O fato de ter conseguido percorrer sozinho a distância entre o restaurante e a Avenida da Orla, vencendo a ameaça de desmaio e forçando as pernas a não virarem mingau, havia sido, talvez, como um batismo, um ritual de lavagem, e Lírio, agora, estava habilitado a ingressar numa nova existência. Diante de si, fulguravam expectativas que outrora o poriam de cama — o emprego no Vitruviano, o relacionamento com Janaína — e que hoje o eriçavam de entusiasmo. Sim, tudo indicava que Lírio Caramunhoz estava por tornar-se um homem de verdade, um homem como o primo, e um dia regressaria a Sanga Menor dirigindo o seu próprio automóvel, a mimosa esposa sentada ao lado, e traria presentes bonitos para a mãe, quem sabe até netos, crianças de joelho esfolado e faces vermelhas, que correriam risonhas rumo à sanga para brincar de Cristóvão Colombo ou de Robinson Crusoé, e Tia Margô as chamaria de capetas, sentindo por elas a ternura que nunca pôde sentir por Lírio.

Abastecido de um vigor sem precedentes, levantou-se do banco. Inspirou aquele sal para o fundo mais fundo dos pulmões e decidiu-se: quando o primo voltasse da viagem de negócios, ou seja, amanhã à noite, diria a ele que marcasse, para o quanto antes, a reunião com a diretoria do Vitruviano. Bastava de adiar a vida. E pediria que, na próxima quinta-feira, fossem de novo almoçar no Calêndula. Ela estaria lá e, dessa vez, ele teria coragem de dizer alguma coisa além de "Encantado em conhecê-la" e "Tenha uma boa tarde de trabalho".

Pensando no que diria a Janaína no próximo encontro, Lírio pôs-se a caminhar pelo calçadão da avenida. Claro que era cedo para tanto, mas como gostaria de perguntar a ela o porquê daqueles olhos vermelhos, e ele agradeceria a confissão contando-lhe sobre os seus pesadelos com o cachorro de duas patas. Poderia, também, fazê-la falar sobre o jardim da sua mansão, sobre as esculturas feitas de arbusto, e ele então falaria sobre o jardim do chalé, onde as esculturas eram de cimento e gesso, obra do oleiro Gesualdo. Indagaria sobre a piscina de trampolim e devolveria com um relato sobre a sanga e seus segredos. Pediria que ela explicasse sobre o pai rico, e ele, em contrapartida, desabafaria sobre o pai entrevado.

Diante do número 485, Lírio interrompeu a caminhada. Ergueu os olhos para o trigésimo pavimento e descobriu, sem surpresa, que tocava as nuvens. A mãe e a tia não podiam imaginar, nem de longe, o quanto o sobrinho havia subido na vida. E, no entanto, Gilberto mantinha-se simples e espontâneo, como se tivesse a alma blindada contra os sortilégios do poder. Circulava nos meios mais pomposos, onde era bajulado por gente chique e importante, e bastava estalar os dedos para que uma mulher espetacular surgisse do nada, jurando-lhe amor eterno, ou para que um homem invertebrado corresse a servi-lo, dobrando-se em salamaleques; mesmo assim, ele cantava loas ao reles ovo frito servido num restaurante familiar como o Calêndula, e o fazia enquanto mastigava, porque Tia Margô não conseguira tirar-lhe aquela falta de educação, e não seriam essas pessoas esnobes da Capital a vencer uma batalha perdida pela velha de lábios de risco e olhos de pedra.

"Nada falta ao primo", pensou Lírio, os olhos ainda pendurados lá no alto. Pelo contrário, os seus pertences, materiais e imateriais, abundavam ao ponto de sobrar. E feliz de quem estivesse por perto, pois poderia até ciscar os sobejos.

Exaltado com suas próprias conclusões, atravessou a rua sem esperar pelo sinal vermelho. Passou pelo porteiro de casaca preta e saudou-o com um boa-tarde claro e audível. Dentro do elevador, olhou-se no espelho e descobriu as faces afogueadas, a testa pontilhada de gotas de suor. Mas não empoaria talco no rosto: sentia, nesse momento, uma estranha vontade de esfregar-se com água fria da torneira, e não só o rosto, mas também o pescoço e os cabelos, e depois pegaria da toalha e não se enxugaria com apalpadelas, mas com movimentos enérgicos de fricção, tal como fazia Gilberto. Ah, o primo! Quanto tinha a ensinar-lhe! E quanto estava sendo generoso de emprestar-lhe a casa, arrumar-lhe um emprego e apresentá-lo a uma moça como Janaína. Ainda assim, o maior dos presentes de Gilberto estava sendo a confiança, a confiança que ele transmitia de forma quase imperativa e que, aos poucos, estava minando as fraquezas cultivadas por Lírio durante uma vida inteira. Bendito fosse o filho que Tia Caetana plantara em seu ventre de solteira, usando a semente de um extraterrestre. E, ao proferir tal bendição, Lírio levou a ponta dos dedos à boca, desculpando-se, intimamente, com a memória da tia e com a certidão de nascimento do primo. A paternidade de Gilberto sempre fora assunto proibido no chalé dos Caramunhoz.

No trigésimo andar, fez soar a campainha e aguardou, por um tempo de curiosa duração, que viessem abrir-lhe a porta. Apurando o ouvido, percebeu que vinham, de dentro do apartamento, sons de passos apressados e vozes miadas. Seria mais uma desavença entre Valderez e as solícitas mocinhas? Não demorou e uma delas escancarou a porta:

— Desculpe a demora, Seu Lírio — disse ela, a boca trêmula, o avental torto na cintura.

Ele estranhou os modos da criada. Como as demais, costumava trazer o uniforme sempre impecável e as emoções bem escondidas.

— Não seja por isso — respondeu. E, vendo que os olhos dela cresciam de lágrimas presas, perguntou: — A senhorita se sente bem?

A moça desabou num choro ganido e soluçado. Antes que as mãos de Lírio corressem a acudir-se uma à outra, ele viu, consternado, que duas outras mocinhas passaram desabaladas na direção dos quartos. A seguir, uma última surgiu à sua frente, caída de joelhos, as mãos espalmadas na altura do peito:

— Uma desgraça, Seu Lírio! A mais horrorosa das desgraças!

Dentro de Lírio, pôs-se em funcionamento um chafariz de adrenalina, esguichando pânico para todos os cantos do seu corpo. Mas do que a menina estava falando? E por que a outra não parava de soluçar?

Sem nada dizer, a ajoelhada ergueu-se, a chorosa enxugou-se, e ambas conduziram-no corredor adentro, até o aposento de Valderez. Ela jazia na cama, com um lenço dobrado em retângulo sobre a testa, enquanto as restantes duas mocinhas revezavam-se em abaná-la com um leque e em aproximar-lhe do nariz vidrinhos de sal aromático. Ao vê-lo, Valderez pôs-se sentada e abriu os braços:

— Menino Lírio! Deus que me perdoe, mas sua Tia Caetana estava certa: Deus não existe!

A voz de Lírio não encontrou o caminho da boca, e a pergunta "O que aconteceu?" acabou extraviada em algum lugar mudo do seu corpo. E mesmo quando Valderez, em seguida, deu-lhe a terrível notícia, ele não pronunciou uma palavra sequer. Não chorou, não desmaiou e não moveu nenhum músculo da face. Com o andar vagaroso que tanto irritava Tia Margô, Lírio foi até o seu quarto, fechou a porta e, embora fossem apenas seis horas da tarde, deitou-se para dormir.

Na manhã seguinte, Valderez bateu à porta quatro ou cinco vezes antes de decidir violar a privacidade do hóspede. Encontrou-o deitado em sua posição predileta — de barriga para cima, com as mãos entrelaçadas sobre o osso esterno — e arrancou-o de um sonho em que a mãe lhe implorava que não dormisse mais desse jeito, pois era de mau agouro.

— Menino Lírio, acorde! — pediu Valderez. No sonho, Lírio pensava que fosse Rosaura a sacudi-lo.

Aos poucos, ele abriu os olhos grudados de sono. O sol entrava pela janela com a força das dez horas da manhã.

— Bom dia — balbuciou.

— Não, menino Lírio, o dia não é bom. Mas que se vai fazer? Mesmo os dias ruins amanhecem, e a gente tem que amanhecer com eles.

Sem olhar a mulher nos olhos, ele foi para o banheiro contíguo ao quarto. Polvilhou o rosto com talco, tomou o remédio para o intestino e abocanhou a colherada de mel. Enrolado no seu roupão de listras verticais e avançando a passos de tartaruga, ele surgiu na sala de jantar, onde a mesa estava ainda posta para o café da manhã. Junto à leiteira de prata, encontrou o jornal do dia, em cuja primeira página uma manchete berrava: "Tragédia no aeroporto: fatalidade põe termo à vida do publicitário Gilberto Ilharga". Só o que conseguiu pensar é que a notícia estava incompleta, pois aquela mesma fatalidade fizera também uma outra morte. Sim, a vida de Lírio Caramunhoz, a sua vida recém-nascida, também fora ceifada.

8

Fazia anos que Rosaura e Margô já não compravam o jornal. Mal tinham tempo para ler as notícias e, além disso, era sempre uma despesa a mais.

Tinha sido o diretor do colégio dos padres a trazer-lhes o matutino, impresso na Capital. Contudo, antes de mostrar a elas a reportagem, o homem hesitou por um momento, com os olhos postos no canto escuro da sala, onde estava Percival. Aquela família parecia colecionar tragédias: primeiro, o derrame que abobalhara Percival; depois, o acidente estranho que causara a morte da Caetana dos Fantoches; e, agora, um desastre estúpido tirava a vida do filho da fantocheira. Pobre gente. Não bastassem tantos dissabores, havia ainda o Lírio, um estrupício de dois metros de altura que nunca movera um dedo para ser útil à sociedade, e tampouco o fizera em prol das duas valorosas mulheres. A única consideração que o sem-vergonha havia tido com a mãe e com a tia velha havia sido afastar-se delas, o que só fizera à vista da perspectiva de encostar-se num arrimo mais firme e confortável, isto é, no primo endinheirado. Agora que Gilberto Ilharga morrera, eram dois toques para que o songamonga regressasse a Sanga Menor com o rabo entre as pernas, e mal tinha havido tempo para que Dona Rosaura e Dona Margô aliviassem a moedeira que lhes latejava no corpo.

Alisando o tergal azul-marinho do paletó, o diretor reteve o jornal sob a axila e perguntou, cauteloso:

— Notícias da Capital?

Rosaura secou as mãos no pano de prato e indicou-lhe o sofá. Cuidou para que o ilustre visitante tomasse assento longe da almofada lilás, que ocultava um rasgão no tecido do estofado. Quando o homem já se encontrava cômodo, ela respondeu:

— Falei ainda ontem com o Lirinho. Está bem de saúde, graças a Deus, apesar de tantas novidades. Mas eu recomendo sempre que ele vá com calma, porque as novidades em excesso baixam a imunidade da gente.

— Verdade, verdade — concordou o homem, trepidando a papada no movimento afirmativo.

A velha Margô queria oferecer o de costume, mas, como o diretor viera sem aviso, elas não haviam preparado o bolo de cenoura que ele tanto apreciava. Na verdade, agora que Lírio já não vivia mais ali, Rosaura propusera a exclusão de alguns itens da lista do armazém, e entre tais itens estavam os ovos, sem os quais não havia jeito de preparar o bolo. A sobrinha dissera que não fariam falta, pois o organismo de um adulto podia perfeitamente prescindir das proteínas, e Margô, sem dizer nada, limitou-se a riscar os ovos da lista, lembrando que o meninão de trinta anos, todos os dias, às cinco da tarde, defronte ao televisor, deliciava-se com uma densa gemada.

— Vai nos desculpar, diretor, mas hoje vamos ficar devendo o bolo de cenoura. É que não houve tempo de preparar.

O diretor fez, com a mão, um sinal para que a velha não se inquietasse. Infelizmente, o assunto que o trazia ao chalé era de tirar o apetite. Rosaura e Margô endireitaram a postura e olharam-no preocupadas. Mas do que se tratava? Algum problema relativo ao próximo bazar de artesanato?

Pesaroso, mas cônscio de sua árdua obrigação, ele estendeu o jornal para Rosaura. Passou-se um instante e o diretor pensou em oferecer os préstimos do pincenê que lhe pendia do bolso do paletó, pois viu que a dona da casa apequenava os olhos de míope, correndo-os desorientados por toda a primeira página, sem conseguir fixá-los em ponto algum. Angustiado, levantou-se do sofá e veio para junto da poltrona onde ela estava sentada. Com o indicador curto e gorducho, guiou seus olhos ao longo da terrível manchete.

Após um minuto de silêncio, Rosaura disse:

— Gilberto? O filho de minha irmã? Mas não, diretor! Ele está na Capital, junto com Lírio! Deve ser um engano dos jornalistas!

Sem tirar o jornal das mãos da desventurada mulher, o diretor folheou-o até chegar à página que estampava uma fotografia recente do publicitário. Nela, Gilberto sorria o seu sorriso de boca inteira. A reportagem ao lado falava sobre a sua carreira de sucesso à frente da agência Ideário, onde teria iniciado como menino-prodígio. Contava-se que havia sido o fundador da agência e então presidente, o já falecido Elliot Carter, a descobrir o talento invulgar de Gilberto Ilharga, à época um menino de dezesseis anos de idade que distribuía volantes em uma praça no centro da Capital. Os volantes eram idealizados e fabricados pelo próprio garoto e anunciavam, com criatividade espantosa, o espetáculo de marionetes conduzido por sua mãe naquela mesma praça. Mais adiante, a reportagem fornecia detalhes sobre o acidente: o publicitário chegara apressado ao aeroporto e, sem reparar numa pequena poça d'água esparramada sobre o pavimento de granito, escorregara, caindo de costas sobre o chão. Tudo acontecera de forma tão rápida que ele sequer tivera tempo de usar as mãos como anteparo, o que teria amortecido os efeitos da queda. Sua nuca chocara-se fortemente contra a dureza da pedra, o que provocara um traumatismo craniano agudo, seguido de hemorragia interna e da consequente morte. O jornal informava, ainda, que a assessoria jurídica da agência Ideário estava estudando a possibilidade de processar o aeroporto pela presença indevida da poça d'água.

— Mas não pode ser! — disse ainda Rosaura, a voz já se despedindo para transformar-se em choro.

— Sinto muito, Dona Rosaura, mas não há engano. Aqui embaixo, há uma entrevista com o assessor direto de seu sobrinho, que estava ao lado dele no momento da cruel fatalidade. Sinto pela senhora e por Dona Margô, mas sinto também pela nossa Sanga Menor, que perde o seu mais notável expoente. Vou falar com o prefeito: a cidade deve decretar luto oficial.

Foi a velha Margô que o acompanhou até a porta, onde o diretor ainda se demorou por um ou dois minutos, repetindo-se em pêsames e colocando-se à disposição para qualquer coisa de que elas precisassem. Depois que o homem enfim se foi, Margô voltou até a saleta e encontrou Rosaura com o jornal ainda nas mãos, molhado de lágrimas atordoadas. Como se houvessem ensaiado, ambas olharam, naquele momento, para o telefone. E as duas concordaram, de forma muda, que não era o caso de telefonar. Se aquela desgraceira havia mesmo acontecido, então elas não tardariam a ouvir a campainha do aparelho, pois notícia ruim vinha a galope.

No entanto, escoou-se o resto da manhã, chegou a hora do almoço, veio a tarde, e depois a tardinha, e nada de o telefone tocar. Quando as duas sentaram-se para jantar e Tia Margô repetiu o que já dissera ao meio-dia — que não comeria nada porque sentia a garganta estreita —, Rosaura levantou-se resoluta e foi até a mesinha do telefone. Precisou de três tentativas até conseguir discar a combinação numérica, porque seu dedo ansioso errava na mira, resvalando para os orifícios vizinhos àqueles que correspondiam aos números certos. Do outro lado da linha, respondeu, como de costume, uma voz feminina jovem, que lhe pediu a gentileza de aguardar um momento, se não fosse incômodo. Aquele momento, porém, durou uma vida inteira, e Rosaura, fincando as unhas no fio espiralado do telefone, gostaria de acreditar que o filho estivesse no quarto de banho, empenhado em persuadir o intestino a funcionar, ou mesmo que estivesse tirando uma soneca, ou que estivesse acabando de espalhar o talco nos cabelos. Mas ela o enxergava com nitidez, os enormes olhos aflitos, a tez mais branca e gelada do que a neve, os dentes machucando o lábio inferior. Assim, antes mesmo de ouvir o alô do filho, ela soube: não era um pesadelo. Gilberto fora mesmo engolido pela morte, e nunca mais ela e a tia haveriam de preparar o rocambole de batatas. Conversaram por alguns minutos e, ao fim do telefonema, Rosaura, apertando o lencinho de cambraia debaixo dos olhos, lembrou Lírio de que Deus, em sua infinita sabedoria, guiava nossas vidas pelo melhor caminho, e não cabia aos homens compreender os desígnios do Todo-Poderoso. Mandou que ficasse calmo e que não saísse de casa. Ela enfiaria o Tatu num ônibus com destino à Capital para que o negrinho lhe fizesse companhia no retorno a Sanga Menor: não convinha viajar sozinho naquele estado de nervos.

Margô levantara-se da mesa e fora até a janela da saleta, onde apoiou a testa contra a vidraça. Não queria escutar a conversa entre Rosaura e Lírio. Lá fora, um temporal desabava sobre Sanga Menor, pavoneando-se em raios e trovoadas. Com seus olhos secos, a velha olhava para o jardim do chalé, e deteve-se a examinar o rosto das estátuas, onde as gotas de chuva assumiam a aparência de lágrimas. Depois, seu pensamento rolou a ladeira da cidade e foi parar junto à sanga, onde jazia o corpo de Caetana. Ainda bem que a sobrinha não vivera o suficiente para tornar-se mãe de um filho morto. Porque filho morto havia de ser um talho fundo na barriga da gente, rasgado de flanco a flanco, com punhal de fio cego.

Nem percebeu que Rosaura já recolocara o fone no gancho. Às suas costas, a voz da sobrinha soou aguda como um apito de chaleira:

— É tudo verdade, tia. Ele se foi.

Ficaram um instante imóveis, entreolhando-se, até que se jogaram uma no abraço da outra. E Margô, tão próxima da sua estimada Rosaura, não teve coragem de dar trela à ideia insinuante que, só mais tarde, ganharia espaço dentro da sua cabeça: era culpa de Lírio. Até o fim dos seus dias, a velha guardaria tal opinião só para si. Mas estava convicta. A covardia do borra-botas urdira, por caminhos sobrenaturais, a morte de Gilberto, porque assim ficava justificado o retorno às comodidades do chalé, o retorno à redoma de agrados fora da qual a vida machucava.

9

De tudo o que se seguiu, o mais difícil para Lírio teria sido dar a notícia à mãe e à tia-avó. Embora elas convivessem pouco com Gilberto, a simples existência do sobrinho era motivo para se lembrarem, de vez em quando, de sorrir. Lírio, que já dera tantas desilusões às duas mulheres, que só fazia tornar ainda mais pesada a carreta que lhes tocava puxar, não teria tido coragem de desferir-lhes mais esse golpe. Ainda bem que os jornais pouparam-no de tão penosa tarefa, e, quando Rosaura telefonou, no anoitecer daquele mesmo dia, disse ao filho que não se desculpasse: ela compreendia o seu silêncio. Mas os ouvidos de Lírio eram tão culpados que ouviam até as palavras não-ditas, e ele teve a impressão de que Tia Margô estava junto da mãe, pois escutou, ao fundo, a sua voz impiedosa: "Covarde. Não teve coragem de telefonar".

Contudo, embora tenha escapado de dar a notícia à mãe e à tia-avó, não teve a mesma sorte quanto aos demais espinhos que se seguiram à morte do primo.

Não houve meio, por exemplo, de furtar-se à identificação do corpo. Um funcionário do necrotério compareceu ao apartamento, no dia seguinte ao desastre, e explicou a Valderez que, se o morto deixara familiares, o reconhecimento deveria ser feito pelos mesmos, salvo se estivessem a uma distância impossível de ser vencida dentro do prazo de vinte e quatro horas. Sem imaginar o quanto isso desorganizaria os nervos de Lírio, Valderez informou ao funcionário que os únicos familiares de Gilberto moravam numa pequena cidade chamada Sanga Menor, situada a seiscentos quilômetros da Capital, mas que havia um primo hospedado ali mesmo, no apartamento, e assinou um termo de ciência quanto à convocação de Lírio para, na primeira hora do dia seguinte, comparecer, munido de documentação, ao morgue metropolitano, a fim de identificar o suposto cadáver de Gilberto Ilharga.

Quando soube do arrepiante compromisso, Lírio precisou sentar-se. Uma das mocinhas trouxe-lhe água com açúcar e um lenço embebido em álcool. Quando sua testa recuperou um pouco de calor, ele tentou explicar a Valderez que não se sentia capaz de desincumbir-se do ônus, mas ela retrucou que não seria razoável trazer de Sanga Menor, às pressas, a mãe ou a tia. O peso do luto era mais difícil de carregar quando se somava ao peso da idade, e, ademais, não se podia esquecer que as duas tinham, sob seus cuidados, um homem inválido. Lírio não teve o que dizer.

No dia seguinte, de manhã bem cedo, ela o acompanhou até o necrotério. O táxi parou diante de um prédio branco-sujo, em cuja porta de ingresso duas águias de bronze montavam guarda.

— Fim da linha — resmungou o motorista, e Lírio considerou de mau gosto o trocadilho.

Amparado por Valderez, ele se dirigiu até a sala indicada pela recepcionista. Era como um imenso dormitório coletivo, onde se enfileiravam camas de aço escovado, altas como mesas. Em cada uma delas, o ocupante era encoberto, de ponta a ponta, por um lençol de higiene tão impecável quanto desnecessária.

— O defunto de vocês é este aqui — disse-lhes o doutor encarregado, após tê-los conduzido até uma determinada cama.

Lírio suava em bicas e já sentia as têmporas fraquejarem no costumeiro formigamento. "Pobre de Dona Valderez!", pensou ele: dois metros de indignidade estavam prestes a despencar por cima dela. Ao menos, o ambiente era — digamos assim — hospitalar, e não faltaria uma maca para acudir o desmaiado, nem unguentos para aliviar as lesões da prestimosa senhora que lhe amortecera a queda. Em meio a tais considerações, ele sentiu o cotovelo de Valderez a cutucá-lo:

— Menino Lírio, preste atenção ao que o doutor está dizendo! Você tem de abrir os olhos!

Contudo, suas pálpebras pareciam coladas uma à outra, como se, finalmente, aqueles dois cortes houvessem cicatrizado, aqueles cortes cruéis que já o haviam feito sentir tanta dor.

— É indispensável que o senhor abra os olhos — repetia o homem, já aborrecido com tamanha bobajada. E como Lírio se retorcesse em caretas, sem, contudo, alcançar êxito na tentativa de separar as pálpebras, o médico perdeu a paciência:
— Deixe que lhe dou uma ajuda. Para quem lida com rigidez cadavérica, isso é café pequeno. — E botou-se num dos olhos do medroso, as mãos transformadas em garras cravadas abaixo e acima do globo ocular.

Lírio teve o olho violentado. Primeiro, pelas mãos impiedosas do doutor; depois, pela cena brutal que se enfiou à força para dentro de sua íris, arrebentando tudo, lacerando tudo. No entanto, em meio ao turbilhão do terror, veio, num repente, o alívio: o rosto que a dobra do lençol revelava era o rosto de um homem desconhecido. Mas — que espanto! — as feições eram idênticas às de Gilberto. Até a cicatriz que o estranho ostentava no alto do zigoma esquerdo era uma réplica perfeita daquela que o primo trazia, e Lírio lembrava bem o dia em que Gilberto irrompera no chalé com um estilhaço de laje fincado naquela exata posição, o sangue a escorrer-lhe pela face, mas feliz, anunciando que enfim tivera sucesso na tentativa de fabricar pólvora, e quem não acreditasse que descesse até a choupana, cuidando, porém, para não tropicar na calçada em frente ao jardim, ou no que sobrara dela, pois acabara de ser mandada pelos ares, não fazia nem um minuto. E, reparando bem no rosto daquele homem qualquer, ele bem podia ter trabalhado como sósia de Gilberto, pois não é que apresentava até uma falha numa das sobrancelhas?, tal e qual aquela que era motivo de orgulho para o primo, pois remetia a sua lembrança à noite em que ele desafiara o fogo, resgatando, das chamas que devoravam a casa do carpinteiro Ivonei, o cavalo de madeira em que se embalara a sua filhinha anos antes, num tempo em que leucemia era, para o pobre homem e sua esposa, apenas uma palavra sem importância, de significado nebuloso, e eles nem sonhavam que a tal palavra lhes entraria casa adentro e revolucionaria suas vidas, até recolher-se enfim quieta para dentro de uma gaveta, impressa num atestado de óbito. E, por incrível que parecesse, aquele defunto desconhecido mostrava um pequeno corte na altura do queixo, precisamente onde Gilberto, na manhã de ontem, ferira-se com o barbeador, e Lírio lembrava-se de ter aconselhado o primo a aplicar bicarbonato sobre o talho, ao que ele respondera dando-lhe um tapa nas costas e dizendo que se aviassem, pois os ovos fritos do Calêndula saíam mais gostosos quando a banha estava ainda nova.

— E então? Reconhece este cadáver como o de Gilberto Ilharga? — perguntou o médico, em tom mais alto que o habitual, a boca a poucos centímetros da orelha de Lírio.

Valderez, perturbada com os modos rudes do doutor e concluindo que Lírio já vira o bastante, forçou o homem a largá-lo e a afastar-se. Depois, traduziu para tom suave e que fora dito em tom grosseiro:

— E então, menino Lírio? Podemos ir para casa, não podemos?

A resposta, porém, surpreendeu-a:

— Não é o primo.

— O que você disse, querido?

— Este não é Gilberto, Dona Valderez. Graças a Deus. Eu nunca vi este homem antes. Tenho certeza absoluta.

Na tentativa de não ser ouvida pelo médico brutamontes, Valderez puxou Lírio para perto de si e murmurou:

— Mas Lírio, o que você está dizendo, meu filho? É evidente que estamos diante do corpo do seu primo Gilberto!

Mas ele insistia que não. As semelhanças eram, de fato, espantosas, o que explicava o engano, mas a verdade é que o desinfeliz estirado sobre aquela cama não era Gilberto. E, balançando a cabeça num frenético movimento negativo, Lírio engatou um discurso monocórdico, em que desfilavam nãos em suas mais diversas variantes, um depois do outro, e aquilo prometia não chegar jamais a um fim.

Exasperado, o médico conferiu o relógio de pulso e bufou: três autópsias à sua espera e ele estava ali, perdendo tempo com aquele acesso de frouxidão. Rápido como a impaciência, bateu as palmas das mãos diante do rosto de Lírio, mas de um jeito tão estrondoso que o eco propagou-se por toda a sala. E repetiu, com voz de trovão:

— Reconhece este cadáver como sendo de Gilberto Ilharga? Diga de uma vez!

O sobressalto pareceu desconjuntar o corpo e a mente de Lírio. Olhou para o médico com olhos que giravam e, sem aviso, lançou sobre o homem uma abundante golfada de vômito. Em seguida, como se o vômito houvesse levado embora todos os seus nãos, ele se viu sozinho com o sim, um único e definitivo sim. Abraçou-se a Valderez e chorou como um menino, enquanto o morto, deitado sobre o aço frio da cama, agora expunha sua identidade em toda a sua nudez, pois o enojado médico, no desespero por limpar-se, não pensara duas vezes antes de puxar o lençol branco.

Na pele alva de Lírio, mesmo a ruptura de um ou dois microvasos trazia à tona uma chamativa mancha violeta. De modo que foi assim que o repórter, dois dias depois, fotografou-o: o olho direito contornado por um escuro hematoma. O periódico mais importante da Capital queria uma entrevista com a família de Gilberto Ilharga, e foi infrutífera a obstinação de Lírio em fechar-se dentro do quarto. Com seus argumentos convincentes, Valderez acabou afrouxando-lhe a resistência, e o golpe de misericórdia veio na forma de um cálice de licor:

— Beba um tantinho, vai lhe trazer coragem. Este licor de abricô era o preferido de seu primo.

Cansado de opor-se à insistência da mulher, Lírio apanhou o cálice e, em pequenos goles emendados, bebeu todo o conteúdo. Quando deu por si, estava sentado no sofá furta-cor da sala e, à sua frente, um repórter de cabelos revoltos apontava-lhe a objetiva de uma enorme máquina fotográfica. E então — flash — lá estava o retrato de Lírio na publicação do dia seguinte, expressão parva e halo roxo à volta do olho direito. Ao pé da fotografia, o texto explicava: "Lírio Caramunhoz, primo-irmão por parte de mãe, profundamente atordoado com a morte inesperada do publicitário". Seguia, abaixo, a entrevista concedida pelo familiar, mas ele não se lembrava de ter dito aquelas coisas, que Gilberto era o sol da família, que sempre sonhara ser forte e sagaz como ele, que ninguém mergulhava na sanga de um jeito tão destemido. Não podia negar, porém, que era tudo verdade. Sendo assim, aquietou-se, prometendo a si mesmo nunca mais chegar perto do licor de abricô.

Contudo, antes da entrevista ao repórter e antes mesmo da ida ao necrotério, houve a visita desconcertante do advogado de Gilberto. Com os cabelos molhados de brilhantina e as mãos unidas nas costas, ele informou, em tom solene: seu cliente expressara o desejo de ser cremado. Não deixara testamento, mas sim uma carta de intenções, muito curta e escrita de próprio punho, na qual manifestava o propósito de ser comido pelo fogo, e não pelos vermes — isso, é claro, se um dia lhe acontecesse o contratempo de morrer. Lírio viu o chão mover-se. Podia repetir, por favor? O besuntado bacharel estendeu-lhe o envelope que continha a carta, enquanto lembrava-o de que seu primo — que perda lamentável! — fora uma pessoa de ideias inovadoras, uma pessoa que vivera à frente de sua própria época.

Ao desdobrar a folha de papel, Lírio encontrou a caligrafia garranchuda de Gilberto, a mesma que recheava os cadernos do tempo de escola e que suscitava a ira do padre Astolfo, professor de comunicação e expressão. Exasperado com tamanha falta de capricho, o religioso enviava reiterados bilhetes à mãe do garoto, e Tia Caetana, rindo daquele seu jeito burlesco, apunha o ciente valendo-se de um lápis que ajeitava entre os dedos do pé.

— Com efeito, trata-se de um propósito bastante incomum — admitiu o causídico. — A igreja, como o senhor sabe, condena severamente a incineração de cadáveres. No entanto, o procedimento é lícito, graças à edição da Lei 77.861, que data de quatro anos atrás.

Lírio não conseguia entender o que se passara na cabeça do primo. Então vivera sem nutrir amor pelo próprio corpo? Como podia desprezar a casa que lhe acolhera a alma? Não era direito. E lembrou um dos sermões do padre Darcy: "O corpo é um presente valioso que Deus nos dá para possibilitar a estada de nosso espírito sobre a Terra. Não se desdenha um presente. Se não nos tem mais serventia, então o certo é guardá-lo no porão situado a sete palmos do chão em que pisamos". O mais absurdo, porém, era que tal ideia tivesse ocorrido justo a Gilberto, porque o corpo que Deus lhe dera sempre chamara atenção — ao menos a de Lírio — pela excelência: um recipiente perfeito, que garantia segurança total ao conteúdo. Para Lírio, aquela certeza quanto às coisas que estavam dentro, e que continuariam ali amanhã e depois de amanhã, aquilo era a felicidade mais profunda ao alcance de um ser humano.

Enquanto o primo de seu falecido cliente consumia-se num evidente conflito de emoções, o advogado caminhou pela sala, sempre com as mãos às costas, examinando os objetos de arte dispostos nas prateleiras. Uma escultura renascentista, que representava um homem nu cobrindo as vergonhas com um livro, mereceu o seu olhar por diferentes ângulos, e uma caixinha indiana, em cuja tampa havia um pequeno peixe fossilizado, foi investigada não só pelos olhos, como também pelo nariz do jurista. Quando julgou que já concedera ao rapaz tempo suficiente para recuperar-se do abalo, ele se aproximou e disse:

— O senhor deve ter reparado, ao ler a carta, que seu primo manifestou também o desejo de não ser velado. Confidenciou a mim que esse seria um último cavalheirismo seu para com as ex-esposas.

De olhos ainda arregalados, Lírio horrorizou-se de novo. Procurou, na carta, letras que confirmassem aquele desatino. Deus, o que diriam a mãe e a tia? Não bastava o desgosto que havia sido enterrar o corpo de Tia Caetana na borda imunda da sanga, sem lápide nem cruz? Nem mesmo um caixão haviam concedido à pobre mulher, pois Gilberto alegara que a mãe queria entregar-se àquela terra de peito aberto. E agora isso. Que barbarismo! Nem ao mais indigente dos mortos se negava o direito a um velório, por curto que fosse. Mas numa coisa o primo tivera razão: seria uma ocasião de constrangimento para as quatro ex-esposas, sem falar nas demais mulheres que haviam sido suas sob outros rótulos.

— Sendo assim — continuou o advogado —, o ato da cremação poderá ser realizado o quanto antes, bastando que o senhor, na qualidade de parente do *de cujus*, assine esta autorização — e alcançou-lhe uma folha de papel azulada. Estalando os dedos num piparote, ajuntou: — Ah, eu já ia esquecendo. Durante o procedimento, é exigida a presença de um familiar do incinerando.

O incinerando. Quando poderia imaginar que Gilberto seria referido dessa forma? O seu primo Gilberto, que, em criança, era chamado de azougue, espoleta e traquinas? Que desafiava os vespeiros com o arremesso do seu bodoque, escalava o telhado do coreto da praça e corria a cidade inteira rodando um pneu de bicicleta na ponta de um arame? Pois aquele menino — quem poderia supor? — transformara-se no incinerando.

— Posso contar com o seu comparecimento amanhã, às duas horas da tarde? — inquiriu o homem, já ansiando por terminar aquela conversa emperrada por tantos silêncios.

Olhando para os joelhos do advogado, Lírio fez, com a cabeça, um movimento afirmativo quase imperceptível. Se era a vontade do primo, então fosse feito. Tia Margô e a mãe diziam sempre que, quando Gilberto enfiava uma coisa na cabeça, não descansava enquanto não a pusesse em prática. E, nesse caso, era bem possível que ele ficasse privado do descanso eterno se aquela sua última vontade não fosse levada a cabo.

A ponta da caneta tremia quando Lírio Caramunhoz apôs sua assinatura miúda no termo de autorização timbrado pelo Crematório Municipal. No dia seguinte, amparado pela boa Valderez, ele estaria lá, periclitando entre o desmaio e a consciência, vendo o corpo do primo deslizar sobre uma esteira rolante em direção à bocarra de um forno gigantesco. Dentro da cavidade, as paredes mostravam afrescos em azul-claro e branco, retratando um céu plácido e suas nuvens. Enquanto a boca da fornalha fechava-se, milímetro a milímetro, Lírio teve tempo de pensar: aquele céu era o legítimo céu da boca. E pensou, também, no quanto eram mentirosos os afrescos, pois, tão logo as vagarosas portas corrediças se encontrassem, um fogo devastador tomaria conta do recinto, revelando ser inferno o que antes dava ares de céu. Que atrocidade! Em sua cova junto à sanga, Tia Caetana havia de estar se revirando, porque ela conseguira livrar o Judas da fogueira, mas nada podia fazer para salvar o filho. E o último pensamento de Lírio antes que a enorme boca se fechasse por completo e antes que ele perdesse os sentidos de vez, despencando sobre a cadeira de prontidão às suas costas, foi para Eliezer. O dito extraterrestre sequer conhecera o descendente. Uma pena, pois para qualquer pai, deste planeta ou de outro, teria sido um imenso orgulho testemunhar o percurso daquele filho sobre a Terra. Mas quem sabe Eliezer o tivesse feito, de algum ponto de observação inimaginável pelos terráqueos? E quem sabe até houvesse interferido, de alguma forma, naquela trajetória fulgurante? "Os pais ausentes", ponderou Lírio, "encontram, por vezes, caminhos mágicos para orientar o destino de seus filhos".

# 10

As flores das oito coroas fúnebres começavam a murchar, o que espalhava um cheiro enjoativo por todo o apartamento. Inconformadas, as mocinhas borrifavam água mineral nas pétalas moribundas e acariciavam, com pedras de gelo, a cútis das folhas.

Sentado defronte ao televisor, Lírio espiava, de canto de olho, a atividade das jovens. Podia apostar que, no chalé, as flores da modesta coroa enviada pela prefeitura de Sanga Menor encontravam-se ainda viçosas e perfumadas, pois a mãe conhecia como ninguém os segredos do que ela chamava de "suaves explosões de beleza". Logo ele estaria conferindo com seus próprios olhos a frescura daquelas flores, pois a chegada do Tatu estava prevista para o fim da semana. Ocorreu-lhe: o negrinho vinha resgatá-lo de um idílio. Sete horas e meia dentro de um ônibus e, pronto, estaria de volta à realidade. Havia sido ingênuo ao tentar fugir.

Sem prestar atenção ao papaguear do televisor, lembrou-se da delicada Janaína. Com certeza, ela soubera da morte de Gilberto. Todos os jornais e noticiários televisivos haviam falado sobre o acidente esdrúxulo que, no raspão de um segundo, tirara a vida do famoso publicitário. No entanto, nenhum telegrama, nenhum telefonema. Pensando bem, nada havia de curioso no silêncio da jovem, pois, nos falecimentos, só as pessoas superficialmente pesarosas é que conseguiam enviar notas de pesar. As demais, aquelas em cuja alma a tristeza amarrava uma pedra pesada, submergiam muito além da superfície, até as funduras onde não se propagava nem luz nem som, e é por isso que essas pessoas, pelo tempo que durasse o naufrágio do luto, afiguravam-se apagadas e mudas. Janaína devia estar, nesse momento, submersa em tais profundezas. Não era para menos: o homem por quem ela estava apaixonada acabara de ser arrebatado por uma rival. E Lírio imaginou, com horror, aquele último casamento do primo: a noiva esquelética, escondida no medonho vestido preto, arrancando, da boca do seu escolhido, o sim. Pobre do primo. Ele, que sempre flanara de um casamento a outro, que nunca aceitara cabresto, estava agora aprisionado num matrimônio indissolúvel.

— Mais um suquinho, Seu Lírio?

Ele estava tão absorto em seus pensamentos que não percebera o aproximar-se da mocinha. Era a mais magra das quatro e tinha um constante arregalume nos olhos. Naquele instante, mostrava ambas as mãos ocupadas: uma delas, com o suco de manga; a outra, com o borrifador de água mineral.

Assustado, Lírio descobriu-se na mesma situação das flores que murchavam nas coroas fúnebres. Como uma planta privada de seiva, também ele se deteriorava, e era vão o empenho das mocinhas em irrigá-lo. Se continuasse naquele apartamento, acabaria ressequido como um ramo enfiado entre as páginas de um livro, e quem o encontrasse, dali a muitos e muitos anos, não atinaria com uma explicação para a sua presença. Não tinha jeito: precisava voltar para Sanga Menor. Precisava enterrar-se de novo naquele chão, ainda que fosse amargo o gosto da linfa que suas raízes puxavam dali. Além disso, teria a mãe novamente a seu lado. Dona de tanta sabedoria e intuição no cuidado de rosas, orquídeas e azaleias, Rosaura Caramunhoz não deixaria morrer a sua flor dileta, nascida dos humores do seu ventre.

— Se o senhor não gosta de manga, posso trazer-lhe um suco de tangerina, ou então de pêssego — insistiu a rapariga, vendo que o hóspede não se decidia.

Lírio olhou para o suco e lembrou-se da recomendação feita pelo doutor João José: líquidos aos baldes. Lembrou-se, também, de que, há quatro dias inteiros, não ia aos pés. Apanhou o copo e, agradecendo a atenção, pôs-se a bebericar do néctar alaranjado.

A lembrança de Janaína, porém, era como um pêndulo, que se afastava por um instante e depois, inexorável, vinha de volta. E se a pobrezinha estivesse precisando de ajuda, tal como as donzelas de cintura fina dos filmes da televisão? E se lhe faltasse a quem recorrer, porque o pai rico só tinha olhos para os seus cifrões e para os arbustos em formato de cervo e esquilo? Transido de repugnância, Lírio imaginou a figura pegajosa do Bitencourt, lambendo os beiços, assanhado ante a vulnerabilidade da sua linda secretária. Se Lírio fosse um homem de verdade, avisaria às mocinhas que, amanhã, não lhe preparassem nada para o almoço: iria comer fora. Levantaria cedo, lavaria o rosto com água fria da torneira e desceria até o calçadão para sentar-se no banco de cimento que, naquela tarde generosa, brindara-o com uma visão tão diferente da vida e de si mesmo. Depois, com os pulmões cheios de maresia, ele percorreria os cinco quarteirões até chegar ao Calêndula. Afastaria a cortina de tiras coloridas e lá estaria ela, sentada à mesa habitual, saboreando, talvez, uma cereja ao marasquino, sem conseguir aceitar a presença, em sua boca, de gosto nenhum.

No dia anterior, à hora do jantar, Dona Valderez havia sido insistente: por que ele tinha de partir? Por que tinha de regressar a Sanga Menor? Viera para a Capital com o objetivo de começar vida nova, e o primo dispusera-se a ajudá-lo nesse intento. Desaparecera o primo, era verdade, mas não desaparecera o intento. Inegável que, sem o auxílio de Gilberto, o caminho a trilhar seria mais pedregoso, mas ela estaria ali para alcançar-lhe o que fosse preciso. Onde quer que Gilberto estivesse agora, era isso o que havia de estar desejando.

— Mas, Dona Valderez, e o emprego? — redarguira, enquanto raspava, no linho da toalha, a unha fraca do indicador. — Agora que o primo se foi, não tenho a menor chance de arrumar um trabalho no Vitruviano ou em qualquer outro colégio!

A redonda senhora, dentro do vestido de jérsei negro que mandara costurar às pressas, replicara que o menino Lírio estava enganado. A dívida do colégio Vitruviano não se extinguira com a morte de Gilberto, porque, na verdade, o credor era a agência. Assim, os donos do colégio — que não eram burros — continuavam interessados em negociar. Conceder um simples emprego a um membro da família herdeira da Ideário parecia um preço módico a ser pago em troca de manter na gaveta a execução do débito.

— Família herdeira da Ideário? — indagara Lírio, desnorteado.

Ela subira as sobrancelhas, esticando o azul claríssimo dos olhos. Mas era evidente. Ou ele não percebera que os parentes deixados por Gilberto resumiam-se aos Caramunhoz e à Tia Margô? Querendo, Lírio nem precisaria trabalhar: o patrimônio legado pelo primo garantia uma vida larga e confortável, não só para ele, como também para a mãe, o pai e a tia. No entanto, Valderez fizera questão de dizer: considerava importante que, de uma vez por todas, Lírio arranjasse um emprego. E citara uma das tantas frases da memorável Caetana dos Fantoches: "Os tabus devem ser quebrados, e em mil pedaços, porque é só assim que se vive de forma inteira".

Aquela conversa com Valderez deixara-o consternado. Nunca se imaginara como herdeiro do primo. Era óbvio que Gilberto, forte como um touro, sobreviveria a todos os parentes de Sanga Menor. Além disso, dado o seu apetite pelas mulheres, haveria de fazer um mundaréu de filhos. O destino, porém, puxara o tapete sobre o qual se empertigavam tais obviedades e, num tombo ornamental, elas se estatelaram no chão. De fato, apesar da saúde transbordante, o primo morrera com apenas trinta e cinco anos de idade, e, apesar dos quatro casamentos, não deixara nenhum descendente. Tocava aos parentes do chalé a titularidade do patrimônio, que se compunha de uma montanha de coisas, incluindo a quase totalidade das ações da Ideário, aquele vasto apartamento à beira-mar, o automóvel prateado, e sabe Deus o que mais.

Contudo, de todas as riquezas do primo, a que realmente interessava a Lírio não compunha o espólio: a sua força vital. Como seria bom se as propriedades imateriais do defunto também fossem transmitidas aos herdeiros. E, perdido em tal fantasia, ele desviou os olhos do televisor, pousando-os sobre o cântaro de porcelana que honrava, com sua presença verde-água e dourada, o console em torno à lareira. Ali dentro estavam as cinzas de Gilberto. Desde que Valderez entronizara ali o cântaro, Lírio já não conseguia entregar os olhos aos cuidados hipnóticos do televisor.

Enfarado, levantou-se. Estava na hora do remédio para o intestino. Enveredou pelo corredor em direção ao banheiro. Contudo, ao passar diante do quarto de Valderez, seus passos tornaram-se ainda mais vagarosos do que o habitual. Embora a porta estivesse fechada, ouvia-se a voz aveludada da mulher, e não era um murmúrio de prece, mas um palavreado com jeito de conversa telefônica, porque interrompido, a intervalos, por instantes de silêncio. Contudo, não havia aparelho telefônico instalado no quarto de Valderez. Disso Lírio estava certo, pois, na tarde em que a notícia do desastre jogara-a sobre a cama, com palpitações e dor no peito, uma das mocinhas à sua volta, encarregada pelas demais de telefonar para o médico, saíra às pressas do aposento. Como se explicava, então, aquele colóquio?

Quando sua orelha estava prestes a tocar a madeira da porta, uma voz sussurrada surgiu-lhe às costas:

— Não faça caso, Seu Lírio — disse uma das moças. — Ela sempre teve esse costume, de falar consigo mesma. A nós, já não causa espanto.

Constrangido, ele pôs em cavalgada o pomo-de-adão. Como odiava, nessas horas, o fato de ter dois metros de altura: se fosse mais baixo, talvez não se sentisse exposto de maneira tão irremediável; talvez conseguisse, de alguma forma, safar-se do holofote torturante que era a atenção do outro.

— Achei que Dona Valderez estivesse chamando por alguém — gaguejou.

— Não, não — tranquilizou-o a criada. — Eu estou no emprego há apenas seis meses, e então não posso afiançar, mas as outras dizem que ela faz isso desde sempre. O estranho é que só conversa consigo mesma quando está em seu quarto, de porta fechada.

E a mocinha já ensaiava um discurso sobre uma sua cunhada que também gostava de falar com os botões da blusa, quando Lírio, apavorado com a possibilidade de que Valderez os surpreendesse, encontrou uma fresta na situação e escorreu como água: não levasse a mal, mas precisava tomar um remédio de hora marcada. Em marcha a ré, afastou-se, o dedo indicador pipocando sem jeito sobre o mostrador do relógio de pulso.

Fechado em seu quarto, ele se sentou na beirada da cama e esperou até que o coração descesse da garganta para o peito. Papelão. Não havia sido essa a educação que recebera da mãe e da tia-avó. Embora nada justificasse a falta de modos em que fora flagrado, Lírio tentou explicar-se perante o tribunal erigido dentro de sua cabeça: é que, em toda a sua vida, jamais ouvira uma conversa de uma só pessoa. No chalé, as conversas, além de poucas, não prescindiam da existência de um interlocutor. A mãe nunca se pusera, por exemplo, a falar com as rosas do seu jardim, nem Tia Margô trocara ideias com os pontos do seu bordado. Aliás, elas não dirigiam palavra alguma nem mesmo para aquele homem cuja presença tornava ainda mais escuro o canto da saleta: quando o alimentavam com a papinha ou quando lhe trocavam as fraldas, tudo o que se ouvia eram os ruídos advindos da mecânica da operação, tão inevitáveis quanto melancólicos. E, na verdade, tampouco Lírio era considerado digno de muitas frases, ao menos não por Tia Margô, que, nos últimos tempos, falava-lhe só o necessário e, ao fazê-lo, mantinha quase imóvel o risco da boca. Uma língua de oitenta e tantos anos já devia estar cansada, pensava ele, mas a teoria vinha abaixo diante da criatura de verbo solto em que a velha se transformava quando alguém fazia visita ao chalé, ou mesmo quando estavam só as duas, ela e a mãe, irmanadas pelo entusiasmo de empreender uma nova peça de artesanato ou uma inédita receita de forno e fogão.

Correndo o dedo ainda trêmulo por uma das listras do robe, Lírio ponderou que palestrar consigo mesmo havia de ser o remédio definitivo contra a solidão. Porque pressupunha um destacar-se da própria pessoa, um duplicar-se. Mas era, ao mesmo tempo, coisa de gente com o parafuso frouxo. Dona Valderez era uma senhora gentil e equilibrada, era difícil imaginá-la entregue a tal esquisitice. Além disso, se estava falando de si para si, por que os intervalos de silêncio entre uma frase e outra? Até parece que ela queria oportunizar o aparte de um interlocutor, cuja voz, todavia, era inaudível, ao menos para além da porta fechada.

Atossicado pela coceira da curiosidade, Lírio ergueu-se da cama e aproximou-se da parede que divisava com o aposento de Valderez. Era um comportamento feio, mas, para aliviar-se da culpa, ele recorreu à ideia de que, ora bolas, encontrava-se agora no recesso do seu próprio quarto, circunstância que o impedia de estar violando a privacidade de quem quer que fosse. O raciocínio a ser feito era oposto: quaisquer manifestações, fossem sonoras, visuais ou olfativas, que se fizessem sentir dentro daquele recinto é que estariam agredindo a intimidade do seu ocupante, isto é, a dele.

Contudo, a voz de Valderez enredava-se nos meandros da alvenaria, e o que chegava ao ouvido atento de Lírio não era senão um vapor de conversa, em que as palavras ditas não tinham corpo. Teve, então, a ideia de abrir a porta do roupeiro, que era embutido numa das metades da parede. Com surpresa, ouviu a voz amplificada, sobretudo naquele nicho de maior profundidade, onde ficavam pendurados os cabides. À primeira vista, parecia que o móvel era siamês de um outro cuja face estava voltada para dentro do quarto da governanta, de modo que os dois armários estavam geminados por um fundo comum. Empenhando-se em não provocar barulhos, Lírio retirou os cabides do armário. Deitou sobre a cama a fatiota marrom com a qual teria sido apresentado à diretoria do Vitruviano, depois o casacão de lã que teria usado dali a seis meses, quando chegasse o inverno, depois a jaqueta de veludo bordô, que pensara em usar na próxima vez em que fosse almoçar no Calêndula. Eram roupas que exalavam um cheiro forte de naftalina, e ainda mais forte era a tristeza que, desde o desaparecimento de Gilberto, impregnara-se em seus tecidos: embora não fossem de cor preta, eram roupas de luto, que choravam a morte de um futuro bonito. Contudo, a excitação de Lírio era tal que a visão das tristonhas vestes não o comoveu. Estava à beira de consumar uma pequena transgressão. Sentia como se, logo abaixo de sua pele, milhares de formigas corressem em todas as direções, e o rosto severo de Tia Margô em vão tentava desenhar-se, porque logo vinham as formigas e, com sua marcha alucinada, baralhavam os traços fisionômicos da velha. Lírio intuía, porém, o despropósito e a criancice daquela sua empreitada: o que esperava ouvir? O segredo do truque que permitia a Valderez duplicar-se? A fórmula mágica que arredaria para sempre a solidão? Ora. Já não tinha idade para tais esperanças.

Como o corre-corre das formigas atrapalhasse-lhe as ideias, continuou a retirar, do nicho do armário, os cabides e suas roupas desconsoladas. Quando a reentrância revelou-se desimpedida, ele vergou as compridas costas e enfiou-se ali dentro. A voz de Valderez soava em volume ainda abafado, mas límpida o suficiente para ser compreendida:

— Se fosse essa a vontade dele, por que não a deixou por escrito? Não havia sequer uma linha a esse respeito na carta que confiou ao advogado.

Tudo indicava que ela estivesse falando sobre a carta de intenções póstumas deixada por Gilberto. Para melhorar a acústica dentro do roupeiro, Lírio puxou a porta contra si, mas aconteceu que um escuro de caixão apertou-se à volta dele, e veio, num instante, a lembrança dos meses de pneumonia, em que a falta de ar arregalava-lhe os olhos e cavava sulcos em seu rosto. Quando estava prestes a empurrar a porta para trazer a luz e o ar de volta ao roupeiro, descobriu, na altura do seu ombro, um orifício pelo qual entrava um facho de claridade xadrez. Flexionando as pernas, constatou que se tratava de um respiradouro, uma abertura redonda que tinha por arremate uma tampa plástica, vazada em pequenos quadrículos. Aquele orifício, por certo, comunicava o seu armário ao de Valderez. Ao nível dele, a voz soava ainda mais clara:

— Está bem, está bem. Se você quer, é assim que vai ser.

Ela falava em você. E isso, a princípio, descartava a possibilidade de que estivesse falando consigo mesma. Real ou imaginário, havia um interlocutor.

— Mas ele nunca concordará em fazer isso. Você sabe melhor do que eu: o menino Lírio tem horror à sanga.

Será que ouvira bem? Valderez acabara de pronunciar o seu nome! E, não bastasse isso, referira o medo atroz que a sanga lhe inspirava! Atravessado por uma curiosidade febril, Lírio engastou os dedos em torno da tampa plástica e, girando-a com cuidado, conseguiu removê-la. Livre dos quadrículos, a luz esguichou para dentro do armário num jorro inteiriço, que logo, porém, estancou, pois o olho direito de Lírio pôs-se em seu caminho, esbugalhado, a pupila dilatada como a de um gato frente ao perigo.

Como a porta do armário de Valderez estivesse entreaberta, ele pôde enxergar para dentro do quarto. Lá estava ela, em seu vestido de jérsei negro abotoado até a glote. De pé e voltada de perfil para o armário, gesticulava com desespero:

— Por favor, deixe que eu faça isso sozinha! Ele tem passado os dias enrolado no roupão, diante do televisor. É evidente que está deprimido. Passou por duras provações nos últimos dias: o reconhecimento do corpo, a cremação, a entrevista para o jornal... Ao menos, dê-lhe tempo para que se recupere!

Era incrível, mas não havia dúvida: Valderez falava a seu respeito. Defendia-o com ardor de mãe. Mas quem fazia o contraponto daquela defesa? Nesse momento, um dos joelhos de Lírio emitiu um estalido cruento, e ele teve de esticar as pernas, massageando forte as rótulas até que se dissipasse a ardência: era impiedosa a posição em que tinha de ficar para que o seu olho nivelasse com respiradouro. Quando as suas articulações pareciam prontas para mais um esforço, tornou a flexionar os joelhos e a posicionar o olho diante do orifício.

— Mas será possível que, para você, não há nada mais importante do que a sanga?

Naquele instante, Lírio tentou alcançar, com a vista, o local para onde apontavam os olhos fixos de Valderez. Apenas entreaberta, a porta do roupeiro não permitia que se enxergasse toda a extensão do quarto. Justamente o ponto onde estaria o misterioso interlocutor mantinha-se fora do campo de visão proporcionado pelo respiradouro.

De repente, ela levou as palmas das mãos aos ouvidos, como se não quisesse ouvir mais nada:

— Está bem, está bem! Vou falar com ele. Por Deus do céu, você é mesmo teimosa como um inço!

A flor da náusea desabrochou no estômago de Lírio. E, somente então, ele descobriu o espelho preso à parte interna da porta entreaberta: no reflexo, via-se uma farta cabeleira crespa, cuja cor confundia-se com os veios da madeira do armário.

O que Valderez ouviu a seguir, mesmo com as palmas das mãos apertadas contra os ouvidos, foi um intenso estrondo. O fundo do seu armário veio abaixo, trazendo Lírio de roldão, e ela viu, estupefata, aquele homem de dois metros de altura cair para dentro do seu quarto, enredado nos vestidos e xales nos quais tentara agarrar-se.

Quando ele acordou, estava deitado sobre a cama de Valderez, com um bife de carne crua sobre a lateral da testa. Ao verem-no consciente, as mocinhas agitaram-se numa discreta comemoração, mas Valderez abortou a iniciativa, pedindo-lhes que se retirassem. Enquanto elas saíam, Lírio aproveitou para esparramar os olhos pelo quarto inteiro, à procura de Tia Caetana. Sim, ela estava ali, em alguma parte. Vira no espelho os seus inconfundíveis cabelos, ouvira Valderez comparar a sua teimosia à de um inço. No entanto, nada havia de extraordinário no aposento, exceto o roupeiro, agora transformado em túnel pelo qual se podia ter acesso ao quarto adjacente.

— Onde ela está? — perguntou, assim que a última das empregadas fechou a porta. — Sei que está aqui, sei que não morreu! Onde está Tia Caetana?

Valderez sentou-se perto dele, trazendo, para suas narinas, o perfume fresco da alfazema. Levantou o bife e, fazendo careta, espiou-lhe a testa:

— Isso vai ficar bem roxo. E o roxo, daqui a alguns dias, vai descer para o olho. O que vai dizer a sua mãe, menino Lírio, ao recebê-lo de volta nesse estado? Vai pensar que nós não cuidamos bem de você.

Lírio não estava disposto a tergiversar. Precisava aferrar-se ao argumento de que Tia Caetana estava ou estivera naquele quarto; do contrário, o fantasma da loucura começaria a assombrá-lo. Além disso, se era fato que a pretensa defunta estivera no quarto ao lado do seu, ficava justificada a sua vergonhosa bisbilhotice.

— Eu a vi, Dona Valderez. Estou certo de que a vi. E escutei as coisas que a senhora lhe disse sobre a sanga e sobre os inços. E sobre mim.

Ela o olhou com sobrancelhas derreadas de pena. Depois de um silêncio dilacerante, levantou-se da borda da cama e foi até a janela, de onde avistou o mar, em sua ginástica contínua, e a linha do horizonte, em seu eterno imobilismo. Ainda de costas, ela murmurou:

— Sua Tia Caetana está morta.

Desapontado, porque a mudez da mulher prenunciara revelações estarrecedoras, Lírio alteou a voz, como poucas vezes fizera em toda a sua vida:

— Onde ela esteve durante todo esse tempo? Como pôde brincar conosco como se fôssemos seus fantoches?

Ela nada respondeu. Com seu andar macio, encaminhou-se até o biombo de pergaminho rosado que encobria um dos cantos do quarto. Sem pressa, recolheu os painéis, que se fechavam em sanfona, um sobre o outro, e então se afastou, para que Lírio pudesse ver o que o biombo ocultava: sobre um tamborete alto de três pernas, erguia-se o torso de um manequim de louça branca, sem braços e sem fisionomia, e de sua cabeça despencava uma colossal peruca, castanha como a terra, sinuosa como o corpo de mil serpentes, em tudo idêntica à cabeleira ostentada pela lendária Caetana dos Fantoches.

11

Uma tremedeira desgovernada apossou-se do queixo de Lírio. Era-lhe horrenda a visão: a cabelama impunha, autoritária, a presença de Tia Caetana, mas o bizarro manequim sugeria a ideia de mutilação, de monstruosidade. Apertando as costas contra a cabeceira da cama, ele nem percebeu que o bife vermelho escorregara-lhe da testa e rolara sobre o branco do lençol.

Valderez permanecia estática ao lado do biombo, os olhos presos ao chão. Aguardava pelas perguntas como quem aguarda a rajada de uma metralhadora, mas o único som que provinha de Lírio era o bate-bate dos seus dentes, uma percussão suave que lembrava o código morse, e ela compreendeu que, naquele momento, os canais de comunicação disponíveis ao rapaz eram poucos.

— Sua tia está morta, Lírio — repetiu. — Só os cabelos dela é que continuaram embaraçados à vida.

Apalermado, ele não conseguia dizer coisa alguma. Em sua cabeça, porém, os pensamentos voavam em diferentes direções, deixando um rastro de riscos que, aos poucos, transformava o seu raciocínio numa intrincada garatuja. Quer dizer então que Valderez, após a morte da amiga, traíra-lhe a confiança e passara a navalha na raiz dos seus cabelos? Mas em que momento o teria feito, se a mãe e Tia Margô tinham visto o corpo antes de ser enterrado na margem da sanga e nada haviam comentado sobre a ausência da cabeleira? Pelo contrário — Lírio lembrava agora —, referiram ter usado as longas madeixas para vestir a desoladora nudez da falecida, para proteger-lhe, ao menos, os seios e as partes pudendas do contato imoral com a terra úmida. Valderez teria exumado o corpo para ceifar-lhe os cabelos? Seguindo as instruções do cabeleireiro para quem trabalhava, teria então confeccionado a volumosa peruca? Mas o que fazia a peruca, dez anos mais tarde, encarapitada sobre a cabeça daquele grotesco manequim? Por que Valderez não a vendera? E por que insondáveis razões ela se punha a conversar com o manequim?

Adivinhando o redemoinho de interrogações que afligia o pobre rapaz, Valderez ergueu os olhos. Encontrou em Lírio uma tez mais branca que o lençol da cama, e isso a encorajou a dar início à longa prestação de contas a que ele tinha direito. Antes, contudo, tratou de esticar novamente os painéis rosados do biombo, pois percebeu que a atenção de Lírio estava refém do insólito conjunto formado pelo tamborete, pelo manequim e pela peruca. A seguir, aproximou-se da cama e sentou, mantendo-se, porém, a uma distância tal que a alfazema ficasse quieta.

— Estou certa de que os seus pensamentos encontram-se a léguas da verdade, menino Lírio.

E Valderez iniciou por tranquilizá-lo quanto à sua lealdade de amiga: não tesourara os cabelos de Caetana. Jamais teria cometido semelhante traição, pois sabia que a melena que a companheira trazia incólume desde o nascimento não era senão a alegoria da sua natureza indômita, que não se deixava castrar, que não aceitava ingerências. E o menino Lírio que desculpasse mas, para explicar-lhe direitinho de onde viera aquela peruca, Valderez via-se obrigada a revolver um episódio doloroso: a morte de Caetana. Não reparasse se, em meio ao relato, seus olhos começassem a lacrimejar. Não fizesse caso, tampouco, se um soluço intrometido invadisse os vãos de uma frase. Para a solitária Valderez, aquele havia sido o dia mais triste de todos os que vivera.

A tragédia dera-se num dia outonal, em que uma capa de nuvens cinzentas impedia Deus e seus anjos de verem o que acontecia no mundo dos homens. Em meio à Praça Demóstenes Alcântara, Caetana armara o seu palco de papelão. Já não era o velho teatro trazido de Sanga Menor, pois aquele, anos antes, havia sido destroçado pelo fogo. Aliás, de tudo o que ela trouxera consigo, dentro do baú de vime, dentro do mochilão e dentro de si mesma, pouco restara.

Por aquele teatro substituto — construído à imagem e semelhança do primeiro —, Caetana nunca conseguiu nutrir a mesma afeição. Desde o incêndio, ela guardou um travo na alma, e a sua risada expansiva, para um ouvido atento, deixou de ser a mesma. Aos poucos, o que iniciou como uma tênue amargura evoluiu para um desânimo esmagador. De fato, nos meses antecedentes àquela tarde de outono, Caetana encenava suas peças sem o menor entusiasmo, chegando ao ponto de esquecer as falas das personagens e de atrapalhar-se ao apertar os botões do gravador portátil, fazendo estourar um trovão quando a peça pedia o som de batidas na porta, ou fazendo eclodir o galopar de um cavalo quando seria o caso de dar voz ao ranger de velhas dobradiças. Ao menos, não havia público para surpreender-se com tais deslizes. Alegando falta de inspiração, Caetana há tempos que não compunha um novo roteiro. Inseria longos intervalos entre uma peça e outra e desmontava o palco bem antes de o dia escurecer. No cenário, a lâmpada do sol já não acendia, pois estavam gastas as pilhas responsáveis pela mágica, e a cestinha das contribuições já nem saía de dentro do mochilão, porque era inútil, e ainda perigava que algum distraído lhe desse uma pisada, como acontecera uma vez.

Valderez via aquilo tudo com olhos preocupados. Foi falar com Gilberto, que a sua mãe andava trombuda, desenxabida, e a coisa já vinha de muito tempo. Já não botava para correr os canalhas do sindicato, já não implicava mais com o dono do salão de beleza, nem ralhava com o cachorro do louco Duílio, que agarrara gosto por mijar no canto esquerdo do palco. Gilberto, que também percebera o desalento de Caetana, tentara falar com ela a respeito, mas a danada se esquivava como sabonete. Dizia ao filho que não se ocupasse com ninharias, que desse tratos à bola para inventar mais um reclame premiado, e houve só uma ocasião em que ensaiou um desabafo, quando estavam os dois sentados à mesa da cozinha, tarde da noite, fazendo bolinhas fortuitas com miolo de pão, e ela disse que era natural, com o passar do tempo, que as cordas da marionete ficassem puídas, cada vez mais finas, até que arrebentavam, e então o público já não via mais o sorriso na boca do boneco, nem palmas efusivas em suas mãos, nem passos de dança em seus pés.

Aparentemente, Caetana perdera a confiança na sua preciosa independência: estava descobrindo a si mesma como uma marionete. Já não se julgava privilegiada em relação ao resto da humanidade, pois também ela não conseguira escapar ao controle dos fios. Os olhos murchos com que agora olhava o mundo transpareciam desapontamento, como se houvessem presenciado uma cena abominável, uma traição, a prova cabal da infidelidade de uma pessoa considerada acima de qualquer suspeita: ela própria.

Não estava clara a circunstância que pudesse ter descortinado tão horrenda revelação aos olhos de Caetana. Gilberto acreditava que, na verdade, as cortinas tinham se aberto de pouco em pouco, ao longo de toda a vida da mãe, de um jeito miúdo e discreto, até que já não havia mais como fugir à constatação: Caetana dos Fantoches, senhora absoluta do destino de seus bonecos, não segurava as rédeas do próprio destino. E a prova definitiva dessa impotência — ela dizia — era a morte. Sim, pois ainda que sua vida pudesse transcorrer a salvo de comandos alheios, o que dizer de sua morte? Sua morte viria a comprovar a existência silenciosa de um comandante, alguém que, acima de sua cabeça, manejava os cordéis.

A morte passou a ser uma ideia recorrente para Caetana. Não podia aceitar que a sua vida fosse encerrar-se por uma decisão externa e autoritária, pelo puxão brusco e inesperado de um fio. Epílogo semelhante zombaria de toda a sua existência, porque revelaria ilusória a liberdade em que imaginara ter vivido. Alguém riria por último, e riria melhor. Era intolerável. Desde que se conhecia por gente, Caetana empregara toda a sua energia na empresa de manter-se livre, a salvo do controle alheio. Lutara contra o pai, depois contra Percival, afrontara a igreja, desafiara a os costumes de Sanga Menor, e mais tarde, já na Capital, enfrentara o sindicato e seu extenso regulamento. Mas tudo isso seria transformado em chacota no dia de sua morte, porque a morte era uma decisão estrangeira, vinda sabe lá de onde, e não adiantariam pinotes nem corcoveios: Caetana teria de submeter-se.

Um dia, quando almoçava com Valderez sob a sombra da única árvore da praça, Caetana pousou a sua vianda junto ao mochilão e declarou estar sem fome. A amiga melindrou-se: acordara antes do primeiro bonde para ter tempo de preparar as beterrabas recheadas com alho. Caetana abriu a tampa de alumínio e serviu-se de uma trincha rubra, mas tão estreita que a cor deixava-se varar pela claridade do sol. Estava emagrecendo a olhos vistos. Naqueles últimos tempos, a fome raramente visitava-lhe o estômago. Passava horas mordiscando um capim qualquer no canto da boca, e Valderez, apreensiva, escapulia do salão no meio da tarde, aproveitando que a cliente estava debaixo do secador de cabelos ou com as cutículas de molho, e ia alcançar à amiga um copo de café com leite.

Portanto, naquele almoço, Valderez não se surpreendeu quando Caetana, após ter comido a fatia de beterraba, não fez elogio algum: era provável que tivesse ingerido o legume sem nem perceber. Surpreendeu-se, porém, com a pergunta vinda no lugar do elogio:

— Para o que você acha que serve a foice da morte?

Com os lábios tingidos de beterraba, Valderez arregalou o azul dos olhos:

— A foice da morte? Do que diabo você está falando?

— A foice, aquela lâmina curva presa à extremidade de um bastão comprido. Você há de ter visto, em filmes e em livros: a morte é representada por um esqueleto de túnica e capuz escuros, que segura na mão uma foice.

— Mas de novo esses assuntos das trevas, Caetana? Será que você não consegue mudar o disco?

— Responda, por favor. Passei a noite toda sem dormir, refletindo sobre essa foice, e acho que descobri algo importante.

Valderez subiu o peito num suspiro fundo. Detestava falar em morte. Pronunciar em excesso podia atrair. Mas era inútil prevenir Caetana. Ela explodiria a sua risada bufona, e a pobre árvore sobre elas, num espasmo de susto, lançaria aos céus uma golfada de pássaros. Resignada, arriscou:

— Bom, deixe ver. Sei lá, mas a foice sugere a ideia de corte, não é? Acho que, na hora agá, ela corta o que nos prende à vida.

— E o que é essa coisa que nos prende à vida? — indagou a outra, a expectativa faiscando nos olhos.

— Ora, Caetana, aí você já está me pedindo demais. Como vou saber?

Caetana levantou-se do banco e veio sentar-se no chão, aos pés da companheira, esparramando, sobre a areia grossa, o seu saião de retalhos disparatados.

— Pois eu lhe digo o que é — sussurrou, as narinas abertas

na capacidade máxima. — O que nos prende à vida, Valderez, são os fios. Somos todos marionetes, todos nós, sem exceção. Há aqueles em quem essa condição é evidente, há outros em quem é oculta, mas somos todos bonecos. E um dia, quando o titereiro estiver cansado dos nossos movimentos, colocará em cena uma outra marionete: a morte. Com sua foice, ela cortará os fios que nos prendem ao nosso animador, ou, como você diz, os fios que nos prendem à vida. Nossa vida, Valderez, não é senão a vontade de um animador, que nos é comunicada pelos fios.

Modéstia à parte, as beterrabas com alho estavam mesmo gostosas. Teria sido um desperdício consumir o horário de almoço naquela conversa tresloucada. De modo que Valderez, para pôr termo ao discurso de Caetana, aconselhou-a a escrever uma nova peça, uma peça em que a morte e sua foice, e talvez até o próprio titereiro, aparecessem como personagens. Havia ali matéria-prima de sobra para um roteiro interessante.

Passado um mês desde aquele almoço, Valderez amaldiçoaria o momento em que deu à amiga tal conselho. Após atravessar dias e noites alucinantes, em que escrevia de um jeito desenfreado, resfolegando sobre o papel, e modelava marionetes com o mesmo furor, Caetana anunciou que o roteiro e os personagens estavam prontos. A estreia aconteceria na tarde do dia seguinte, e ela fazia questão de que o filho e a amiga estivessem presentes.

— Como eu disse antes — continuou Valderez —, uma capa de nuvens cinzentas separava, naquela tarde, a terra e o céu. Não fosse por essa capa e talvez Deus Nosso Senhor, ou o titereiro, ou quem quer que esteja lá em cima, pudesse ter impedido a minha Caetana de colocar em cena aquele seu último espetáculo. Porque esses fios, menino Lírio, esses fios que eram tão odiados por sua Tia Caetana, não são necessariamente ruins. Há vezes em que eles salvam a vida da gente.

Lírio sentia a cabeça doer. Pouco adiantou recolocar o bife sobre a lateral da testa, pois era todo o seu crânio que pulsava, como se o espaço lá dentro estivesse pequeno.

Valderez prosseguiu. Contou que, naquela tarde, Gilberto chegara à praça antes da hora marcada, trazendo um maço de panfletos novos em folha, confeccionados especialmente para a ocasião. Eram feitos em papel gessado violeta e anunciavam, em letras brancas tridimensionais, a iminente encenação da peça pela qual todos esperavam, *A despeito dos fios*, conduzida pela grandiosa Caetana dos Fantoches. Seguiam-se louvores ao talento da artista e, por fim, o aviso de que, ao fim do espetáculo, o público seria obsequiado com gasosas e sanduíches. Gilberto não podia esconder o contentamento por ver a mãe de novo entregue à sua paixão. Pela primeira vez em meses, ele reconhecia nos olhos dela o costumeiro entusiasmo. Encerrada a distribuição dos panfletos, entrou sorridente na lanchonete que ficava ao lado do salão de beleza e contratou o fornecimento das bebidas e dos prensados de presunto e queijo. Ante a desconfiança do gerente, Gilberto fez uma estimativa generosa e pagou adiantado, salientando, porém, que os lanches deveriam ser trazidos em bandejas até junto do teatro tão logo se fechassem as cortininhas cor de rubi, e os garçons deveriam dizer: "Com os cumprimentos de Caetana dos Fantoches".

Também Valderez estava contente. Era notório que, com a nova peça, a companheira reencontrava a alegria de viver. Via-se, na expressão do seu rosto, a petulância de antigamente, o fôlego desafiador e bravio. E já não se postava feito estátua diante do mar, os olhos fixos no não-sei-quê, os ouvidos surdos para os sons que não lhe vinham de dentro. Já não recendia a uísque e já não saía para a rua com um pé de cada sapato. Passara a tempestade. Transformadas em teatro, aquelas ideias tão mórbidas deixariam de importunar Caetana.

Quando o relógio do salão acusou a falta de dez minutos para as quatro horas da tarde, Valderez, sem justificar-se, pediu ao patrão que acabasse de pôr os bobes no cabelo da cliente. Antes que o homem esganiçasse um protesto, ela já ganhara a praça. Encaminhava-se, com seu passinho de gueixa, até o local do teatro, quando sentiu um vento gelado correr-lhe desde o cóccix até a cervical. Acabara de enxergar Caetana. A cabeleira, mais frondosa do que nunca, movimentava-se de um jeito perturbador. Era como se o couro cabeludo estivesse em efervescência, alvorotando a base das guedelhas, repercutindo um frêmito que caminhava por toda a extensão dos fios até espocar, silencioso, nas pontas. Assustada, Valderez deteve-se por um instante. Massageou as costas, ainda ardidas por aquele raspão frio. Entendia de cabelo, ora bolas, mas não atinava com uma explicação para a aparência dos cabelos da amiga. Algo lhe dizia, porém, que a explicação era de dar arrepios, arrepios como aquele que lhe deixara, há pouco, um rastro doído na espinha. Hesitante, achegou-se até a companheira e, ao beijá-la na face, poderia jurar ter ouvido um chiado de fervura. Mas riu de si mesma. A sua Caetana, que acabara de rodopiar o saião diante dela e agora lhe mostrava toda a elasticidade do seu sorriso, estava linda e luminosa como um girassol, e pronto. Depois de tantos meses vendo-a murcha e sorumbática, era natural que lhe causasse estranheza vê-la, de novo, transbordante de vida.

Sem mal dar os olhos à companheira, Caetana agradeceu a ajuda oferecida e despachou-a para a plateia: não se inquietasse, já estava tudo nos conformes. Virou-se para ajeitar um detalhe do cenário e nem percebeu que Valderez, em lugar de dirigir-se para a frente do palco, abaixou-se e pôs-se a revirar o conteúdo do mochilão. Procurava pela cestinha das contribuições. Atraídas pela oferta dos sanduíches e gasosas, umas quinze pessoas já se aglomeravam defronte ao teatro, e algumas delas haveriam de lançar moedas ao fim do espetáculo, desde que, é claro, a cestinha estivesse a postos.

Aconteceu que, no interior do mochilão — onde reinava o habitual furdunço —, algo pontiagudo espetou a mão da mexeriqueira. Ao ouvir o grito, Caetana virou-se e flagrou a amiga de cócoras.

— O que você está fazendo? Não mexa aí! — exclamou, contrafeita. E, vendo que o sangue aflorava na mão da outra, aproximou-se para avaliar o estrago. — Mas veja só o que você foi arranjar! — ralhou Caetana, antes de passar um dedo de cuspe sobre o ferimento.

Valderez não disse palavra. Havia tido tempo suficiente, antes que Caetana fechasse o mochilão, para identificar o objeto que a ferira, e aquela visão fizera o vento frio percorrer-lhe de novo a espinha. Tratava-se de uma lança prateada e afiadíssima, de uns cinquenta centímetros, munida de um suporte que a mantinha em pé.

A partir da roupa de uma marionete, Caetana improvisou uma atadura. Depois, recomendou:

— Aperte o pano com força. E, quando voltar ao salão de beleza, não se esqueça de limpar com água oxigenada.

Muda, Valderez aquiesceu. Dentro do seu peito, um pressentimento ruim berrava, mas ela se sentia amordaçada. Antes que pudesse encaminhar-se até a frente do palco, a amiga, inesperadamente, abraçou-a. E disse-lhe, ao ouvido:

— Cuide-se bem, Valdeca. Fique longe do que possa machucar você. Proteja o azul-paz desses olhos — e soltou-a de um jeito brusco, quase num empurrão, tornando a dar-lhe as costas para ocupar-se do cenário.

Apertando o pano em torno da mão, Valderez foi juntar-se a Gilberto. Encontrou-o alegre como um menino, e não teve coragem de contar-lhe sobre a premonição de tragédia que cutucava o seu sexto sentido. Quando ele quis saber o porquê daquele ar apreensivo, ela lhe mostrou a mão enfaixada e mentiu que doía.

Àquela altura, já somavam talvez trinta as pessoas agrupadas na meia-lua em frente ao teatro. Entre elas, havia dois sujeitos de camisa branca arregaçada nas mangas, que assistiriam ao espetáculo por trás do escuro dos óculos. Havia também o cabeleireiro, enrolado na sua echarpe fúcsia. Ao lado dele, estava a cliente, com a cabeça agrandalhada pelos bobes. Havia ainda o louco Duílio, que era morador da praça e tornara-se habitué na plateia de Caetana. Aos seus pés, estava o vira-lata, que hoje não ousaria mijar no canto esquerdo do palco, nem no direito. Pouco antes do início do espetáculo, juntou-se ao grupo o elegante Elliot Carter, trazido pela vontade de conhecer a mãe do seu mais talentoso publicitário, de quem o rapazote falava com tanta admiração e a quem creditava todos os seus méritos.

Enfim, abriram-se as cortininhas de veludo, e surgiu em cena um boneco. Na plateia, quem estava mascando chiclete parou de mover o maxilar; quem estava escarafunchando a orelha ou a narina deu folga ao dedo indicador; quem estava assobiando uma melodia qualquer desmanchou o bico. Dentro do retângulo de papelão, parecia haver vida real, como aquela que transcorre dentro dos televisores. Caetana, de fato, esmerara-se, tanto na confecção da marionete como nos arranjos do cenário. Com sua destreza inata — elevada, naquele dia, à potência máxima —, ela manejava os fios de um jeito que lhes tirava a importância, como se a ação do boneco não guardasse relação alguma com o puxar e o soltar dos cordéis. E ficava a dúvida na cabeça dos espectadores: estariam sendo vítimas de um truque?

O enredo estruturava-se em torno de um personagem que era exímio na arte de empinar pipas. Segurando o carretel ao qual estava amarrada a ponta do fio, ele corria feliz por toda a extensão do palco. Rodopiava, saltava, ziguezagueava, e a pipa, cordata, obedecia à regência do fio, descrevendo no céu uma dança que suscitava despeito até nos pássaros mais graciosos. Um dia, porém, o personagem excedeu-se no entusiasmo e, depois de rolar pela relva agitando o carretel em movimentos helicoidais, percebeu que, de um momento para outro, puxava o fio e a pipa não se movia um milímetro sequer. Perplexo, usou de toda a sua ciência e obstinação, mas o losango de quatro cores continuava imobilizado no ar. Decidiu, então, que puxaria com toda a força, as duas mãos agarradas à linha, e chamaria a cidade inteira para ajudar, se preciso fosse. Quando o fio estava por imprimir-lhe um vergão na pele, ouviu um basta. Nesse instante, o céu do teatro tornou-se mais alto, pois se abriram as cortinas do andar superior, revelando ao personagem e ao público as mãos e o rosto de Caetana. Ela olhava para o boneco com cara zangada: quanta estabanação! Por pouco aqueles puxões não lhe tinham destroncado o dedo anular! E, diante da expressão apalermada do fantoche, explicou-lhe que era simples: ele confundira os fios. Aquele fio que estava puxando não era o que servia para controlar a pipa, mas o que servia para controlá-lo. Ou nunca tinha percebido que o fascínio que sentia por pipas era uma coisa narcisista? Isso mesmo: ele próprio era uma pipa. Irrelevante que fosse controlado por alguém que, em lugar de estar-lhe abaixo, estava-lhe acima. A circunstância não alterava a sua natureza de pipa. Pipa terrestre, se preferisse, mas sempre pipa. O boneco desceu os olhos lá do alto e pôs as mãos na cabeça, atônito. Não podia acreditar no que lhe dizia o ser gigantesco. A serem verdadeiras aquelas palavras cruéis, ele não passava de mero instrumento a serviço de outrem. E o maior orgulho de sua vida, que era o de reger pipas com uma habilidade que maravilhava a todos, já não lhe inflava o peito, pois o gesto de puxar o fio para cá ou para lá, assim ou assado, era fruto da decisão de um outro alguém. Nada lhe pertencia. A uma existência de joguete, era preferível morrer. E, de fato, prostrou-se junto a uma enorme árvore, à espera da morte, pois, reparando bem, havia descoberto os finíssimos fios atados em seus pulsos e tornozelos, em sua cabeça e cintura. Antes, porém, de desistir de tudo, desenredou o fio que mantinha presa a pipa e, com o zás de uma navalha, cortou-o. Foi uma cena que extraiu aplausos da plateia, porque o losango colorido — dentro do qual Caetana, com suas mãos rápidas, inserira uma pequena mariposa — enfeitou, com um balé delicado, o céu cinzento da Demóstenes Alcântara. Acompanhando o embrenhar-se da pipa na liberdade, o marionete teve um laivo de esperança: também ele poderia ganhar a soberania conquistada pela pipa; bastava, para tanto, cortar os fios que o manietavam. Nesse exato instante, surgiu em cena um segundo boneco. Vestindo túnica e capuz negros e empunhando a foice, o títere não deixava dúvidas: tratava-se da Morte. Ao reconhecer a tétrica figura, o outro recuou, aterrorizado. Lá de cima, Caetana cobrou-lhe coerência: mas não dissera, há pouco, que queria morrer? O boneco saltou indignado. Por um momento, de fato, havia perdido a vontade de viver, mas a visão da pipa alforriada, voando ao sabor da liberdade, mostrara-lhe que há vida além dos fios, e ele estava disposto a lutar por essa vida. Caetana explodiu a sua risada irreverente, que pareceu ecoar por toda a praça. Não fosse ingênuo! O que havia para além dos fios não era vida, mas morte. A pipa que ele vira errando pelo céu não era mais que um fantasma. Se não acreditasse, bastava olhar para o chão. Seguindo as instruções do gigante, o bonifrate baixou os olhos e, um segundo depois, pulou de susto: ali jazia o esqueleto da pandorga, formado pelas ripas que lhe davam estrutura. Aturdido, ajoelhou-se junto à ossada da amiga e pôs-se a chorar. O que fizera? Pensando em presentear a sua amada pipa com a liberdade, acabara por tirar-

-lhe a vida. E a Morte, que até então estivera quieta, lustrando o prateado da foice com o punho da túnica, disse ao boneco que raciocinasse: mas que vida tão preciosa era essa? Não estava evidente que a pipa agora voava mais feliz, livre dos puxões e solavancos inesperados que a jogavam para lá e para cá? Enxugando as lágrimas, ele reconheceu: a Morte parecia ter razão. A vida — que belo embuste! — não era senão um suceder-se de ordens. Só morrendo é que se podia, enfim, descansar daquela obediência constante. No entanto, um momentinho, alto lá com essa foice. Vivera como um pau-mandado, era verdade, mas morreria com honradez: ele próprio se encarregaria de cortar os fios que o controlavam. Ao menos na hora de morrer, seria ele a comandar a si mesmo. A Morte finou-se de rir. Quanta ingenuidade! Então não percebia que não fazia diferença? Ainda que fosse ele próprio a cortar os fios, só o faria se assim desejasse o titereiro — e, ao dizê-lo, apontou o dedo descarnado para o alto. Enfurecido, o marionete bateu os pés no chão. Maldito gigante! E se o matasse? A Morte voltou a sacudir o escuro da túnica em gargalhadas. Ora, ora: apenas poderia matar o titereiro se ele assim desejasse. Todo e qualquer movimento seu somente aconteceria por uma decisão vinda de cima. Desenganado, o boneco sentou-se junto à grande árvore e escondeu o rosto nas mãos. Seu pranto ganido comoveu a todos na plateia e inspirou o cachorro do louco Duílio a fazer um dueto. Até a Morte sentiu dó e, largando a foice no chão, retirou-se de cena. Foi então que, lá do alto, aproximou-se um grande dedo. Com brandura, Caetana tocou a cabeça do títere, que interrompeu o choramingo e alçou a vista, surpreso. Ela lhe pediu perdão. Disse que conhecia o sofrimento que o dilacerava, pois também ela, depois de uma existência de bravatas, havia descoberto a si mesma como uma marionete. Entreolharam-se, um refém das pupilas do outro. Nesse instante, a sonoplastia estourou um trovão e começou a chover no palco, ao mesmo tempo em que desciam grossas lágrimas dos olhos de Caetana. O boneco foi até a coxia e voltou com um lenço branco, que alcançou a ela. Quando a viu recomposta, ele indagou: quem? Ela deu de ombros: não importava. Acima do titereiro que a controlava devia haver outro, e depois outro, e mais outro, numa eterna sequência de jugos. Pois era assim que a roda girava: a ânsia de manipular nascia da experiência, consciente ou não, de ser manipulado. Triste? Sim, era triste. Mas que fazer? Só restava perdoar o nosso titereiro-títere, tanto o que estava acima de nós como o que estava dentro de nós.

Essas haviam sido as últimas palavras de Caetana. Muda, ela manejou os fios de modo a que o boneco, usando a foice da Morte, cortasse aqueles mesmos fios. Desconjuntado, ele caiu sobre a relva plástica. A seguir, quem quer que estivesse acima de Caetana manejou os fios de modo a que ela agarrasse a foice e erguesse o braço por sobre a cabeça, cortando os fios invisíveis que a regiam. Tombou de borco sobre o palco, pondo abaixo toda a estrutura de papelão e arrancando exclamações do povo reunido à volta. Ninguém sabia como reagir. Teria chegado ao fim o espetáculo? A maioria quis acreditar que sim e suspirou com alívio, pois já era tempo que aquela chatice terminasse. Umas palmas tímidas despontaram aqui e ali, e olhos gulosos começaram a rastrear o entorno, à procura dos lanches que haviam sido prometidos. Contudo, um grito de horror calou o burburinho.

— Esse grito foi meu, menino Lírio — disse Valderez, e, a essa altura, já estava com o rosto lavado de lágrimas, tal como previra. Do punho da blusa, ela tirou um lencinho e assoou o nariz. — Vi uma poça de sangue alastrar-se sobre o papelão do teatro e corri para junto da minha Caetana. Ela não estava representando, como pensávamos todos. Quando tentei levantá-la, senti que o corpo estava inerme como o de uma marionete privada de seus fios. Gilberto ajudou-me a erguê-la e, então, vimos que uma lança, a maldita lança que eu surpreendera dentro do mochilão, estava cravada em seu peito. Ao cair, Caetana cuidara de direcionar o coração para a árvore do cenário, que era toda feita de espuma e em cujo avesso ela enfiara a lança. Sua pontaria não falhou. O sangue borbotava da chaga, como se fosse vivo não apenas na cor.

Lírio sentiu um engulho. Pela pontinha, pinçou o bife que lhe cobria a lateral da testa e depositou-o sobre o criado-mudo. O quarto inteiro moveu-se, como fosse uma jangada à mercê do alto-mar. Atenta, Valderez percebeu o desconforto do rapaz:

— Beba um pouco d'água — pediu, alcançando-lhe o copo que jazia sobre a bandeja.

Ele obedeceu. Babujou-se feito um nenê, tal era a tremedeira de sua mão. Nunca antes lhe haviam falado sobre a morte de Tia Caetana. Naquela noite tão comprida — Lírio lembrava bem —, a mãe contara, apenas, que a tia cometera suicídio, e quando ele indagou sobre as circunstâncias do episódio, ela disse, aos soluços, que não vinham ao caso. O importante era rezar pela alma da infeliz. E guardar segredo. Do contrário, o corpo sequer poderia ser enterrado no cemitério. Para quem perguntasse, Lírio deveria pôr a tragédia na conta da fatalidade: acontecera um acidente, um terrível acidente, durante uma das encenações da tia. E, dizendo isso, ela pôs um rosário nas mãos do filho e chamou-o a ajoelhar-se junto à mesinha em que Tia Margô pusera o porta-retrato: no retângulo da moldura, Caetana Ilharga sorria, e via-se o ramo de uma planta grosseira a enfeitar-lhe os cabelos. Ao lado do porta-retrato, a vela que alumiava parecia uma segunda fotografia, pois a chama espichava-se imóvel, dando prova de que os ventos não eram bem-vindos no chalé dos Caramunhoz. Ajoelhados ao pé da mesinha, Lírio, Rosaura e Margô fizeram vigília durante toda a noite, cada qual com um rosário na mão e um peso de chumbo no peito. Gilberto chegaria no dia seguinte, trazendo o corpo da pobre Caetana, e só então eles saberiam que o enterro seria feito na borda da sanga, sem caixão, sem lápide, sem um pingo de dignidade. O que aconteceria no cemitério seria não mais que um teatro, bem ao gosto da Caetana dos Fantoches.

Enquanto tentava controlar a tremedeira e beber mais um tanto de água, Lírio ouviu Valderez contar que, após a morte da amiga, caíra em soturna depressão, o que a impediu de acompanhar Gilberto na viagem que transportaria o corpo até Sanga Menor. Passou-se um ano inteiro sem que ela tirasse o pé para fora de casa.

Já nos primeiros dias de ausência da funcionária, o dono do salão de beleza grudou um cartaz na vitrine do estabelecimento: *Precisa-se de esteticista.* Comentou com as freguesas que era um alívio livrar-se da inútil que o amolara por tantos anos. Ademais, não passava de uma ingrata. Mas era bem feito: quem mandara ele ter pena dos outros? E amaldiçoou a si mesmo por ter oferecido à criatura aquela última oportunidade de demonstrar valia. Referia-se ao pedido que fizera a Valderez quando o corpo sem vida de Caetana estava sendo acomodado dentro da ambulância. À custa de cotovelaços e empurrões, ele abrira caminho na multidão e, alcançando a funcionária, sussurrara-lhe, a língua metendo-se no meio dos dentes: não se esquecesse de cortar os cabelos da finada, bem na altura do queixo, pois era certo que, agora, ela já não precisaria mais deles. Àquelas palavras, Valderez apertou o ouvido com força, pois acabara de sentir uma agulhada; e desferiu, na bochecha do patrão, um tapa espetacular. Mesmo depois de entrar na ambulância, ela continuou a ouvir os seus gritos coléricos, chamando-a de lésbica asquerosa e de palavrões irrepetíveis. Pela janelinha traseira, viu-o amarrar a echarpe fúcsia com nós superpostos, o que era tão típico dele em momentos de descontrole, e viu as sobrancelhas de delineador moverem-se como cobras furibundas. À medida que a ambulância se afastava, a imagem do cabeleireiro foi ficando pequena, pequena, até que desapareceu, e aquela foi a última ocasião em que pôs os olhos no mesquinho sujeito, pois nunca mais ela se aproximou da Demóstenes Alcântara.

Durante todo aquele ano, foram raras as vezes em que Valderez levantou-se da cama. Seu único contato com o mundo externo era Gilberto, que, de quando em quando, ia até a sua casa, trazendo um rancho de supermercado, ajudando-a com as tarefas domésticas, contando sobre o dia a dia na agência. Evitava falar em Caetana. Quando se tornou evidente que as economias amealhadas por Valderez haviam minguado — porque já era a terceira carta que o senhorio enviava, ameaçando com despejo —, Gilberto insistiu em dar-lhe algum dinheiro. Ante a recusa veemente, convidou-a a trabalhar para ele: sua vida era um corre-corre dos diabos, a esposa do momento andava ocupada com o próprio umbigo, e o resultado era que a casa sentia-se órfã de atenção. Ela abriu um sorriso triste. Não ia dar certo. Não estava em condições de organizar nem mesmo a própria casa, que era um moquiço de vinte metros quadrados. Mas Gilberto, nesses momentos, mostrava ser filho de Caetana Ilharga, e não descansou enquanto não a convenceu a aceitar o emprego.

Com a mudança para a casa de Gilberto, Valderez recobrou, aos poucos, a vontade de erguer-se da cama. De início, foi um choque descobrir que o menino de Caetana morava num apartamento tão amplo e luxuoso. Embora soubesse de sua permanente ascensão na agência, não imaginara que estivesse tão bem de vida, e então vagava atônita pelos requintados aposentos, à procura do garoto que se postava na esquina da praça a distribuir panfletos mimeografados e que, por vezes, sentava-se com elas debaixo da árvore para almoçar uma marmita requentada na espiriteira.

Quando se aproximava a data do aniversário de Caetana — que coincidia com a dela —, Valderez anunciou a sua decisão: viajaria até Sanga Menor e plantaria, na terra que ocultava o corpo da amiga, os seus inços favoritos. Gilberto apoiou a ideia de forma entusiástica. Já era mesmo hora que ela conhecesse as origens da pitoresca Caetana dos Fantoches. Poderiam hospedar-se no chalé, o que seria uma felicidade para Tia Rosaura e para Tia Margô, e poderiam caminhar pela cidade inteira, propósito que levariam a termo em, no máximo, meia hora. Ele lhe apresentaria o que restava da choupana azul-clara, com seu jardim feroz e impetuoso, e também o coreto da praça da igreja, onde Caetana encenara suas peças desde a adolescência. Poderiam comprar, como suvenir, uma estatueta modelada pelo oleiro Gesualdo, ou um saco de balas de coco da padaria do gago Zebedeu. No fim do dia, tomariam um bom banho nas águas da sanga, para horror dos moradores locais.

Foi difícil para Valderez, mas, reunindo toda a suavidade que Deus lhe dera, pediu a Gilberto que tentasse compreender: preferia ir sozinha.

No domingo seguinte, ela tomava o ônibus rumo a Sanga Menor. Pela primeira vez em tanto tempo, não estava usando o já surrado vestido de jérsei preto. Na maleta, levava as sementes dos inços. No coração, um torvelinho de emoções confusas: era como se estivesse por reencontrar a sua Caetana, não apenas aquela que morrera na praça Demóstenes Alcântara há pouco mais de um ano, mas a Caetana que ela não chegara a conhecer e que vivia em sua imaginação: menina desaforada, botando a língua de fora quando falavam em cortar-lhe os cabelos, e moça contestadora, mergulhando nua na sanga e experimentando elixires feitos por um extraterrestre.

Ao descer na estação rodoviária — um pavilhão modesto que ficava às costas do clube —, sentia a ansiedade comer-lhe o estômago. Abraçada à maleta, pisou os paralelepípedos de Sanga Menor com toda a atenção, como se fosse possível conhecer, a partir das plantas dos pés, tudo o que ocorrera naquela cidade, desde os fatos mais insignificantes até aqueles que haviam marcado com ferrete a existência de Caetana dos Fantoches. Poucos passos foram necessários para que ela chegasse à praça da igreja, e lá estava o famoso coreto, com suas florezinhas de jasmim trepando pelo gradil das colunas. Comovida, Valderez dirigiu-se até ele e subiu os três degraus que o tornavam mais importante do que o rés do chão. Teve, dali, a visão que Caetana, tantas vezes, teria tido, e imaginou a velha Margô logo mais à frente, sentada no banquinho de lona, tricotando os seus fios enquanto a sobrinha tricotava outros.

Uma voz de fumante dissipou-lhe a miragem:

— Precisando de ajuda, Dona?

A julgar pela carrocinha estacionada a uma pequena distância, tratava-se do pipoqueiro Manfro. Valderez agradeceu o interesse. Explicou que era recém-chegada na cidade e que estava à procura da Pensão Saúde. O homem apontou o dedo tosco em direção à igreja e informou que a pensão ficava logo atrás. Não tinha erro: um sobrado antigo, de madeira, fronteado por um enorme pessegueiro. Precisava de ajuda com a valise? Ela retrucou que não se desse o incômodo: pesava nada. E quando ela já descera os degraus do coreto e despedia-se do ambulante, ele ainda insistiu em retê-la. Quis saber se ela vinha da Capital, se planejava ficar na cidade por muitos dias, se tinha parentes ali. E sua última tentativa, quando viu que a mulher limitava-se a sorrir complacente em lugar de responder às suas bisbilhotices, foi oferecer-lhe um saco de pipocas. Mas não se preocupasse: era cortesia de boas-vindas.

Mastigando as pipocas quentinhas, Valderez transpôs o gramado da praça, em direção à igreja. Enquanto avançava, reparou que os poucos passantes demoravam o olhar em cima dela, e decerto a crivariam de perguntas, tal como o pipoqueiro, se lhes desse ocasião. Imaginou o quanto devia ter sido duro para Caetana trocar aquele ambiente de mexericos pela frieza da Capital. Ali, todos pareciam ávidos por monitorar a vida alheia, e, embora esse controle enfurecesse a libertária Caetana, dava um sentido à sua vida: o de debater-se sem descanso, na aflição por desenredar-se dos execráveis fios que a transformariam numa marionete. Na Capital, ninguém estava interessado em controlar o seu comportamento, exceto os sindicalistas e o dono do salão de beleza, mas era diferente, pois o que os motivava era, apenas, a vontade de ganhar algum dinheiro. Pouco lhes importava o modo como Caetana conduzisse a sua vida, desde que pagasse a mensalidade do sindicato e desde que fornecesse a cabeleira para matéria-prima de uma valiosa peruca. Não estavam em jogo princípios morais. Ninguém a queria para marionete. Talvez tivesse sido isso que a levou a fantasiar a existência de um titereiro invisível, alguém que a controlava sem que ela percebesse. Pensando tais coisas, Valderez esticou um sorriso pequeno e melancólico: a sua Caetana passara a vida inteira negando a existência de Deus; quando, enfim, teve de admiti-la, preferiu morrer.

A Pensão Saúde, segundo lhe explicara Gilberto, era a casa onde havia nascido e crescido a velha Margô. Sendo uma das edificações mais antigas de Sanga Menor, mostrava, na madeira gretada das paredes e das esquadrias, a lavoura operada pelo tempo. À sombra do gigantesco pessegueiro, Valderez pousou a valise no chão e pôs-se a bater palmas. Não demorou a surgir uma mulher de sobrancelhas grossas e jardineira de brim, que havia de ser, talvez, descendente do hóspede para quem Margô vendera o sobrado.

— Estou à procura de um quarto — explicou a forasteira.
— Só por um ou dois dias.

No entusiasmo, a mulher mostrou seus maus dentes. Felicitou Valderez pela sorte que tinha: alguns quartos ainda estavam vagos. Enxugando as mãos na barra da jardineira, adiantou-se a agarrar a valise, pedindo à recém-chegada que a acompanhasse, por gentileza. Cuidado, não fosse tropeçar nas raízes da árvore. Mas qual era mesmo a sua graça? E de onde era natural? E que bons ventos traziam-na a Sanga Menor?

Após desembaraçar-se da xeretice da hospedeira, Valderez arriscou um pedido que vinha ensaiando já no ônibus:

— Estaria disponível, por acaso, o quarto que tem vista para o pessegueiro?

Ante a resposta afirmativa, ela quis certificar-se:

— É o quarto em que há um gobelim pendurado na parede, não é?

A mulher amontoou, sobre o nariz adunco, dois vincos de surpresa. Mas então já conhecia a pensão? Como sabia a respeito do gobelim? Valderez desconversou. Disse que uma amiga hospedara-se ali, há muitos e muitos anos, e que comentara sobre a beleza da tapeçaria. Quando a outra indagou como se chamava essa amiga, ela deu o nome de uma cliente do salão de beleza e garantiu que era inútil puxar pela memória, pois o fato remontava ao tempo de antigamente.

Instalada no quarto que, pela vontade da velha Margô, teria pertencido a Caetana, Valderez debruçou-se na janela. Uma brisa preguiçosa e morna roçou-lhe o rosto. Dali ela tinha a vista não só do pessegueiro como também das costas da igreja. Viu, pendurado no alto de uma escada de abrir, um rapazinho que, pelas vestes, desempenhava as funções de sacristão. Segurava uma comprida haste de bambu e, açulado pelo padre, futucava uma casinha de joão-de-barro edificada sobre um dos ângulos da cruz, e assim continuaria fazendo até que, nos dizeres do padre, se esfarelasse por completo o pecado. Desconcertada, ela fechou as cortinas da janela e foi até o gobelim. Acariciou a superfície do veludo que, em determinados pontos, fora comido pelas traças. A imagem retratada era a de um pastor que conduzia, por uma vasta planície, o seu rebanho de ovelhas, e Valderez reparou que nenhuma delas estava desgarrada das demais, nenhuma delas diferenciava-se pela cor ou por alguma outra característica.

Como o gobelim deixara-lhe uma risca de pó na palma da mão, Valderez decidiu valer-se do lavatório de louça esmaltada que ficava num dos cantos do quarto. Despejou, na bacia, a água fresca do gomil. E, enquanto esfregava as mãos uma na outra, pensou no quanto havia sido sábia a sua Caetana: aquele quarto não teria sido um bom lugar para ela.

À tarde, caminhou pelas ruas da cidade, seguindo o itinerário sugerido por Gilberto. Era notória a curiosidade que a sua figura despertava. Passou pela olaria do Gesualdo, pela padaria do gago Zebedeu, pelo colégio dos padres. Na altura da Farmácia Diamante, tomou uma rua perpendicular à principal e logo estava defronte ao chalé dos Caramunhoz. Até as estátuas do jardim pareciam encará-la com o interesse irrequieto que ela vira no rosto dos passantes. Deteve-se, então, a admirar as roseiras: dispostas em meticuloso degradê, coloriam o canto esquerdo do canteiro com vermelho-sangue e, à medida que avançavam pela fachada do chalé, descoravam em rosa-escuro, rosa-médio, rosa-chá, pérola, até que, alcançando a extremidade oposta, mostravam-se brancas. Eram de uma beleza extraordinária. Mas então Valderez enxergou a flor mais preciosa de Rosaura, aquela pela qual zelava com toda a sua devoção: sim, lá estava Lírio. Seu rosto pálido de talco acabara de surgir na vidraça da janela. Atrapalhada, ela acenou e fez sinal para que ele se aproximasse. Embora a distância entre a janela e a porta fosse mínima, passou-se algum tempo até que, enfim, Lírio apareceu no alpendre. Vestia um casaco grosso de lã, sem cabimento para a temperatura daquele dia, e fitava-a com olhos transbordantes de desconfiança. Perguntou se ela trazia notícias dos exames finais, e Valderez logo compreendeu que ele a tomava por uma funcionária da universidade (sim, Gilberto contara-lhe que o primo estudava geografia por correspondência).

Nesse ponto do relato, Lírio não suportou ficar quieto e interrompeu Valderez:

— Eu sabia! Eu tinha certeza de ter visto a senhora antes, em algum lugar!

Ela o parabenizou: era bom fisionomista. Afinal, quase dez anos haviam se passado desde aquela tarde em que ela, de improviso, inventara ser uma mensageira da universidade, incumbida pela reitoria de adiantar ao aluno Lírio Caramunhoz que o seu desempenho nos exames finais era alvissareiro, algo fora do comum, um portento.

Enquanto descia a rua principal da cidade, logo após ter dito adeus ao primo de Gilberto, Valderez censurou a si mesma por ter enganado o garoto. Se não era tarde demais para pedir desculpas, então as aceitasse agora, menino Lírio, por favor, apesar do atraso de todos esses anos. A mentira saltara-lhe da boca assim, sem mais nem menos, empurrada, talvez, pela piedade. Caetana sempre lhe falara do sobrinho como um menino frágil, sufocado por cuidados excessivos e tolhido por medos tolos, e de repente Lírio aparecia no alpendre do chalé, preocupado com o seu desempenho no curso de geografia por correspondência. Estava lutando, com tão poucas armas, para libertar-se da redoma, e aquela ideia foi comovente, ao menos para um coração mole como pudim.

Depois de alcançar a baixada da rua, Valderez não teve dificuldade para individuar a choupana azul-clara, em que a porta e as janelas eram arrematadas por filetes de tijolo cru. Emocionada, levou as duas mãos ao peito: ali estava o reino de Caetana. O tempo descascara, em alguns pontos, a tinta das paredes, e um possível temporal arrebatara as telhas próximas à chaminé, mas era, ainda, o castelo mágico descrito tantas vezes pela amiga, o lugar onde encontrariam asilo todas as estranhezas e esquisitices do mundo.

No entanto, algo naquela casa provocava calafrios. Tensa, Valderez abotoou o casaquinho de linha que lhe caía pelos ombros. Um olhar mais atento e descobriu o que a perturbava: o jardim. Sabia que Caetana orgulhava-se de cultivar plantas enjeitadas e de deixá-las crescerem livres, no ritmo e na direção que melhor lhes aprouvessem. O desconcertante era que as plantas haviam abusado dessa liberdade. De fato, já não se limitavam ao entorno da choupana: tinham-na invadido. Inços esfiapavam do rejunte dos tijolos, das rachaduras da alvenaria e dos encaixes do telhado; macegas esgueiravam-se pelas frestas das persianas e pelo trinco da porta; ervas espreitavam pelo vão junto à soleira. Aparentemente, a casa estava habitada pela exuberância da vegetação, mas não apenas o interior da casa, como também a sua própria matéria. Depois de tantos anos abandonada, a choupana azul-clara dava a impressão de estar inquietantemente viva.

Arrepiada, Valderez desistiu do propósito de transplantar uma ou outra macega até a sepultura de Caetana. Era ridículo, mas sentia medo de tocar naquelas plantas. Que ficassem onde estavam: ela plantaria apenas as sementes que trouxera consigo. Tendo tomado a decisão, assoprou um beijo trêmulo em direção à choupana e retomou a caminhada. Pelo cheiro de molhado, a sanga devia estar próxima.

Não se enganou. Depois de transpor alguns salgueiros e choupos, o aguaçal escuro descortinou-se à sua frente. Finas lâminas de sol esforçavam-se para vencer as copas das árvores, e a brisa, em vez de soprar em linha reta, parecia maçarocar-se em pequenos redemoinhos, tirando um barulho inesperado dos arbustos.

De algum lugar indefinido, veio o pio de uma coruja. Mas, àquela hora do dia? Sem poder negar que o local inspirava-lhe medo, Valderez teve ódio de si mesma: não queria igualar-se aos moradores medíocres de Sanga Menor, aqueles de quem Caetana zombava, aqueles que acreditavam na lenda do cachorro bípede e que viam, na sanga, um depósito de sórdidas impurezas. Determinada a ignorar o medo, ela abriu a bolsa e pôs-se a remexer no seu interior. Não demorou a trazer, dali de dentro, o saquinho de camurça onde guardara as sementes de inço, e trouxe também o mapa rabiscado por Gilberto, que indicava, com um xis, o lugar exato em que fora enterrado o corpo da mãe.

Com o dedo indicador sobre o papel, Valderez caminhava hesitante. Conforme as instruções de Gilberto, uma das margens da sanga tinha formato de enseada, e ela encontraria, ali, uma pedra grande, que servira de trampolim para os seus mergulhos de menino. Partindo dessa pedra, Valderez deveria contar oito passos em direção ao salgueiro mais alto e, então, estaria pisando sobre a terra que escondia o sepulcro de Caetana dos Fantoches.

Enquanto percorria a borda da sanga, ela fingia não perceber que já não eram tão esporádicas as minúsculas espirais de vento que faziam a vegetação arrulhar. Tentava convencer-se de que aquelas repentinas ondulações na superfície da água fossem devidas à precipitação de uma casca de árvore ou coisa do tipo. Ao encontrar a pedra-trampolim, tinha o coração aos pulos. Virou-se na direção do salgueiro e, de olhos fechados, avançou, contando em voz alta: um, dois, três, quatro, cinco, seis, sete, oito. Quando abriu os olhos, não enxergou, como esperava, uma terra nua de verde. Estaria no local correto? Pouco mais de um ano teria sido tempo suficiente para cobrir a terra com toda aquela folhagem? Foi então que, apurando os olhos, ela vislumbrou: por entre as folhas, brotavam do chão tufos de fios castanhos, que cresciam até certa altura e depois desabrochavam em chafarizes de crespos esguichos. Espavorida, Valderez levou a mão aos lábios, bem a tempo de evitar que lhe saísse boca afora o grito de horror. Aqueles tufos castanhos eram mechas do cabelo de Caetana. Quis fugir dali, quis subir correndo a lomba da cidade e alcançar a praça da igreja, onde o sol resplandecia e o gramado era rente. Quis mastigar as pipocas branquinhas. Quis nunca ter se apaixonado por Caetana. Quando esse pensamento lampejou em sua cabeça, ela caiu de joelhos, abominando a si mesma por ser tão covarde. Como podia ocorrer-lhe semelhante ideia? Perdão, Caetana, perdão! E as suas lágrimas de culpa e saudade umedeceram aquela terra misteriosa.

Passado algum tempo, o choro parecia ter drenado todo o seu susto. Esticou o braço e acariciou as madeixas, sentindo, na ponta dos dedos, a conhecida textura. Não se perguntou qual seria a explicação para aquilo. Abriu o saquinho de camurça, despejou as sementes de inço na palma da mão e pôs-se a plantá-las. Depois, vasculhou dentro da bolsa até achar o estojo de pó-de-arroz e, valendo-se de um grampo de cabelo, soltou o pequeno espelho que vinha engastado na tampa. Raspou-o contra uma pedra de modo a torná-lo afiado como uma navalha e usou-o para cortar uma das mechas que despontavam do chão. Antes, porém, deitou-se de bruços sobre a terra, com o ouvido colado ao solo, e falou a Caetana sobre o quanto se sentia só, e sobre o quanto seria reconfortante poder levar consigo alguns daqueles fios. Sabia que a amiga, durante a vida toda, conservara virgem o cabelo, mas a situação, agora, era especial. De um jeito indizível, Caetana deu-lhe a autorização.

Na manhã do dia seguinte, Valderez tomava o ônibus de volta para a Capital. Dentro do sutiã, junto ao seio esquerdo, levava o saquinho de camurça que, vazio das sementes, passara a abrigar a preciosa madeixa.

Iludiu-se ao pretender que aquele saquinho pudesse guardar para sempre o seu tesouro. Transcorreram alguns meses e o que, de início, não passava de impressão fugidia tornou-se uma certeza aterradora: a madeixa estava crescendo. Sim, não havia dúvida. Crescia não apenas em comprimento, mas também em número de fios. Não demorou e o saquinho de camurça já não a comportava, o que determinou a sua transferência para o interior de uma velha chapeleira. Tornou-se tão volumosa que Valderez passou a tratá-la com xampus e escovas, e surpreendia a si mesma, durante esses cuidados, conversando com os inexplicáveis fios. Mais e mais, aquela porção de cabelo trazia-lhe de volta a companhia de Caetana, e então já não sentia medo algum. Pelo contrário, os momentos em que, fechada em seu quarto, destampava a chapeleira eram os mais luminosos do seu dia.

Numa manhã, Valderez notou algo estranho. Estendia as já longas melenas sobre uma toalha de banho para que elas pudessem nutrir-se do sol que entrava radioso pela janela, quando percebeu que, numa das extremidades, os fios pareciam enredar-se uns aos outros, formando uma delicada trama. Não houve creme rinse que conseguisse desmanchar aqueles nós. Passados alguns dias, a trama expandira-se, capturara a ponta de cada um dos fios, transformando-se numa base comum a todos. Com olhos de espanto, Valderez examinou o tramado e concluiu: assemelhava-se a um couro cabeludo.

Dentre as bugigangas que trouxera ao mudar-se para o apartamento de Gilberto, ela encontrou o manequim de louça branca. Tratava-se de um porta-peruca, uma recordação do primeiro salão de beleza em que trabalhara, num tempo em que as rugas ainda lhe boiavam invisíveis na superfície da pele. Animada por ter descoberto tão digna utilidade para o cacareco, Valderez pôs-se a cantarolar, enquanto ajeitava os cabelos de Caetana sobre a cabeça de louça lascada. E, para que os fios pudessem pender por inteiro, pousou o manequim — cuja base equivalia à cintura — sobre o tamborete. Tomou distância para admirar o resultado da combinação e arrepiou-se: por um instante, pareceu-lhe enxergar a amiga. Apertou os olhos até quase fechá-los, tornando turva a visão, e, de fato, ali estava Caetana: no lugar do tamborete, viu o amplo saião de retalhos coloridos; no lugar do torso sem braços, divisou o peito acolhedor, enfeitado pelo *u* de um colar de contas, e viu os braços magros e musculosos, as mãos sujas de massa branca; no lugar do rosto sem feições, Valderez enxergou o sorriso largo da companheira, e também os seus olhos de vem-comigo. Perturbada, abaixou rápido a cabeça e escondeu a face no ângulo do cotovelo. Estaria ficando louca? As saudades estariam arruinando-lhe o juízo? E, sem coragem de olhar de novo para a figura à sua frente, socorreu-se do biombo de pergaminho rosado, atrás do qual ficou escondido o que não tinha explicação.

Dentro dela, porém, não havia biombo capaz de ocultar a consciência quanto ao que acontecera. Sacudida por palpitações insistentes, Valderez foi ao médico. Submeteu-se a todos os exames então disponíveis, mas o doutor, nada detectando de anormal, receitou-lhe chá de alface e caminhadas à beira-mar. No entanto, a inquietude continuava a habitá-la. Durante o dia, zanzava pelo apartamento, evitando entrar no quarto; à noite, só conseguia conciliar o sono depois de quatro ou cinco taças de xerez.

Numa dessas noites, tendo se excedido além do excesso, esvaziou a garrafa. Estonteada, ergueu um brinde em direção ao canto do quarto onde estava o biombo:

— A você, meu amor. Aos seus bonecos de papel machê. A tudo o que eles ensinaram para o público do seu teatro e para você mesma — e emborcou a minúscula taça.

Entretanto, cuidou de não beber o último gole. Levantou-se da cama e, trôpega, foi até o biombo. Sanfonou os painéis de pergaminho, um sobre o outro, deixando que a luz do abajur viesse pôr seus olhos amarelados na estranha figura composta pelo tamborete, o manequim e a peruca. Por caprichos do xerez, a figura pareceu mover-se. Mas Valderez não sentiu medo. Encostou a taça na altura em que estaria a boca do manequim, e essa foi a sua última lembrança. Acordou na manhã seguinte com o sol da janela a afagar-lhe toda a extensão do corpo, porque estava nua sobre a cama, e os lençóis jaziam amarrotados pelo chão. Seus braços enlaçavam o torso do manequim, suas pernas enroscavam-se às do tamborete, e os cabelos de Caetana pareciam ter crescido ainda mais, porque espalhavam seu crespume por toda a superfície do colchão.

Desde aquela noite, as palpitações de Valderez sossegaram. O problema das coisas sem explicação estava em querer explicá-las.

Passou-se o tempo, e a convivência com a esquisita figura tornou-se cada vez mais intensa. Ao fitá-la, não era sempre que Valderez enxergava Caetana, mas a miragem vinha-lhe, agora, com maior frequência. E já não era silenciosa: de fato, a amiga materializava-se e punha-se a falar. Conversavam por horas e horas, sobre os mais diversos assuntos, sempre a portas fechadas. Com receio de que alguém viesse a descobrir que já não estava só naquele quarto, Valderez disse às mocinhas que, dali para frente, seria ela a ocupar-se da limpeza do aposento; e, sem esperar resposta, passou a trancar a porta à chave.

Contudo, a conversa com Caetana enveredava, às vezes, por caminhos curiosos. Era incrível, mas a libertária Caetana dos Fantoches parecia angustiada por controlar a existência dos outros. Inconformava-se com certos aspectos da vida de Gilberto, ou da vida de sua então esposa, e instigava Valderez a interferir. Queria gerenciar até mesmo a vida das mocinhas. Privada dos fios com que sempre comandara os seus bonecos, Caetana queria reger marionetes de carne e osso.

— Essa nem parece você — disse um dia Valderez, incomodada com tamanha obstinação. — Lembra o quanto você defendia a liberdade individual? Perdi a conta das vezes em que a ouvi dizendo: "A uma existência de joguete, é preferível morrer".

Professoral, Caetana rebateu:

— Precisei morrer para descobrir que toda e qualquer existência, Valdeca, é sempre uma existência de joguete. Essa triste condição é inerente ao existir. Quem quer que tente controlar a nossa vida não está violentando a nossa suposta autonomia: está é comprando briga com as outras forças que disputam o controle sobre nós. E há forças de todos os tipos, Valdeca. Já que a liberdade é uma utopia, o que resta é torcer para que os nossos fios sejam puxados pelos dedos certos.

— E você, modestamente, considera-se equipada com os dedos certos? — perguntou Valderez, pondo as mãos na cintura larga.

— Pode ser que sim, pode ser que não. O fato é que não vou ficar passiva como uma plateia, vendo o roteiro da peça tomar um rumo que não considero o melhor.

Naquela ocasião, as duas se desentenderam, e Valderez estendeu os painéis rosados do biombo sem antes encostar o costumeiro beijo na face de louça. Mas não demorou que fizessem as pazes, e lá estava Valderez lendo para a companheira um romance de amor, ou escovando seus longos cabelos frisados, ou trazendo-a até a janela para que pudessem contemplar, juntas, a magnética linha onde acabava o oceano.

Nos últimos tempos, Caetana andava eufórica com a presença de Lírio no apartamento. Deliciada com a oportunidade de salvar o sobrinho da estreiteza em que fora criado, azucrinava Valderez para que lhe escondesse o pote de talco, para que lhe pusesse mais sal na comida, para que o convencesse a experimentar um banho de mar. E houve um dia em que anunciou: ele precisa conhecer o amor. E só deu trégua a Valderez depois que ela fez Gilberto convidar o primo para almoçar no restaurante Calêndula.

— Como disse? Repita, Dona Valderez, por bondade.

— Sua tia cismou que você conheceria, no tal restaurante, uma mulher capaz de despertar os seus fluidos de homem.

A vontade de Lírio era enfiar-se debaixo das cobertas. Seus ouvidos machucados de susto não queriam ouvir mais nada. Valderez, contudo, parecia ignorar o efeito devastador do seu relato.

E contou, a seguir, que a morte de Gilberto fez eclodir um fogaréu de ira no coração de Caetana. De alguma forma, ela soube da tragédia antes mesmo que a companheira viesse dar-lhe a notícia, e quando Valderez, aos prantos, recolheu os painéis do biombo, o tamborete de três pernas estava tombado, a cabeleira esparramava-se desgrenhada pelo assoalho, e a louça do manequim apresentava uma funda rachadura no peito. Diante daquela cena, Valderez, que também se sentia desmantelada, jogou-se no chão, misturando seus pedaços aos de Caetana, e assim as duas se deixaram ficar, por um tempo sem medida, enquanto suas lágrimas irrigavam a madeira geométrica do parquê.

Entretanto, nos dias que se seguiram, quando já estavam ambas recompostas e tentando falar sobre o ocorrido, ficou claro: maior que a dor pela morte do filho era a raiva que Caetana sentia por ter falhado. Na disputa pelo controle sobre a vida de Gilberto, Caetana dos Fantoches sofrera uma derrota irremediável. Alguém havia sido mais ágil que ela no puxar dos cordéis.

— E agora, menino Lírio, ela enfiou essa ideia na cabeça: quer que as cinzas de Gilberto sejam semeadas na sanga. Diz que, naquelas águas férteis, ele poderá, de alguma forma, renascer.

— Desconjuro, Dona Valderez! Do que a senhora está falando? É no Paraíso, junto ao Pai, que haveremos de renascer! A sanga não passa de uma água escura e prenhe de podridão!

Valderez apertou os lábios. Tinha o azul dos olhos tingido de impotência. E disse:

— Eu gostaria muito de ter uma explicação para lhe dar. Mas não tenho. As explicações abandonaram minha vida há anos, e eu aprendi a viver sem elas. Prefiro viver sem elas a viver sem Caetana — e, dizendo isso, virou o rosto para trás, encontrando, com o olhar, o biombo de pergaminho rosado.

— Tudo isso é absurdo! Vá me desculpar, mas espera mesmo que eu acredite nessas invencionices? A senhora há de estar querendo zombar de mim! Gilberto e minha Tia Caetana devem ter-lhe contado que não passo de um boboca!

O branco dos olhos de Lírio mostrava-se rendado de veias; a palidez de sua pele cedia para o vermelho, e o pescoço, chupado por si mesmo, revelava excessivos ligamentos. Valderez, por um instante, estremeceu, lembrando-se do derrame que acometera Percival.

— Lírio, procure se acalmar! Eu não queria ter-lhe contado todas essas coisas! Foi você que despencou para dentro do meu quarto e me forçou a isso!

Ele estava descontrolado como nunca em sua vida. Ao retrucar, atingiu o rosto de Valderez com gotículas de cuspe:

— E a senhora ainda não me contou tudo, não é mesmo? Não quero ser poupado de nada, Dona Valderez! Minha tia morta-viva quer que seja eu a lançar as cinzas de Gilberto na sanga, não é mesmo?

— Sim — respondeu ela, com desalento. — Eu tenho dito a Caetana que eu mesma posso me encarregar disso, mas ela insiste que seja você, Lírio.

— E por que eu? — gemeu Lírio, quase chorando.

Com os ombros encolhidos, Valderez explicou:

— Ela alega ter uma dívida de gratidão com você. Diz que, nesses últimos dias, você fez muito por Gilberto. As coisas bonitas que disse na entrevista para o jornal, a valentia com que enfrentou o reconhecimento do corpo e a cremação. Sua tia sabe do esforço que você fez, Lírio. Está orgulhosa.

— Mas se ela é grata a mim — disse ele, amarrotando uma bola de lençol dentro da mão fechada —, por que não me deixa quieto? Por que quer me castigar com essa incumbência?

Valderez ficou em silêncio por alguns instantes, olhando para a ponta das unhas. Então, disse, sem olhar para Lírio:

— Caetana está convencida de que, ao aproximar-se da sanga, você não estará recebendo um castigo, e sim um presente. — E repetiu, temerosa, as palavras proféticas que ouvira de Caetana: para transformar-se num homem de verdade, Lírio precisava aproximar-se da sanga. Precisava mergulhar na sua escuridão, conhecer suas umidades, entregar-se ao seu mistério. E arrematou: — A sanga, Lírio, é a mulher-dama que você tem de penetrar.

Ele não pôde mais encarar Valderez. Sentiu uma torção violenta no rosto, como se o todo se desorganizasse, o nariz indo para o lugar da boca, a boca mudando de lugar com a orelha, a orelha ocupando o lugar do olho. Desesperado, pensou: "Está acontecendo! Tal como aconteceu a meu pai, está acontecendo comigo! Cristo Redentor, salvai-me!". E puxou a coberta por sobre a cabeça.

12

Mesmo depois que Valderez deixou o quarto, Lírio continuou debaixo da coberta, com os olhos escondidos no tremor escuro das pálpebras. Enroscado em si mesmo, parecia um enorme feto. Suas mãos espalmavam-se nas laterais do crânio, como para impedir que os dois hemisférios se divorciassem, e passou-se talvez um quarto de hora até que ele arriscou afrouxar a contenção. Cuidadosamente, espichou o pescoço para fora e, com olhos piscos, investigou a brancura do lençol: nenhuma mancha de sangue. Encorajado, enfiou o dedo indicador no fundo do ouvido e depois conferiu a ponta do dígito: nenhum vestígio de vermelho. Cristo Redentor fosse louvado.

Descartada a hipótese do derrame, Lírio resolveu-se: precisava sair daquele quarto, e o quanto antes. Evitando que seus olhos resvalassem na direção do biombo de pergaminho rosado, ele calçou as pantufas, reforçou o nó que fechava o roupão e, tremelicoso como maria-mole, escapuliu para o seu aposento, valendo-se da passagem oferecida pelo roupeiro arrombado. Do lado de lá, trancou as portas do armário e, não contente, desenrolou o maior dos seus mapas para prendê-lo, com fita adesiva, nas guarnições do móvel. Pronto: não se enxergava nem mesmo um pedacinho do guarda-roupa. Depois, sentou-se na cama e pôs-se a fitar as formas coloridas esparramadas no acetinado da carta: cidades que jamais conheceria, rios em que não molharia o pé, montanhas que não escalaria. Cansado, deixou as lágrimas escorrerem livremente pelo rosto. Nunca deveria ter saído de Sanga Menor. A vastidão do mundo parecia uma coisa bonita de se ver, mas, quando ela escapava dos mapas para brincar de roda em torno da gente, aí é que tudo girava, e só então ela mostrava a sua verdadeira face, uma face maldosa, que se divertia à custa de ver a pessoa virada em barata tonta.

Às sete horas em ponto, uma das mocinhas bateu à porta e avisou que o jantar estava servido. Lírio agradeceu, mas não esperassem por ele: estava sem fome. Não demorou um minuto e a madeira tornou a dizer toque-toque, agora em resposta às pancadas suaves da mão de Valderez:

— Lírio, por favor, venha comer uma coisinha. Mandei fazer uma canja bem saborosa.

Como o lado de lá da porta continuasse mudo, ela tentou de novo:

— Juro que não toco mais naquele assunto.

Nada. Com um peso na consciência, ela se comprometeu a ficar fora de casa pelo tempo que durasse a refeição. Tinha mesmo de dar uma caminhada para ventilar as ideias. E garantiu que só voltaria dali a uma hora.

Lírio ficou de orelha em pé. Depois, calculando que Valderez tivera tempo suficiente para enrolar-se num xale e pegar a bolsa, ele girou a maçaneta e pôs a cabeça para fora do quarto. Não enxergou vivalma. Na ponta dos pés, correu até o fundo do corredor, onde havia uma estante de livros e um aparelho telefônico. Quando Rosaura atendeu a ligação, a voz do filho estava ainda ofegante:

— Mamãe, quero antecipar a viagem.

— Lirinho? O que você tem, meu filho? Está com falta de ar?

— Não, mãezinha, estou bem. Quero apenas voltar logo para casa.

— Sua voz parece fraca, querido. Diga a verdade para a mamãe. Você está com dificuldade para respirar? Sente uma pontada nas costas?

— Não, mamãe. Fique sossegada, estou respirando normalmente. Deve ser a tristeza que está diminuindo a força da minha voz. Desde a morte do primo, sinto muita solidão.

Rosaura torceu-se de pena:

— Posso imaginar, meu Lirinho. Por mim, no dia seguinte à desgraça, você teria pego o primeiro ônibus. Foi essa governanta insistente que não deixou.

— Dona Valderez tinha razão, mamãe. Certas providências pediam a presença de um familiar. Mas agora já está tudo providenciado. Não vejo motivo para continuar aqui. Se for possível, quero partir ainda amanhã.

Com olhos lacrimosos, Rosaura teve de dizer que talvez não houvesse jeito. A viagem de ônibus demorava mais de sete horas. Mesmo que conseguisse embarcar o Tatu no matutino, não sobraria tempo para que os dois fizessem, no mesmo dia, o percurso de volta. Mas não se preocupasse: mamãe faria todo o possível. Amanhã cedinho, quando o guichê da rodoviária abrisse, ela já estaria lá.

Desconsolado, Lírio despediu-se da mãe, não sem antes tranquilizá-la, repetidas vezes, quanto à saúde de seus pulmões, pois Rosaura cismava que o filho estava com o fôlego curto, e Deus nos livre que estivesse se esquecendo de tomar a colherada de mel. Recolocado o fone no gancho, ele empreendeu, na direção do quarto, a mesma corridinha silenciosa e apavorada que o trouxera até o aparelho telefônico. Fechou a porta, jogou-se de bruços sobre a cama e escondeu a cabeça com o travesseiro. Diacho. Poderia ter dito à mãe que a companhia do Tatu era desnecessária: afinal de contas, era ridículo que ele, um homem adulto, não tivesse capacidade para, sozinho, enfiar-se dentro do ônibus. No entanto, silenciara. Não passava de um covarde, tal como sempre haviam gritado os olhos pétreos de Tia Margô. E a consequência era essa: tocava-lhe passar mais duas noites naquele aposento, vizinhando com um manequim que arremedava uma criatura morta e enterrada há mais de dez anos. Bem feito.

De repente, fez-se total silêncio debaixo do travesseiro. Até que a cabeça de Lírio recomeçou, de leve, a latejar. Voltou-lhe à lembrança, com nitidez indesejada, a figura de longos cabelos escondida pelo biombo, e ele sentiu a lambida áspera de um calafrio, gelando cada uma de suas vértebras. E se houvesse verdade no palavrório de Dona Valderez? E se a alma de Tia Caetana estivesse mesmo agarrada à horripilante boneca? Podia ser que a tia, tão avessa a limites, lograsse a façanha de forjar uma fresta no círculo do inferno destinado aos suicidas, e então, vez que outra, vinha refugiar-se ali, naquela imitação grosseira de si mesma, valendo-se da amiga como instrumento para aliviar-se dos seus anseios de fantocheira. Tão logo o lá de baixo se apercebia da manobra, vinha no encalço da alma fujona, e — mais vermelho do que nunca — empurrava-a, com estocadas de tridente, de volta para o lugar onde lhe cabia passar a eternidade.

Assustado pelos próprios pensamentos, Lírio livrou-se da sufocação do travesseiro e, com uma pressa desengonçada, pôs-se de pé. Que amontoado de bobagens. Se o padre Darcy imaginasse que tais absurdos estavam passeando por sua cabeça, molharia o polegar na água benta e desenharia uma cruz em sua testa.

Entretanto, de tudo o que Dona Valderez dissera, havia uma coisa que deixaria intrigado até mesmo o padre: como ela podia saber sobre Janaína? Como podia saber que, no restaurante Calêndula, ele conheceria a mulher que o faria sentir-se, pela primeira vez, habitado por estrelas e faíscas e ouro? Lírio estava certo de nada ter comentado sobre seus sentimentos, nem com o primo, nem com ninguém. No entanto, Dona Valderez estava ao corrente e dizia ter sido Caetana, rediviva no manequim, a assoprar-lhe a informação.

Pelo resto daquela noite, ele evitou a cama: tinha medo de adormecer. Colocou dois chumaços de algodão nos ouvidos – para não escutar eventuais conversas vindas do quarto ao lado – e caminhou de lá para cá, repassando a ladainha dos países e suas respectivas capitais, depois a dos planetas e seus satélites, os rios e suas nascentes, as montanhas e suas altitudes, as florestas e seus climas.

Pela janela, o luar entornava a sua luz leitosa. Lá embaixo, na praia, as ondas abocanhavam a areia com seus dentes brancos de espuma. Quando a madrugada já ia funda, Lírio sentou-se à escrivaninha com o propósito de desenhar a silhueta dos cinco continentes; a certa altura, porém, a folha de papel-manteiga pareceu-lhe a mais aconchegante das acomodações: apoiou a face sobre a África, ajeitou os braços sobre a Ásia e a América e então o sono — que estava de tocaia, à espera de um instante de descuido — surrupiou-lhe a vigília.

Indefeso, Lírio escorregou para dentro de um sonho. Viu-se à margem da sanga, completamente nu, mas sem um pingo de frio. Espichava o olhar e tinha a impressão de avistar Janaína, que enfeitava o escuro das águas com graciosas braçadas. No redor, os salgueiros e choupos entortavam a galharada em direção ao centro da sanga, mesmo aqueles que estavam plantados em margens opostas, o que dava a entender que o vento provinha de todas as direções, com um único endereço. Também Lírio cedeu à força daquele vento: sem nenhum temor, enfiou-se na água e pôs-se a caminhar rumo ao núcleo da sanga. Sentia, debaixo dos pés, o leito lodoso e rarefeito, que parecia esboroar na exata medida em que os seus passos avançavam. A água subiu-lhe até os joelhos, alcançou-lhe a cintura, e num segundo já lhe desafiava o peito. Não havia dúvida: logo ali, a poucos metros, estava Janaína. Seu balé exibia-se fascinante: os braços e pernas que emergiam da superfície eram tão fluidos quanto a água, e parecia, por vezes, que era a própria sanga a erguer-se naqueles desenhos curvilíneos e espiralados. Lírio estava por alcançar a líquida bailarina quando o nível da água atingiu-lhe a base do nariz. Pensou em interromper a caminhada, já que não sabia nadar, mas então ouviu a voz de Janaína a chamá-lo: "Venha". Sem pensar duas vezes, ele tirou os pés do chão e, com a cabeça acima da superfície, passou a movimentá-los em sincronia com as mãos, de forma curta e rápida, tal como fazem os cachorros. Por fim, aproximou-se de Janaína o suficiente para tocá-la. Contudo — que miséria! —, suas mãos estavam ocupadas naqueles movimentos frenéticos de sobrevivência. Tão logo a constatação rasgou o entusiasmo de Lírio, Janaína, que descrevia uma melíflua abóbada com as pernas, desmanchou o movimento e trouxe a cabeça à tona. A meio palmo de distância, ela disse, e as palavras caíram como cachoeira dentro dos ouvidos dele: "Para agarrar o que se quer, meu amor, é preciso ter as mãos livres; para ter as mãos livres, é preciso deixar-se afundar". E Lírio acordou com o coração que lhe soqueava o peito, o suor da têmpora carimbado sobre a folha de papel-manteiga, e nunca mais esqueceria aquela imagem: o rosto de Janaína, o adorável rosto de Janaína, com os olhos verdes esburacados em duas órbitas escuras.

13

Naquele último trecho de estrada, os buracos, de diferentes tamanhos, sucediam-se no chão batido. Olhando pela janela, Lírio sentia-se mareado ao ver sacolejarem os campos e suas plantações, as cercas de arame farpado e os rebanhos de ovelhas magras.
— Servido?
Lírio espiou de viés e viu que o Tatu oferecia-lhe uma coxa de frango enfarofada, recém-extraída do interior de um saco plástico. A náusea agravou-se. Só conseguiu agradecer quando seus olhos já estavam de novo entregues à balouçante paisagem, e o fez sem palavras, valendo-se apenas de um gesto da mão. Não demorou a sentir o cheiro de fritura fria e a ouvir o ruído que os dentes do negrinho tiravam da carne: o gosto de estômago revirado subiu-lhe à boca num arroto. Deus, quando teria fim aquele martírio?
Lembrou-se de quando percorrera aquela mesma estrada a bordo do automóvel prateado, tendo por companheiro de banco não o negrinho Tatu, mas o primo Gilberto, e pareceu-lhe impossível que, no arco de apenas um mês, tamanha buraqueira houvesse desnivelado a via. Foi forçado a admitir: é claro que os buracos já deviam estar ali. A verdade é que a companhia do primo parecia ter o condão de aplainar os caminhos, não só aquele de chão batido que, à passagem do ônibus, eterizava-se em nuvens alaranjadas, mas todos os cami-

nhos. Recordou as histórias divertidas que ele contara durante o percurso, e recordou também as promessas: de que o ensinaria a dirigir automóvel e a fumar charuto, de que o levaria para assistir a uma corrida de cavalos, de que compraria para ele uma luneta poderosa, de marca estrangeira. Embora as palavras do primo dessem-lhe frios na barriga, Lírio sentia dentro de si uma fagulha de confiança. Podia dar a mão a Gilberto e deixar-se conduzir, o que deveria ter feito, aliás, há muitos anos, quando os dois eram ainda meninos, e quem sabe a sua vida teria seguido por uma rota diferente. Quem sabe a mãe e a tia hoje se orgulhassem dele, e o receberiam como um vitorioso quando, vez que outra, regressasse à sua pequena cidade natal, cidade de onde teria partido há tanto e tanto tempo que já nem lembrava mais, cidade por cujas ruas ele caminharia incrédulo, parecendo-lhe impossível que um dia houvesse vivido num vilarejo tão acanhado, e quem o visse passar diria: "Aquele homem que ali vai, forte e bronzeado de sol, com a camisa desabotoada até o meio do peito, é o Lírio Caramunhoz, filho do Percival e da Rosaura". Acordando do devaneio, Lírio sentiu os olhos incharem de lágrimas. Em lugar de voltar vitorioso para Sanga Menor, ele voltava derrotado. Derrotado por si mesmo. Hoje, por mais que vasculhasse os recantos da sua parte de dentro, já não encontrava a fagulha de confiança. O frio tornara a alastrar-se sem controle, e não lhe restava senão chegar logo em casa para enrolar-se na colcha de chenile, para descansar os pés sobre o tijolo quente.

— Loucura essa vida, não é mesmo? — disse o Tatu, limpando a farofa dos lábios no dorso da mão.

A vontade de Lírio era fingir-se de surdo. Será que o negrinho ainda não compreendera, ao longo de todos esses quilômetros, que não adiantava puxar assunto? Aliás, Lírio tentara transmitir-lhe esse recado não apenas ao longo da viagem, mas ao longo da vida inteira, pois nunca simpatizara com aquele tição, a quem Tia Margô tratava a pão-de-ló. Desde sempre que o Tatu rodeava o chalé dos Caramunhoz, ou porque havia um muro pedindo tinta, ou porque o algeroz ameaçava desprender-se do telhado, ou porque uma torneira cismava em gotejar. E a velha alardeava que era mesmo uma bênção tê-lo por perto, pois, do contrário, seriam ela e Rosaura a ocupar-se desses serviços de homem, e, dizendo isso, ela punha no sobrinho os seus olhos de pedra. Lírio sentia raiva do moleque, especialmente ao vê-lo entregue aos seus labores, o buço pontilhado de suor, os braços musculosos esgaçando a camiseta, a carapinha coberta por um ridículo chapéu feito de jornal. No entanto, em seu íntimo, tinha consciência de que o Tatu não merecia essa raiva. Nunca lhe fizera nenhum mal. E comoveu-se ao recordar o dia em que o negrinho salvara a vida de seu pai. Naquele dia, a mãe teimara de levar o pobre entrevado à missa, pois fazia anos que Percival não entrava numa igreja, e não era a mesma coisa que o padre Darcy, uma vez por semana, viesse até o chalé para trazer-lhe a palavra de Deus. Quando já vinham de volta, descendo a ladeira da rua principal, um vento inesperado levantou a beira do vestido de Rosaura, e ela, atrapalhada, descuidou da cadeira de rodas. Lírio estava ao lado da mãe, e Tia Margô, que vinha um pouco atrás, gritou-lhe que fizesse alguma coisa, mas ele, sem atinar com nada, petrificou-se. Poucos segundos à mercê do declive foram suficientes para que a cadeira atingisse uma velocidade alarmante, e tudo indicava que as rodas só parariam de girar quando Percival fosse engolido pelas águas pútridas da sanga. Rosaura corria ladeira abaixo, berrando descontrolada; Tia Margô chamava por socorro, agitando os braços como se o reumatismo não lhes dissesse respeito; e Lírio, branco e imóvel, parecia transformado num boneco de açúcar. Foi então que o Tatu surgiu, sabe lá de onde. Jogou-se diante do bólido, usando o próprio corpo como obstáculo, e aparou o inválido, que, com o choque, foi catapultado do assento. Alcançando-os, Rosaura apressou-se em verificar se o marido sofrera alguma avaria. Descartada a hipótese, abraçou o Tatu e chorou aos borbotões, entremeando soluços com agradecimentos. O heroísmo custara ao negrinho um corte comprido no cotovelo, mas ele insistiu que não carecia de limpar: sujeira que os olhos não viam era sujeira bem-vinda, pois só fazia deixar a pessoa mais forte.

A contragosto, Lírio virou-se para o companheiro de viagem e perguntou:

— Como disse?

— Eu disse que a vida é mesmo louca. Vocês lá do chalé passaram um tempão sem ver o Gilberto. Quando ele enfim reapareceu, foi para morrer alguns dias depois. Até parece que veio a modo de se despedir, não parece?

Mais um buraco abrupto da estrada, e este empurrou as tripas de Lírio até o gorgomilo. A náusea crescia cada vez mais.

— Quanto tempo falta para chegarmos?

— Coisa à toa — respondeu o Tatu. — Está vendo aquele mato de eucaliptos? Nossa cidade está logo atrás.

De fato, superado o bosque verde-escuro, o ônibus pôs-se a subir, lentamente, a ladeira de Sanga Menor. No vidro da janela, o panorama já não trepidava, e Lírio encontrou imagens que o confortaram. Pensou no televisor e no quanto era bom quando, depois de um temporal, a imagem enfim voltava a mostrar-se firme e nítida, sem chuvisco e sem fantasma, sem aquelas linhas chatas que se deslocavam na vertical e na horizontal.

Quando o veículo estacionou em frente à rodoviária, a janela não demorou a sintonizar a imagem de Rosaura. Sim, ali estava a mãe. Com a mão agarrada a um dos pilares da estação, ela se permitia subir na ponta dos pés e pincelava seu olhar de míope por todo o comprimento da linha envidraçada que cortava a lateral do ônibus. Para chamar-lhe a atenção, Lírio ergueu os dedos até a altura da janela. No entanto, antes de articular o aceno, recolheu-os lentamente para dentro da mão fechada: o que teria havido com a mãe?

E ele notou, pela primeira vez, as olheiras fundas e escuras de Rosaura, os cabelos castigados pelo sabão em barra, os sapatos de couro gasto e de solas cambaias. Vestia a mesma roupa usada após a morte da irmã, dez anos atrás, mas agora o tecido sobrava nos ombros e na cintura. Trazia pendurados, no decote pudico, os óculos de que se valia para pintar flores miúdas, e via-se, no engate de uma das hastes, o reforço de um esparadrapo.

Lírio ficou imóvel a mirá-la, como se, somente daquele lugar onde estava, ele pudesse vê-la assim, como se o menor desvio, um milímetro que fosse, pudesse levar embora para sempre a visão daquela mãe sofrida, aquela mãe nunca antes revelada aos seus olhos, aquela mãe que ele deixara sozinha não apenas durante o último mês, mas durante a vida inteira. Como pudera ser tão cego? E teve ímpetos de esconder o rosto nas mãos, porque a vergonha ardia-lhe nas faces, mas não podia, não podia correr o risco de abandoná-la novamente.

A mão que o Tatu encostou-lhe no ombro parecia eletrizada, porque Lírio saltou do assento da poltrona como se tivesse acabado de tomar um choque.

— Ué! Não estava agoniado por chegar de uma vez? — perguntou-lhe o negrinho, já de pé no corredor do veículo, abraçado à frasqueira e à maleta dos mapas.

Maldito negro! E Lírio, mais que depressa, devolveu os olhos para a janela, temendo que fosse tarde demais, temendo nunca voltar a encontrar aquela mãe. Mas ela continuava ali. Era a mesma de ainda há pouco, conquanto agora, tendo localizado o filho, mostrasse a fisionomia amolecida pelo alívio. Olhando-o com ternura, Rosaura apertou forte a concha da mão contra os lábios, tão forte que, quando o beijo enfim saltou para o seu voo, ela tinha a boca descorada, pois havia anos que já não usava maquilagem, exceto a que lhe colorisse de dentro para fora.

Vacilante, Lírio desceu os degraus do ônibus e mergulhou no abraço da mãe, onde foi apresentado à magreza calombuda das suas costas, ao cheiro de sabão barato que se desprendia dos seus cabelos, à respiração curta que lhe punha o peito em sibilante sobe-e-desce.

Desfeita a fusão, Rosaura olhou-o com cuidado. Foi tão grande o susto que o ar entrou-lhe boca adentro como um golpe:

— Que é isso na sua testa, meu filho?

Com uma mão desajeitada, Lírio tentou esconder o galo que, acima de sua sobrancelha, erguia-se fofoqueiro:

— Nada de importante, mamãe. Foi só um tombo.

— Só um tombo? Pois só um tombo, meu filho, foi o suficiente para ceifar a vida do seu primo Gilberto — e, dizendo isso, Rosaura tirou o escapulário de dentro da blusa e beijou o quadradinho de pano bento, deixando Lírio confuso diante daquela constatação: sobrevivera a um revés que havia sido fatal para o primo.

— E a tia? — perguntou ele.

Rosaura embaraçou-se, pois não sabia mentir. Sempre que lhe tocava faltar com a verdade, ela cumpria, antes, um discreto ritual: de boca fechada, passava a língua pela frente da arcada dentária, como se quisesse certificar-se quanto à presença de cada dente. Só depois de completada a varredura é que se aventurava:

— Sua Tia Margô ficou chateada de não poder vir — disse, catando fiapos invisíveis na lapela do filho.

— Espero que esteja em boa saúde.

— Sua Tia Margô? Ora, Lirinho. Toda gente sabe que ela é forte como um jacarandá — e, ansiosa por mudar de assunto,

Rosaura apanhou um pequeno embrulho de pano que estava pousado sobre o banco às suas costas. Desfez o nó do tecido e mandou que o filho provasse um pastelzinho de goiabada: estavam ainda quentes, e ela os polvilhara com canela e açúcar, bem como ele gostava.

De braços dados, puseram-se a descer a ladeira da cidade. No encalço dos dois, vinha o Tatu, empurrando o carrinho de mão que ele, precavido, deixara de véspera na rodoviária para, assim, não entortar o lombo no transporte das bagagens. O único som que se ouvia era o gemido da roda girando sobre o chão, pois mãe e filho caminhavam sem dizer palavra, e o Tatu tinha discernimento bastante para saber que aquela não era hora boa para conversa.

Lírio não encontrava o que dizer. Passara-se apenas um mês, mas a sensação era a de ter estado longe por anos e anos. Era horrível pensar aquilo, mas a mulher que caminhava ao seu lado, com o braço enganchado ao seu, era pouco mais que uma estranha. E, olhando para o chão, Lírio voltou a surpreender-se com os sapatos da mãe, tão surrados que o couro conformara-se à silhueta do joanete.

Rosaura, à sua vez, mantinha-se quieta por medo de transparecer a mágoa que se embolava em sua garganta. Antes de sair de casa, tivera uma discussão terrível com a tia e ainda não digerira as barbaridades que fora obrigada a ouvir. Tia Margô parecia mesmo estar ficando tararaca. Tinha lá cabimento sugerir que Lírio, mesmo após a morte de Gilberto, continuasse tentando a vida na Capital? Então ela não sabia que a cidade grande estava assim de espertalhões, sedentos por tirar proveito das pessoas de boa-fé? Francamente. Sob a proteção do primo, vá lá que fosse, mas agora a permanência do menino naquele serpentário seria uma temeridade. Ouvindo isso, a velha dera a sua risadinha seca. E retrucara, sem interromper o finca-e-puxa do bordado: Lírio era espertalhão o bastante para ser professor dos piores espertalhões da Capital. Horrorizada com tais palavras, Rosaura pusera de lado a fôrma de pasteizinhos que estava levando ao fogo e empinara o nariz, desafiando a tia: seu filho jamais fizera mal a alguém, e o bom Deus era testemunha disso.

— Ah, é? — saltara a velha. — Pois pergunte à sua saúde se ela está de acordo, Rosaura, e depois pergunte o mesmo à minha.

Rosaura sentira vontade de arrancar das mãos da tia a agulha com que ela estava bordando, pois a velha bem merecia que lhe costurassem o risco da boca. Mas não o fez e sujeitou-se, assim, a ouvir a maldade final:

— Fique sabendo que foi um erro batizá-lo Lírio. Se você fazia questão de dar ao seu filho um nome de planta, então tivesse escolhido o nome de uma planta parasita, dessas que não vivem senão à custa da seiva de outra.

Coitado do Lirinho. Tomara ele não suspeitasse de que a tia recusara-se a buscá-lo da rodoviária. Iam nesse viés os pensamentos de Rosaura quando ela percebeu que, naquele momento, passavam justo no ponto da rua em que, trinta anos antes, Percival havia tombado. Ocorreu-lhe, então, que Margô estava calçada por um álibi:

— Seu pai está cada dia mais debilitado, Lirinho. Pobre inocente. É um risco deixá-lo sozinho em casa, mesmo com a sineta amarrada a uma das mãos. Tia Margô, sempre tão generosa, prontificou-se a ficar com ele.

Mais uns passos de mudez e Lírio indagou, cheio de dedos, se o doutor João José estaria equivocado ao dizer que o pai, premido por circunstâncias adversas, seria capaz de fazer tilintar a sineta. Rosaura olhou por cima do ombro: o doutor que não os escutasse, mas aquela lengalenga sobre o poder da vontade jamais a convencera. Toda criatura tinha lá as suas limitações, ora bolas, de nascença ou adquiridas. Não aceitá-las era um desacato ao desenho perfeito traçado pelo Padre Eterno.

Hesitante, Lírio concordou. Em sua mente, porém, o espanto era sem-tamanho: seria possível que a mãe e Tia Caetana, duas irmãs tão diferentes quanto água e vinho, houvessem compartilhado, sem saber, da mesma visão de mundo? Só agora ele percebia, e mal podia crer em tamanha louquice, mas a bandeira brandida por Rosaura parecia ser gêmea da bandeira empunhada por Caetana: a vontade das pessoas em nada podia interferir no rumo de suas existências. Rosaura defendia que tudo já estava, de antemão, desenhado por Deus; a outra sustentara que tudo estava amarrado a cordéis regidos por um titereiro. Ambas tinham se reconhecido impotentes diante de algo maior, a única diferença é que a mãe admitira-o desde sempre, enquanto Tia Caetana dedicara todos os dias de sua vida a provar o contrário, exceto aquele último dia, em que, encenando a derradeira peça de teatro, depusera armas e rendera-se. E o mais curioso era que as duas irmãs, cada uma a seu modo, haviam plagiado o ser superior que as controlava: a mãe munia-se de pincéis e traçava, sobre porcelana, tecido e argila, as formas ditadas por seu punho; Tia Caetana provia-se de fios e amarras e controlava, com os movimentos dos seus dedos, a sorte das marionetes postas em cena. Talvez aquelas atividades, pensou Lírio, ajudassem-nas a aceitar a imensa mão que as dominava, contra a qual nada podiam.

Embora caminhasse imerso em suas suposições, Lírio não deixava de perceber os olhares de desdém da gente que subia a rua. Nas janelas e nas varandas das casas, assomavam rostos de ora-vejam-só. No batente das lojas, comerciantes e freguesia disputavam espaço por uma espiadela. Alguns grunhiam pêsames, outros resmungavam boas-vindas, e era Rosaura quem agradecia, com um sutil meneio da cabeça, combinado a um piscar demoroso das pálpebras.

Lírio sentia a vergonha furar-lhe o estômago. Podia imaginar o zunzunzum que brotava às suas costas. "E o tal convite para trabalhar no Vitruviano?", bisbilharia o diretor do colégio dos padres. "Conversa fiada", responderia, num cicio, a mulher do farmacêutico. "Esse boa-vida só quer saber de sombra e água fresca", ajuntaria o Manfro das pipocas. "Faltou vara de marmelo", explicaria o oleiro Gesualdo.

Só o que ele queria era chegar logo ao chalé, pois tinha a esperança de despojar-se dos pensamentos ruins no exato instante em que cruzasse o umbral da porta de ingresso, como se houvesse ali um filtro invisível, pronto a impedir a entrada de tudo o que perturbasse.

Chegaram, enfim, diante do pequeno portão de ferro batido que delimitava a propriedade dos Caramunhoz. Quando o Tatu aterrissou os flancos do carrinho de mão, o ar aliviou-se dos guinchos tristonhos que a roda vinha esganiçando. Aconteceu, então, que uma quietude de cemitério reboou nos ouvidos de Lírio. Ali estava o chalé onde ele nascera, as janelas sempre fechadas, as cortinas sempre corridas, o alpendre jamais ocupado por uma cadeira-preguiçosa. Ali estavam as estátuas feitas pelo Gesualdo, fincadas no mesmo lugar há tantos anos, e nelas mudava apenas o branco, que o tempo, sem pressa, coloria com o seu pincel sujo. Bem no centro do jardim, erguia-se o longevo jacarandá, cujos galhos nunca haviam segurado as cordas de um balanço e tampouco haviam experimentado os arroubos primatas de uma criança. "Que triste morada!", pensou Lírio, e o seu coração encolheu-se feito uma passa de uva. Contudo, ele estava de volta àquela casa, e ninguém o obrigara a isso.

Antes que Rosaura houvesse puxado o ferrolho do portão, o negro Tatu já descarregara a caçamba do carrinho: aguardava a licença da dona da casa para entrar com as bagagens e acomodá-las no lugar apropriado. Ao ver que o moleque penava para dar conta das duas malas robustas, mais a valise dos mapas, bússolas e lunetas, Lírio ofereceu-se para carregar a

frasqueira. Antes que seus dedos indecisos tocassem a alça de couro, Rosaura foi mais rápida:
— Você está varado de cansaço, meu filho — e arrebatou para si a pequena maleta.
Ao cruzar o jardim, a mãe, como de hábito, voltou-se para o Cristo Redentor e fez o sinal-da-cruz, sem se importar com a presença, naquela mesma direção, de alguns dos sete anões. Lírio imitou-lhe o gesto, pois assim, ao menos, disfarçava o vergonhoso ócio das mãos. Em seguida, conferiu a janela, temendo encontrar o rosto enrugado da tia.
A primeira coisa que fez ao entrar na saleta do chalé foi olhar para o ângulo onde a escuridão se adensava. Passados tantos anos, Lírio era ainda o menino que não conseguia defender-se daquele magnetismo, o menino para quem nenhum brinquedo tinha mais encanto do que a estática figura na cadeira de rodas. E achegou-se, pois era seu dever pedir a bênção, mesmo sabendo que o pedido predestinava-se a ser órfão de resposta.
— A sua bênção, papai — murmurou.
Percival manteve os olhos opacos pendurados em um ponto invisível. A boca flácida, refém da mordaça enviesada, não falou senão aquela única palavra, aquela palavra lenta e fina que, há trinta anos, escorria até o babeiro.
Ainda à espera da bênção, Lírio viu-se invadido por uma sensação inesperada: um calor pegajoso subiu-lhe dos pés até o pescoço, dilatando cada poro de sua pele. Afogueado, ele abriu o botão do colarinho. Mas de onde viria uma tal canícula? E que cheiro nauseabundo era aquele que se enfiava em suas narinas? Instintivamente, aproximou-se de uma das janelas e, adivinhando a mecânica de um movimento jamais executado por suas mãos, levantou a vidraça. Um ventinho incrédulo entusiasmou-se saleta adentro.
Rosaura, que tinha ido apanhar na niqueleira uma moeda para o Tatu, estacou sob o arco que dividia a saleta e a cozinha:

— Mas o que deu em você, meu filho? — indagou, com a surpresa amontoada nos olhos.

Percebendo o que acabara de fazer, Lírio baralhou-se: não reconhecia a si próprio. Desculpou-se com a mãe e tornou a descer a vidraça, fazendo-o com tamanha estabanação que o caixilho da janela esteve a um triz de esmagar-lhe o dedo mindinho. Pronto: estava de novo imerso na modorra da saleta, onde as cortinas rosa-antigo espichavam-se estáticas até o chão, a toalha de crochê transbordava inerte nos cantos da mesa, e a folhinha do Sagrado Coração de Jesus nunca farfalhava, como se os dias ainda não arrancados pelo passar do tempo estivessem, todos, crucificados contra a parede.

A sufocação malcheirosa, porém, continuava enrolada à volta do seu pescoço. Será que um camundongo metera-se dentro da salamandra? Aproximando as mãos à estufa, notou que não se propagava o costumeiro calorzinho. Intrigado, agachou-se para conferir o visor da portinhola. E foi só então que avistou, no alto da escadaria, a velha Margô. O olhar da tia golpeou-lhe o rosto como uma pedrada violenta.

— Não houve tempo de o ferro aquentar — explicou Margô. — Sua mãe pôs fogo nos gravetos pouco antes de sair para a rodoviária.

Pega de surpresa, Rosaura improvisou justificativas para a sua imprevidência, mas a tia atropelou-lhe a fala:

— Quando você não está, Lírio, essa pobre salamandra pode ter descanso. Ninguém aqui precisa de tanta caloria, nem mesmo o infeliz do seu pai.

Com a propulsão do susto, Lírio pusera-se de pé, ereto como um cabo de vassoura. Só agora percebia o quanto temera esse reencontro. Aqueles olhos pequenos, amassados de rugas, pareciam os únicos capazes de enxergar toda a sua fraqueza. Podia apostar que, nesse exato momento, não obstante a distância dos vinte e tantos degraus da escadaria, os olhinhos da velha estavam vasculhando-o por dentro, descobrindo todas as covardias perpetradas na Capital, especialmente aquela, a mais vergonhosa de todas: ele desistira. Desistira de Janaína, do mistério de seus olhos chorosos, do encanto de seus lábios pontiagudos, desistira até dos filhos que ela poderia ter-lhe dado; desistira também do Vitruviano, do maravilhoso cartão-ponto a ser batido todas as manhãs e do guarda-pó branquíssimo que anunciaria, com letras bordadas no cós do bolso, "Professor Caramunhoz"; desistira das caminhadas no calçadão e da maresia que, visitando seus pulmões com assiduidade, acabaria por limpar-lhe os alvéolos do fantasma do pneumococo, desbravando canículos nunca aproveitados, permitindo uma oxigenação completa, suficiente, talvez, para dar sustentação àquele corpo de excessivo comprimento. Desistira de tudo, apesar dos clamores de Dona Valderez. E agora, estava ali, ao pé da escadaria, apedrejado pelo olhar de veredito que a tia lançava-lhe no rosto: "Covarde".

Rosaura rilhou os dentes. Pelo visto, a tia estava, ainda, disposta a implicâncias. Já se viu? Sequer cumprimentara o sobrinho! Um mês sem vê-lo e a primeira coisa que ela lhe dizia era aquela bobagem sobre a salamandra. E daí que Lírio fosse friorento? Sensibilidade ao frio não era falha de caráter.

A velha desceu três degraus e deteve-se:

— Lembra a cadeira de balanço que ficava no quarto de sua mãe? Pois pergunte ao Tatu. Ele teve ordem de descer-lhe a machadinha, e agora o baú da dispensa está recheado de ripas do mais puro cedro, destinadas, imagine, a arder na salamandra.

Fingindo não dar importância às palavras da tia, Rosaura olhou para o filho e, com um sorriso amarelo, puxou-o em direção à cozinha: um copo de leite bem quentinho, era disso que ele precisava. Mas a velha era rápida, sobretudo quando animada pelo furor de alfinetar. Desceu mais dois degraus e contou:

— Eu pedi à sua mãe que poupasse a cadeira de balanço, pois a peça pertenceu ao avô de Percival, e dizem que o homem mandou buscá-la no estrangeiro. Sugeri, como alternativa, desconjuntar a moldura do seu diploma de geógrafo. O que você acha? Temos ali um despropósito de madeira, e da melhor qualidade.

Lírio não encontrava o que dizer. Percebeu logo que Tia Margô estava inspirada a massacrá-lo. O mais prudente seria ceder à insistência da mãe e deixar-se puxar em direção à cozinha; no entanto, seus pés pareciam cimentados no assoalho. Gaguejou que estava feliz em rever a tia e elogiou a manta que ela trazia sobre os ombros. Era nova?

Fincando as unhas no corrimão, a velha pôs tudo a perder:

— Acaba de me ocorrer uma solução melhor, Lírio! Como não pensei nisso antes? Se o ideal para dar de comer à salamandra é madeira dura e resistente, por que não enfiamos lá dentro essa sua cara-de-pau?

A face de Rosaura tingiu-se de escarlate. Velha impertinente! Como ousava agredir Lírio desse jeito, a troco de nada? A situação passara dos limites. Largou o braço do filho e, com a velocidade de um tiro, subiu a escadaria até o ponto onde a outra estava empoleirada.

— Cansei, Tia Margô! — disse ela, trêmula de ódio, os nervos chicoteando-lhe as entranhas como fios desencapados. — Hoje mesmo, a senhora vai embora desta casa!

Entreabrindo o risco da boca, Margô caiu em si: de fato, excedera-se. Melhor seria ter tomado umas gotas de água-de-melissa, tal como recomendara a precaução, e quem sabe o reencontro com o sobrinho não lhe teria despertado tamanha repulsa. Agora era tarde. Magoara Rosaura, e sabe Deus se aquela mágoa teria conserto.

Dos olhos da sobrinha saltavam lágrimas grossas:

— Já que o Tatu está com o carrinho de mão, ele empurra

os seus pertences ladeira acima. A partir de hoje, Tia Margô, a senhora volta a morar na Pensão Saúde!

Sem encontrar o que dizer, a velha estendeu a mão para tocar o rosto da sua querida Rosaura. O gesto, porém, ficou a meio-caminho, porque a raiva que recendia daquelas feições assustava. Engolindo um soluço, Margô pôs-se a subir a escadaria. Seus tornozelos magrinhos tremeram no esforço de galgar os degraus, e as pedras dos seus olhos quase sumiram debaixo da pelanca de rugas. Entretanto, chegando ao andar de cima, a velha inspirou fundo: o que não tinha remédio, remediado estava. E recuperou o vigor da andadura.

14

Naquela mesma tarde, o povo de Sanga Menor tornou a ouvir os guinchos do carrinho de mão. Os que esticaram o olho viram que, agora, o gemido ia ladeira acima. À frente daquele cortejo de notas musicais estropiadas, quem caminhava não era Rosaura Caramunhoz e seu filho mandrião, mas sim a velha Margô, com seus cabelos cor de fumaça atados num coque de inúmeros grampos. Logo atrás dela, vinha o negro Tatu, rebocando o carrinho em que se empilhavam oitenta e dois anos de vida, bem menos pesados — para a surpresa do rapaz — do que os trinta anos de Lírio. De fato, a velha levara não mais de meia hora para agrupar todo o seu patrimônio. Numa sacola de feira, ajeitara os seus poucos vestidos e sapatos; numa caixa de papelão, pusera a pastorinha de porcelana, alguns retratos de família e também o pequeno porta-joia em feitio de piano de cauda, que já não tocava música ao abrir-se da tampa, e o pior é que não abrigava nada mais precioso do que pastilhas de sal de fruta. No topo do carrinho de mão, Margô acomodara o fantoche Nunca Mais, presente de Caetana naquele dia tão triste. Quanto à cesta das costuras, essa ela fizera questão de levar no braço; afinal de contas, não estava correto sobrecarregar o Tatu.

A passagem da velha e do negrinho deixou, pela rua principal, um rastro de ardida curiosidade, e não demorou que alguém trouxesse a explicação para aquele mas-que-é-isso: Margô havia sido escorraçada do chalé, aos berros, só por ter dito umas verdades sobre a pouca-vergonha de Lírio. Todos se apiedaram da pobre anciã, e alguns disseram ainda lembrar o dia em que ela abandonara o casarão onde vivera desde menina para acudir a sobrinha, cujo marido caíra entrevado às vésperas do nascimento do filho. Quanta ingratidão de Rosaura! E se a velha continuara no chalé por todos esses anos, era somente porque, de certa forma, a criança ainda não nascera: embora o folgado do Lírio houvesse desistido, depois de muito empurra-empurra, das mordomias do útero materno, mantinha-se encruado nas paredes daquela casa, onde não corria uma única brisa, pois as janelas estavam sempre sigiladas, e onde a salamandra incandescia sem parar, inverno e verão. Que ladino aquele Lírio Caramunhoz! Logo se via que faltara a mão pesada do pai para despejá-lo à força em direção à vida.

Pouco mais tarde, espalhou-se a notícia de que Margô alojara-se na Pensão Saúde. Coitada: havia de ser humilhante viver como hóspede numa casa que fora sua. Soube-se, inclusive, que a atual proprietária, comovida com a situação, dispusera-se a desocupar o quarto principal, mas a velha recusara a gentileza, dizendo que preferia o quarto cuja janela dava para o pessegueiro, aquele que tinha um gobelim na parede. E comentou-se que a pobre Margô, assim que entrou no aposento, pôs-se a revirar a tralha que o Tatu depositara sobre a cama até achar um porta-retrato em que a Caetana dos Fantoches sorria de um lado a outro da moldura, com um ramo feioso de macega a ataviar-lhe a cabeleira. Depois de aprumar a fotografia sobre a cômoda, teria ido até a janela, onde se debruçou para admirar a gigantesca árvore.

— Ainda dá frutos? — teria perguntado à proprietária que, às suas costas, mordia os lábios de tanta pena.

— Infelizmente, não — respondeu a mulher. — Faz anos que os pêssegos foram embora. E não voltaram mais.

15

Durante os dias que se seguiram, o ar, no chalé dos Caramunhoz, parecia pesar nos pulmões, tal era a culpa de que estava impregnado.

Para distrair-se, Rosaura tentava entregar-se às suas lidas de artesanato. Repetia a si mesma que não havia tempo a perder, pois a praça da igreja, dentro de poucas semanas, começaria a ser enfeitada para o bazar de Natal. Contudo, era estranho não dividir aquelas tarefas com a tia, que, por anos a fio, ocupara-se das peças que exigiam bordado. E vinha-lhe à lembrança a figura da velha sentada em seu banquinho de lona, o entusiasmo contagiante com que movimentava as suas agulhas de crochê, dizendo à sobrinha que não se inquietasse, tudo acabaria bem, conseguiriam pagar as contas do fim do mês, colocariam em dia o caderno do armazém e o da farmácia, e quem sabe ainda sobrassem uns trocados para uma água-de-colônia. Pobrezinha da tia. Depois de toda a ajuda que lhe dera, será que não merecia, na velhice, um pouco de tolerância? E se estivesse, de fato, ficando caduca? Sempre implicara com Lírio, mas a coisa agravara-se após a morte de Gilberto, a tal ponto que qualquer referência ao sobrinho era um esguicho de veneno. Sim, talvez tamanho azedume fosse sintoma de demência senil. E Rosaura — Deus a perdoasse — enxotara-a como fosse um cachorro sarnento. Como pudera ser tão desalmada? O pior é que Tia Margô partira com uma mão na frente e a outra atrás, sem levar consigo sequer um tostão do dinheiro que as duas guardavam dentro da caixa de cartolina dourada. Caixa essa — lembrou Rosaura, no desejo de torturar-se ainda mais, que havia sido, num aniversário já distante, a embalagem de uns bombons presenteados pela tia, e eram até recheados com licor. Deus do céu, como ela estaria se mantendo? Provavelmente — que vexame! —, à custa da compaixão dos outros. E pensar que Tia Margô vendera a sua pensão, renunciando ao dinheirinho certo de todos os meses, tudo em nome de ajudar a sobrinha com o marido paralítico e o filho pequeno. À época, Rosaura jurou que jamais tocaria naqueles cobres, não importava o quanto a tia insistisse, mas o tempo passou, as despesas aumentaram, e a poupança de Margô, aos poucos, passou a ser consumida, até o dia em que, dentro do colchão da velha, já não havia nada além de lã. E era assim que Rosaura retribuía tanto desprendimento e generosidade. Que horror. Precisava, com urgência, confessar-se com o padre Darcy.

Lírio, tal como a mãe, também andava às voltas com a culpa. Buscava consolo na televisão, mas era inútil: não conseguia esquecer a imagem da tia cruzando o jardim, sobretudo aquele triste momento em que ela pousara a cesta das costuras sobre a grama para, com dedos trêmulos, colher uma rosa. A mãe, que protegia suas roseiras com um fervor implacável, assistira à cena sem dizer palavra, com os braços cruzados à frente do peito. Era de partir o coração. E tudo graças a ele. Mal havia retornado e já causara uma terrível desavença. Justo agora, que a família pranteava a perda de um ente querido, o certo era que ficassem todos juntos, amparando-se uns aos outros até que secasse aquela tristeza de fim de mundo.

Mas os remorsos de Lírio não provinham apenas do seu papel de pivô na briga entre a mãe e a tia. Um outro fato, talvez até mais grave, roubava-lhe o sono dos justos: desde que regressara, não podia aproximar-se do pai sem ser invadido por uma onda de imenso desagrado. Um cheiro repugnante enfiava-se em suas narinas, uma angústia suarenta afogueava-lhe o pescoço, e, a cada soluço ou arroto que o entrevado emitia, era como se os tímpanos de Lírio se retorcessem feito lesma em contato com sal. Mas o que teria acontecido? Por mais que se perguntasse, não encontrava resposta. O pai era o mesmo há anos, e a sua presença nunca lhe causara incômodo nenhum. Pelo contrário, era até reconfortante assistir televisão em sua companhia. Agora, porém, Lírio sentia o estômago rasgar-se de nojo, e não via alternativa senão afastar-se dali: com um puxão brusco, desvencilhava-se da colcha de chenile; com uma energia rara em seu corpo, erguia-se da poltrona, desligava o televisor e lançava-se aos degraus da escadaria, ávido por refugiar-se em seu quarto. Lá em cima, enquanto lutava contra o trinco da janela — emperrado, depois de tanto desuso —, ficava a imaginar o pai, lá embaixo, submerso na saleta penumbrosa e muda. Pensava: talvez também o pai lutasse, de alguma forma, para desemperrar os seus trincos, para abrir as suas janelas. Mas fracassava, o pobre homem, assim como fracassava o seu filho na empresa banal de girar uma simples tranqueta enferrujada. Que vida miserável! E, com os dedos já machucados, Lírio desistia do trinco. Resignava-se a olhar a rua através da vidraça, até que a transparência embaçava, tantos eram os suspiros que vinham ao seu encontro, e não demorava que ali surgisse, escrito em letras bem miúdas, o nome de Janaína.

À noite, depois de procurar pelo sono em cada metro cúbico do colchão, acabava enfim adormecendo. E sonhava, invariavelmente, com ela. Janaína chamava-o a subir no telhado do coreto, porque queria ajuda para agarrar uma estrela; Janaína convidava-o a passear no sereno da noite, só em mangas de camisa; Janaína convencia-o a roubar ameixas do jardim dos padres, e então eram os dois a correr, as gargalhadas soando como o motor daquele desabalo, e sentiam os petardos de sal zunirem rente aos seus ouvidos, tirando fininho de seus corpos felizes. Quando Lírio acordava e tomava pé da realidade, ensopava o travesseiro com um choro de quero-morrer.

Não fossem suficientes tais flagelos, ele continuava a olhar para Rosaura com olhos atônitos, sem conseguir reconhecer naquela mulher maltratada a mãe de quem se despedira ao partir para a Capital. Espremia-se de pena ao vê-la curvada sobre as suas pinturas, gastando a vista no contorno perfeito das violetas e orquídeas, enquanto a vela que enfrentava a noite escura desmanchava-se em lágrimas sobre o pires. Com frequência, Rosaura abria a caixa de bombons onde guardava os seus vinténs e calculava, em voz baixa, a soma das poucas cédulas e moedas para, então, lamber a ponta do lápis e escrevinhar números aflitos na caderneta das despesas. Lírio olhava-a de soslaio. Coitadinha: se soubesse da sua condição de herdeira da fortuna de Gilberto Ilharga, economizaria, em vez daqueles trocados, sofrimento. O diabo é que ele não conseguia reunir coragem para falar com a mãe a respeito, pois lhe parecia monstruoso que houvesse um aspecto positivo na morte do primo.

Preso na teia das suas covardias, Lírio desesperava-se. Punha-se então a rezar, mas não para Deus, e sim para o cântaro de porcelana em que se revezavam laivos dourados e verde-água, o cântaro que ele se negara a trazer para Sanga Menor e que, apesar disso, aparecera no fundo de uma de suas malas, envolto em um suéter de lã grossa, a tampa unida ao bojo por um exagero de fita adesiva. Junto à assustadora surpresa, ele encontrara um bilhetinho em que Valderez pedia desculpas, pois não estava certo mexer nas coisas dos outros sem permissão, e ela só o fizera porque o caso era de vida ou morte.

De início, Lírio tomou-se de pavor: as cinzas de Gilberto estavam agora mais próximas da sanga, onde a governanta insistia que fossem semeadas, e isso acontecera por intermédio dele, ainda que involuntário. Estaria agindo tal qual um fantoche? Estaria obedecendo aos ditames dos fios que Tia Caetana manejava, no escondido de uma misteriosa coxia? Sôfrego por distanciar-se do cântaro, entregou-o aos cuidados da mãe, e Rosaura, após horas de dolorosa indecisão, acabou por guardá-lo na prateleira mais alta do guarda-comida, atrás da lata do café, e depois se fechou em seu quarto, chorando um choro picotado de soluços.

Nos dias que estavam por vir, Rosaura trocaria o café preto de todas as manhãs por uma xícara de chá-da-índia. Lírio, a seu tempo, trocaria o temor que o cântaro inicialmente lhe inspirara por uma estranha sensação de conforto: no fim das contas, era bom ter o primo por perto. Assim, quando os medos faziam-no de cabra-cega, ele tateava até o guarda-comida e apanhava o cântaro, não sem antes se certificar de que a mãe estava lá para os fundos, entregue a quarar os lençóis ou a recolher a roupa já seca, porque Deus nos livre se ela o surpreendesse ali, de joelhos, as mãos unidas em prece e o olhar implorando respostas àquele vasinho de porcelana. E as palavras saíam-lhe da boca em sussurros úmidos de angústia: "Primo, o que devo fazer? Por favor, puxe a minha mão, como você fazia quando éramos meninos, e prometo seguir na direção indicada, sem opor resistência. Como faço, primo, para contar à mamãe sobre a herança? Como faço para que ela e Tia Margô se reconciliem? De onde vem esse sentimento feio que me obriga a ficar longe de meu pai? O que devo pensar sobre a história contada por Dona Valderez? É verdade, primo, que o espírito de Tia Caetana está agarrado àquela boneca? Ah, primo, eu sou mesmo um traste! O que faço para esquecer o futuro, o futuro que eu poderia ter vivido na Capital, trabalhando no Vitruviano, amando Janaína, indo às corridas de cavalo, dirigindo automóvel, tomando banhos de mar? O que faço, primo? Arraste-me na direção certa, por favor".

16

Numa noite de chuva rala, Lírio e Rosaura sorviam, com o vagar da inapetência, uma sopa de legumes. Nada diziam um ao outro, entregues que estavam a dialogar com suas íntimas mortificações. O velho relógio de parede podia espalhar o seu tique-taque por todos os cantos da saleta sem concorrência alguma, exceto a do ruído que fazia a sopa quando aspirada.

Por isso, foi um sobressalto quando soou a campainha do telefone.

— Deixe que vou — disse Rosaura, mesmo sabendo que o filho jamais tomaria a iniciativa de atender a ligação.

Com o espanto vincado na testa, ela escutou uma voz cerimoniosa perguntar por Lírio Caramunhoz. Entregou o fone nas mãos do filho e, durante os cinco minutos do telefonema, observou-o com atenção, tentando decifrar o laconismo em que se apertavam as suas respostas.

Do outro lado da linha, o advogado de cabelos untuosos lembrava que, salvo melhor juízo, era preciso abrir o inventário. Transcorrera quase um mês desde o óbito do seu cliente. Uma pena que, de inopino, Lírio houvesse se ausentado da Capital, pois havia uma série de documentos à espera da assinatura dos futuros beneficiados. Soubera da missa a ser celebrada na igreja de Sanga Menor — uma justa homenagem, aliás, a Gilberto Ilharga — e perguntava se não seria inoportuna, no domingo em questão, a sua presença na cidade. Deporia seus respeitos à memória do falecido cliente e aproveitaria o ensejo para colher as assinaturas que se faziam necessárias.

Quando voltou para a mesa, Lírio determinou-se: não havia mais como adiar aquela conversa. Com os olhos mergulhados no caldo cor de abóbora, ele disse:

— Para mim foi uma surpresa, mamãe, e decerto que também a senhora ficará de queixo caído.

— Do que você está falando, meu filho? Quem era ao telefone?

Depois de um pigarro, ele disse:

— Fui informado de que somos os únicos herdeiros do primo Gilberto. Ele não deixou filhos nem testamento, as quatro ex-esposas não têm direito a nada, e a mãe é falecida. Isso nos coloca na posição de sucessores de todos os seus bens.

Rosaura ficou imóvel por um instante. Até que, recobrando o domínio sobre si, largou a colher com estrondo sobre o prato. Em voz baixa, perguntou:

— Onde já se viu isso, Lirinho? Você tem certeza do que está dizendo?

Lírio defendeu-se:

— Só estou repetindo o que me disseram, mamãe. Ainda agora, ao telefone, o advogado me dizia que já é hora de abrir o processo de inventário.

— Mas, meu filho — insistiu Rosaura —, isso não me parece direito. O seu primo subiu na vida sozinho. Nas economias que ele juntou, não há sequer uma gota do nosso suor!

— Eu sei, mãezinha. A lei, às vezes, diz coisas estranhas. O fato é que somos os únicos parentes deixados pelo primo.

Rosaura passou a mão pelos cabelos ressequidos. Seus olhos, por um momento, deslizaram até o passado; quando vieram de volta, estavam tão abertos que nada se via das pálpebras.

— E o marciano? — disse ela, toda susto.

— Como?

— Eliezer! O maluco que perambulava pela cidade numa caminhoneta escangalhada, ministrando elixires coloridos e apresentando-se como extraterrestre! Pelo que se sabe, ele é o pai de Gilberto.

Lírio gelou. Não lhe ocorrera, mas, realmente, Eliezer havia de ter direitos sobre a fortuna do filho que pusera em Tia Caetana. Não só ele, como também os seus eventuais familiares, estivessem eles neste planeta ou em outro. Apreensivo, Lírio remexeu os pedacinhos de batata e chuchu que boiavam na sopa e, então, disse:

— Acontece, mamãe, que o nome do Eliezer não aparece nos documentos do primo. Na certidão de nascimento, a senhora sabe, consta que ele era filho de pai desconhecido.

Rosaura empertigou-se na cadeira:

— Nunca mais repita essas palavras, Lírio! — disse ela, improvisando severidade na voz. — Pouco interessa o que dizem os documentos. Sua Tia Caetana era uma mulher honesta e sabia perfeitamente quem era o pai de Gilberto.

— Claro que sim, mãezinha — remendou-se Lírio, aflito por ter escolhido as palavras erradas. — Eu só quis dizer que, nesses assuntos de leis e tribunais, o que interessa são os documentos. Se não há registro quanto à paternidade do primo, o Eliezer não pode ser considerado herdeiro.

Exasperada, Rosaura levantou-se. Anunciou ao filho que, no dia seguinte, ela mesma telefonaria para o tal advogado e faria com que ele compreendesse: Caetana Ilharga nunca fora uma meretriz. Sujeitinho desrespeitoso! Como ousava dizer uma coisa dessas de uma mulher morta há mais de dez anos? E enveredou cozinha adentro, com as faces vermelhas de indignação.

Naquela noite, o sono demorou a pendurar-se nas pálpebras de Rosaura. Mas tinha graça: ela preferia morrer a tocar num centavo do dinheiro deixado por Gilberto. Afinal de contas, Caetana nunca aceitara as mesadas que Percival fazia chegar à sua choupana, embora vivesse num apertume de dar dó. Quando o estafeta do banco entregava-lhe o envelope, ela espiava o conteúdo, puxava metade das cédulas para fora e punha-as na mão do guri, dizendo-lhe que fosse comprar umas bolas de gude ou um radinho de pilha; o resto, Caetana amassava e escondia dentro da lata de biscoitos, mas consta que nunca se valeu daquelas notas, nem para as suas despesas pessoais, nem para as do filho: dizia ter planos de usá-las para confeccionar, em papel machê, um enorme vaso sanitário, que seria um personagem importante numa futura peça de teatro. Era mesmo debochada, a irmã, e altiva como ela só. O fato é que, se Caetana renunciara aos ajutórios de Percival, não estava certo que ela, Rosaura Caramunhoz, se refestelasse com as economias juntadas por Gilberto.

17

No domingo em que se completavam trinta dias desde a morte de Gilberto Ilharga, Sanga Menor amanheceu colorida de sol e agitada por forte ventania.

Embora o sino da igreja ainda dormisse, algumas pessoas já se encaminhavam à praça. Em pensamento ou em palavras, imprecavam contra aquelas rajadas de ar que não tinham o menor respeito pela goma dos trajes domingueiros, tampouco pelo apuro dos penteados, concebidos após tanta negociação com o espelho. Chegando à praça, os moradores da cidade encontravam o coreto cingido por um fio de irrequietas bandeirolas, e também uma enorme faixa branca, suspensa entre duas acácias. Aproximando-se da faixa, mal conseguiam ler os seus dizeres, pois as letras tremulavam tanto que pareciam querer livrar-se da trama do tecido: "Sanga Menor reverencia seu estimado filho, o publicitário Gilberto Ilharga". A programação anunciada pela prefeitura incluía, além da missa em memória do ilustre falecido, uma retreta da banda do clube, um discurso do prefeito e, por fim, a inauguração do busto, que o oleiro Gesualdo fora encarregado de esculpir, com todo o capricho, em pedra-sabão.

A poucos metros da praça, Margô enterrava o último grampo no coque. Estava acordada desde as seis horas da manhã, pois era uma criatura madrugadora, graças a Deus, e não seria agora que perderia essa virtude, mesmo que a sua atual condição de hóspede o permitisse. Ademais, fazia questão de dar uma mãozinha na limpeza do casarão e no preparo das refeições, pois era o mínimo que podia fazer em retribuição à amabilidade de Eulália. Era mesmo uma santa pessoa, a filha do vesgo Marcolino. Embora, naquela época, sequer fosse nascida, Eulália sabia que seu pai, quando vivera como hóspede na Pensão Saúde, havia sido useiro e vezeiro na arte de atrasar o pagamento do quarto, pois era mesmo incerta aquela sua profissão de fotógrafo. Quando a dívida acumulava-se em demasia, Margô alegava que os números estavam ocupando um espaço excessivo no livro-caixa: passava a borracha na coluna das pendências e pedia ao Marcolino que fizesse um retrato bem bonito do pessegueiro. Assim, ficavam quites. Mas, dali por diante, o homem que ajeitasse as suas finanças, porque a Pensão Saúde não era um abrigo para desamparados, nem ela estava ali para fazer caridade. O fato é que o vesgo, ao cabo de alguns meses, reincidia nos atrasos, e o pessegueiro acabou sendo fotografado de todos os ângulos possíveis, em todas as estações do ano. Talvez tenha sido por isso que Eulália, ao ver que a velha Margô fazia rodeios e mais rodeios, sem conseguir perguntar sobre o preço do quarto, pousou a mão no seu ombro magriço e disse a ela que não se preocupasse: a mensalidade estava paga.

 Como já esticara os lençóis sobre a cama, varrera o assoalho e lustrara a cômoda com óleo de peroba, Margô abriu a porta do seu quarto. No comprido corredor, o silêncio sugeria que os demais hóspedes ainda dormiam. Era comovente que todas aquelas pessoas tivessem vindo da Capital para assistir à missa e ao ato público que a prefeitura organizara em homenagem a Gilberto. Mas não era de admirar: o menino tinha um carisma irresistível. Aquele seu jeito largo de sorrir, as coisas engraçadas que dizia, a disposição para enfrentar a vida de peito aberto... E pensar que o filho de Caetana, um menino tão querido por todos, estava morto, reduzido a um montinho de farelo que cabia dentro de um jarro de louça. Parecia piada de mau gosto. Tanta gente por aí cuja morte não faria diferença nenhuma, e até indivíduo que valia mais na condição de defunto do que na qualidade de vivente, mas justo Gilberto, justo ele, tivera de partir. Por quê? Além disso, morrera daquele jeito absurdo, escorregando numa poça d'água. Era duro de aceitar. Um moleque que sobrevivera a picada de aranha-caranguejeira, a prego enferrujado cravado na perna, a tombo de costas lá do alto do coreto, como é que perdera a vida assim, Jesus, por uma ninharia?

Com um suspiro escavado nas funduras da alma, Margô pôs de lado os seus lamentos. Vai ver, Rosaura é que tinha razão: se os desígnios divinos estivessem ao alcance da compreensão dos mortais, não seriam divinos.

Tomando o cuidado de evitar as tábuas que rangiam, Margô passou diante do aposento dos beliches, onde estavam alojados os rapazes. Segundo assuntara Eulália, todos os quatro trabalhavam na agência de publicidade, e Gilberto fora para eles não apenas um chefe, mas um paradigma, termo que intrigou a filha do Marcolino, tanto que ela correu a escrevê-lo num pedaço de papel, tão logo acomodou os moços, a bem de não esquecer o encadeado das letras.

Mais adiante, estava o quarto da claraboia, onde ficara instalado o bacharel. Ao entrar na pensão, na noite anterior, torcera o nariz para tudo, o seboso, e chegara mesmo a perguntar a Eulália se não haveria algum outro hotel na cidade. À hora do jantar, cheirara os talheres e examinara o copo contra a luz da luminária, tudo com muita discrição, mas não o suficiente para enganar os olhinhos miúdos da velha, que o observava desde a cabeceira da mesa. Mas, credo, quanta graxa passava nos cabelos! Tomara lavasse a cabeça antes de dormir, pois, do contrário, assim que ele partisse, elas teriam de pôr a ferver a fronha do travesseiro.

Depois do quarto do advogado, vinha aquele em que estava hospedada, já há quatro dias, a gorducha de olhos azuis, a tal de Valderez. Para Margô, havia sido desconcertante conhecê-la. No mês em que o moleirão estivera na Capital, ela ouvira várias referências àquela mulher, todas feitas por Rosaura: governanta enxerida, criatura inconveniente, bruxa palpiteira. Tudo porque Valderez parecia desprezar as orientações que Rosaura lhe transmitia, em telefonemas ansiosos, acerca dos cuidados demandados por Lírio: ele não podia apanhar friagem, sobretudo nas costas e nos pés; a polenta matinal tinha de ser amassada com garfo de dentes largos; Deus nos livre que ele comesse queijo, coco, maçã verde ou batata-doce, porque eram alimentos que prendiam o intestino; não saísse para a rua, em hipótese alguma, sem levar consigo um cartãozinho com o endereço e os telefones do primo. Ouvindo a governanta rir-se do outro lado da linha, Rosaura foi agarrando malquerença em relação à mulher, pois não é que a descarada tinha o desplante de lembrar-lhe que Lírio era um homem adulto, a quem não fariam falta tantos desvelos? Era o fim dos tempos! Alguém devia informar a Gilberto que a sua funcionária estava se metendo de pato a ganso. Tantas haviam sido as vezes em que Margô ouvira a sobrinha queixar-se da governanta, que passara a imaginá-la como uma mulher de olhos ruins e sorriso malvado. Por isso, foi um choque para a velha quando Eulália veio apresentar-lhe Valderez: aqueles olhos azulíssimos, de tão doces, faziam pensar no manto de Nossa Senhora, e aquele sorriso de rugas de estilete, riscadas com tamanha harmonia, evocava a tranquilidade de um campo de trigo. Já à primeira vista, simpatizou com a gordota, e só no dia seguinte é que soube que ela e Caetana haviam sido grandes amigas. Estavam à sombra do pessegueiro quando Valderez tocou no assunto, e Margô percebeu que a sua voz de veludo desafinou. Ouviu-a contar sobre as peças geniais que a falecida encenava, numa fervilhante praça da Capital, sobre as plantas desengonçadas que ela cultivava em latas de querosene, sobre as miçangas e vidrilhos que transformava em colares de mil voltas, sobre a capacidade do mar de fazê-la aquietar-se. Contou, também, que Caetana trazia lembranças amargas de Sanga Menor, e que jamais pensara em regressar à cidade, nem mesmo naqueles últimos tempos, quando a depressão achatara-a sobre si própria, ao ponto de levá-la ao extremo de tirar-se a vida. No entanto — confidenciou Valderez —, havia uma pessoa de quem Caetana dizia ter saudades, e essa pessoa era a sua Tia Margô. Ouvindo aquilo, a velha sentiu uma ardência estranha nos olhos. Pediu à outra que lhe desse licença: a primavera, às vezes, assoprava umas coceiras na vista da gente. E, deixando a governanta a sós com o pessegueiro, embarafustou pensão adentro.

Por fim, ali estava o quarto do tapete de pelego, onde fora acomodada a jovenzinha. Chegara junto com Valderez, no ônibus de quinta-feira, e ajudara a transportar, desde a rodoviária até a pensão, a bagagem descomunal que a governanta trouxera consigo. Quieta e assustadiça, a pobre da menina parecia um cachorro indesejado, desses que só conhecem pedradas e corridões. No entanto, bastava uma olhadela rápida para saber que a jovem nada tinha de vira-lata: vestia roupas de corte fino e usava joias verdadeiras. Apresentara-se como amiga de Gilberto, mas aqueles olhos chorosos sugeriam um sentimento mais forte do que a amizade: vai ver, a coitadinha sonhara em tornar-se a quinta esposa do publicitário. Ah, mas esse Gilberto era mesmo impossível! Parecia até que punha pó-de-mico na anágua das mulheres.

Com sua energia de gente moça, Margô desceu as escadas do sobrado e pôs-se a abrir as janelas do salão e da sala de refeições, o que fazia todas as manhãs e com imenso prazer, dando-se conta do quanto lhe fizera falta aquele diálogo com o mundo externo: no chalé dos Caramunhoz, uma mísera fresta que se tentasse descerrar suscitava pânico em Rosaura, porque o Lirinho recém levantara da cama, ou porque o Lirinho acabara de tomar um leite quente, ou porque o Lirinho tivera pneumonia aos onze anos de idade.

    Margô logo percebeu, porém, que aquele dia tão importante amanhecera ventoso demais para tanto escancaramento. As cortinas agitavam-se enlouquecidas, e o vaso de flores no centro da mesa chegou a emborcar. "Credo-em-cruz", pensou a velha, enquanto tornava a fechar as janelas. E, olhando a revoada de folhas secas e ciscos vários que zuniam lá fora, lembrou-se do que dizia o seu finado pai, naquele mesmo salão, tantos anos atrás: dia de ventaneira era dia de festa para a sanga, pois as suas águas podres regalavam-se não apenas com as coisas deixadas ao sabor da lomba, mas com tudo aquilo que o vento entendesse de empurrar para lá.

18

Sentado no primeiro banco da igreja, Lírio crispava as mãos sobre os joelhos trêmulos, enquanto seus pés, de enormes sapatos, entortavam para dentro. A cada pouco, uma gota de suor despedia-se de suas têmporas, e ele tinha a impressão de escutar o ruído sutil da aterrissagem sobre a lapela da sua fatiota. Diacho: a maracujina que tomara antes de sair de casa não estava ajudando em nada.

Mas por que o padre Darcy insistira nessa ideia de fazê-lo recitar um salmo? Por que escolhera justo a ele? Sim, Lírio era um membro da família, mas também a mãe preenchia essa condição, assim como Tia Margô, sem falar que as duas estavam mais adiantadas na idade e poderiam até se magoar se lhes fosse usurpada a honra de representar os Ilharga. Contudo, não houvera jeito de demover o padre. E agora lhe cabia, dentro de poucos minutos, levantar-se daquele banco e subir até o púlpito. Maldita timidez! A igreja estava apinhada de gente, da cidade e de fora, e todo aquele povo ouviria a sua voz no microfone, sacudida por tremores ridículos, tropeçada em gaguejos infantis. Para os de Sanga Menor, o fiasco de Lírio Caramunhoz proporcionaria uma diversão já adivinhada; para os forasteiros, seria um espetáculo nunca visto.

O pior de tudo, porém, era saber que, na plateia daquele circo, estava ela. Ai, Deus, quanto doía imaginá-la descobrindo que o primo de Gilberto Ilharga não passava de um rematado desastre! Como era possível — ela se perguntaria — que ambos compartilhassem cromossomos, um único que fosse? E o assombro de Janaína cresceria na exata proporção do avançar da leitura, porque os versículos saltariam da boca de Lírio cada vez mais avariados, seu rosto ganharia, aos poucos, a vermelhidão do desespero, e não demoraria a que o insidioso cacoete viesse pinotear na sua garganta, obrigando-o a engolir saliva atrás de saliva. Que humilhação!

Ao entrar na igreja, ele quase caíra de costas. Mas não havia dúvida: junto à estátua de Santo Antônio, recortava-se o perfil delicado de Janaína. A mãe, que estava com o braço enganchado ao dele, mal dera conta de reequilibrar os dois metros de atrapalhação do filho. Passado o sufoco, perguntara-lhe se estava passando bem.

— Não há de ser nada, mamãe. Subir a ladeira de manhã cedo, brigando com essa ventania louca, me deixou um tiquinho tonto. Venha, vamos tomar assento lá na frente, onde o padre Darcy indicou.

De cabeça baixa, apressara o passo, rezando para que Janaína continuasse a admirar a imagem do santo casamenteiro. Contudo, como se a estátua houvesse dado a dica, a moça virara-se num repente, justo a tempo de enxergar o primo de Gilberto, aquele rapaz de poucas palavras e dedos inquietos que lhe fora apresentado no Calêndula.

— Lírio! — ela chamara, e o volume de sua voz provocou nos circunstantes carantonhas de reprimenda.

Ele não tivera jeito senão estacar a marcha e olhá-la. Estava ainda mais linda do que no dia em que a conhecera. Tinha os cabelos presos num rabo-de-cavalo e o pescoço envolto numa volumosa gola rulê.

— É alguma das ex-esposas? — perguntara-lhe a mãe, num sussurro.

Vendo que ele não se movia, Janaína aproximara-se:

— Olá, Lírio. Não está lembrado de mim? Almoçamos juntos, nós três, no restaurante Calêndula.

Dentro do corpo de Lírio, tudo se desmanchava, como se a visão de uma tal beleza, ao entrar-lhe pelos olhos, vertesse feito um bálsamo corrosivo. Antes que nada lhe sobrasse da língua e das cordas vocais, desembestou a falar que sim, mas claro que se lembrava dela, e era muita gentileza sua ter vindo, pois seiscentos quilômetros formavam uma distância comprida, ainda mais para uma moça moderna, com emprego e responsabilidades, mas oxalá o dentista houvesse compreendido, e seria ótimo se lhe tivesse dado umas férias, pois assim ela poderia quedar-se por mais tempo na cidade, que era um lugarejo pobre de encantos, mas o primo Gilberto, que Deus o tivesse em sua glória, conseguira cultivar, em seu coração generoso, uma certa simpatia por Sanga Menor.

De olhos esbugalhados, Lírio falava sem tomar fôlego, e essa era a explicação para o tom violáceo que começava a matizar a brancura da sua face. Rosaura, entretanto, afligira-se:

— Lirinho? Está com falta de ar, Lirinho?

Sem esperar resposta, agarrara-o pelo queixo e, com a força de um fole, lançara-lhe um violento assopro no nariz. E agora? Sentia-se melhor? Não contente, Rosaura pusera um leque nas mãos de Janaína e pedira-lhe que abanasse o pobrezinho, assim, bem perto do rosto. A seguir, colara o ouvido nas costas do filho e obrigara-o a inspirar e a expirar, repetidas vezes, pouco lhe importando que a menina observasse a cena com olhos mais surpresos do que verdes. Benza Deus: nada de ronqueira. E encetava uma de suas frases sobre os perigos da recidiva de pneumonia, quando percebeu que o padre, lá no altar, fazia-lhes sinal: era hora de tomarem seus postos. Escusando-se com a forasteira, Rosaura tocara-se a rebocar o filho ao longo da nave lateral da igreja, rumo ao primeiro banco.

Tinha sido assim, nesse estado de euforia aterrorizada, que Lírio despencara o traseiro sobre o assento de oleado escuro, de onde agora avistava o padre Darcy, missal nas mãos e sobrepeliz roxa em cima dos ombros.

Nunca pudera imaginar que Janaína compareceria à solenidade. No periódico da Capital, a divulgação do evento limitara-se a duas linhas miúdas, espremidas numa página de somenos importância. O prefeito justificara tanto comedimento lembrando que era preciso preservar as burras do município, de cuja saúde dependia a excelência do vindouro bazar de artesanato. Seria possível que Janaína houvesse lido aquelas duas linhas tão mirradas? A não ser — e Lírio engoliu a saliva três vezes antes de completar a suposição —, a não ser que Janaína tivesse vindo à cidade a convite de alguém. Com o coração aos pulos, ele pensou logo em Valderez, que o cumprimentara havia pouco, defronte à igreja. Podia ser que a governanta houvesse recebido ordens de trazer a moça até Sanga Menor, ordens vindas do lado de lá do biombo rosado. Talvez Tia Caetana — ou quem quer que se manifestasse através da tenebrosa boneca — estivesse mesmo determinada a fazer com que o fantoche Lírio Caramunhoz conhecesse o amor. Invadiu-o, a seguir, a lembrança da arrepiante profecia: para se tornar um homem de verdade, um homem digno de Janaína, ele teria de penetrar a sanga. E apressou-se em solfejar o sinal-da-cruz, porque havia de ser pecado pensar nessas despiroquices sob o teto da casa do Pai.

A tremura nos joelhos seguia pertinaz, e era cada vez mais gélido o suor que lhe empapava as têmporas. A uma certa altura, pensou em dizer, ao ouvido da mãe, que tinha urgência de ir ao banheiro: ordens do chá de sene. Na verdade, pretendia esgueirar-se, furtivamente, para dentro do confessionário, deixando-se ficar ali pelo tempo que durasse a missa. Poderia, também, valer-se da porta dos fundos da igreja, e então desceria a ladeira da cidade, esbofeteado pela ventania furiosa, para refugiar-se no chalé. Ali o aguardava, infalível, o seu companheiro de cela, com a sineta amarrada a uma das mãos, pois a mãe tivera medo de expor o homem àquele vento desvairado. Que pessoa feliz que era o pai! Percival Caramunhoz não carecia de esconder-se em lugar nenhum: ele próprio era um esconderijo, uma toca perfeita e escura, e ninguém conseguia arrancá-lo lá de dentro.

Desenganado, Lírio baixou os olhos para o pavimento gasto do altar. À sua frente, o padre Darcy dava continuidade ao sermão: "Bem-aventurado é aquele que, reconhecendo a onipotência de Deus, sabe que o itinerário de nossas vidas é decidido nas alturas". Àquelas palavras, ele lembrou da última peça encenada por Tia Caetana: segundo descrevera Valderez, o marionete vivia feliz empinando as suas pipas até que, forçado a admitir a onipotência do titereiro, perdera a alegria de viver. Para aquele boneco, teria sido melhor nunca descobrir os fios amarrados a seu corpo. E talvez essa fosse a verdadeira bem-aventurança, não só para o boneco, mas para toda a gente: jamais descobrir os fios, viver a vida numa ilusão de liberdade. Havia quem o conseguisse; Lírio, no entanto, sempre tivera consciência dos puxões que, desde criança, tracionavam-no para cá e para lá. Sim, a sua vontade valia coisa nenhuma. Como agora: mesmo que desejasse, com todas as suas forças, portar-se feito homem, faria papel de palhaço naquele púlpito, porque uma vontade outra — maior — assim queria.

Sentada ao lado do filho, Rosaura ouvia a prédica do pároco com atenção compungida. A velha Margô, por sua vez, estava acomodada na extremidade oposta daquele mesmo banco, porque o padre não tivera êxito em convencê-la a sentar-se junto dos familiares. Irredutível, Margô alegara que toda criatura tinha direito a um tantinho de rancor, ora bolas, e o rancor não era senão a casca de uma ferida, que a sabença geral mandava não arrancar antes do tempo.

Espiando a tia com o canto do olho, Lírio lembrou-se da cena vista na escadaria da igreja, quando ele e a mãe vinham chegando: Tia Margô e Dona Valderez conversavam sem parar, como fossem amigas de infância. Ao enxergar os parentes, a velha recolhera o sorriso para dentro da amarra da boca e, com o cotovelo pontudo, cutucara a governanta. Já no instante seguinte, Valderez precipitava-se até eles, com seus passinhos de afago. Enlaçara Lírio num abraço exagerado e dissera a Rosaura, com açúcar na voz, que era uma felicidade conhecê-la pessoalmente. Mas, ah, por favor, não a tratasse por senhora, porque a olhando assim, meio de esguelha, parecia-lhe estar vendo Caetana.

— Pois a senhora não se engane — redarguira Rosaura, a desconfiança desenhada no arco da sobrancelha. — Minha irmã e eu nunca tivemos nada em comum.

Desvencilhada da situação, Rosaura não contivera o resmungo: governanta espaçosa. Ajeitando o veuzinho de renda preta que lhe cobria os cabelos, contara ao filho que Valderez estava hospedada na Pensão Saúde. Tinha sido a esposa do farmacêutico a espalhar a notícia, e constava que a mulher havia chegado à cidade trazendo uma bagagem imensa, o que sugeria planos de uma estada longa. No entanto, segundo a filha do vesgo Marcolino, amanhã mesmo ela desocuparia o quarto. Ainda bem.

O padre Darcy falava agora da bondade do pastor que conduzia as suas ovelhas para o cimo da montanha, em lugar de deixá-las vulneráveis aos chamados das zonas baixas. Ausente, Lírio recordou o entusiasmo com que Margô e Valderez conversavam. Que tanto assunto teriam em comum, se haviam se conhecido há tão pouco tempo? E tremeu ao supor que as duas poderiam estar confabulando a seu respeito, urdindo uma maneira de persuadi-lo a semear na sanga as cinzas do primo. Na Capital, ao despedir-se dele, a governanta apertara-lhe as mãos com força e dissera-lhe ao ouvido: "Não recuse o presente que sua Tia Caetana quer lhe dar, menino Lírio. Leve as cinzas de Gilberto até a sanga, deixe-as ali, e garanto que você não voltará de mãos vazias".

Por sinal, onde é que se sentara Dona Valderez? E ele arriscava um olhar por cima do ombro quando ouviu do padre as temidas palavras:

— E agora ouviremos o salmo *Deus onisciente e onipotente*, na voz de Lírio Caramunhoz, familiar do nosso saudoso homenageado, lembrando que Lírio teve a graça de estar ao lado de Gilberto Ilharga nos seus últimos dias de vida terrena.

De arranco, Lírio levantou-se. No escuro da madeira, ficou o desenho úmido de suas nádegas, e ele se encaminhou, com passos de condenado, até a escada que levava ao púlpito. Antes de chegar lá, tropicou no rebite do tapete que fronteava o altar; não chegou a cair, mas foi um tal de braços e pernas para todos os lados que a cava do paletó descosturou na axila direita, e Rosaura jurou que nunca mais compraria aquela linha de costura barata, ao menos não para coser as roupas do filho.

Assim que ele se posicionou diante do microfone, seus olhos apequenaram-se. Uma montoeira de rostos esparramava-se pelo interior da igreja, e todas as fisionomias eram imprecisas, como se, desenhadas à caneta-tinteiro, tivessem sido expostas à chuva. De repente, veio-lhe a impressão de distinguir uma dentre aquelas tantas faces: era a de Tia Margô. Mas a pessoa sentada ao lado dela — que espanto! — tinha os mesmos traços, e também a seguinte, e a outra, até que, aterrorizado, ele percebeu: estava diante de uma assembleia de Margôs, e todas o fitavam com olhos de pedra.

Atarantado, Lírio limpou o suor da testa com o dorso da mão. Em seu pescoço, o gogó soqueava tanto que parecia prestes a romper a clausura. Melhor acabar logo com aquilo, pensou ele, enquanto desdobrava, com dedos febris, a folha de papel em que estava escrito o salmo.

E a sua voz de deus-me-ajude desprendeu-se do alto-falante:
— "Senhor, tu me sondas e me conheces. Sabes quando me assento e quando me levanto; de longe penetras os meus pensamentos. Esquadrinhas o meu andar e o meu deitar, e conheces todos os meus caminhos".
Nos bancos da igreja, afloraram risinhos e cochichos. Não se entendia patavina do que dizia o moleirão, tal era a pressa com que falava. E que postura era aquela? O queixo parecia grudado no osso do peito, e assim – que lástima – mal se podia enxergar a sua cara de songamonga. E que dizer da folha de papel que ele segurava? Chacoalhava tanto que mais parecia uma pomba afoita por levantar voo. Vendo aquilo, o bêbado Hermínio apressou-se em pôr o chapéu na cabeça, ainda que fosse falta de respeito, pois não estava disposto a levar uma cagada no cocoruto.
— "Ainda a palavra não me chegou à língua, e tu, Senhor, já a conheces toda. Tu me cercas por trás e por diante, e sobre mim pões a tua mão".
O diretor do colégio dos padres alçou a lapela do paletó para esconder, atrás do tecido azul-marinho, as covinhas jocosas que lhe furavam as bochechas. Na fileira de trás, a mulher do farmacêutico espichava o pescoço, os olhos coruscando de excitação, enquanto dava pancadinhas incessantes na mão do marido. Pouco adiante dali, o gago Zebedeu sacudia-se todo, com os lábios recolhidos para dentro da boca. O prefeito, sentado ao lado da velha Margô, mordia o nó do dedo indicador, na tentativa de reter, nas feições, alguma austeridade. E assim, cada um dos conterrâneos de Lírio Caramunhoz assegurou-se, uma vez mais: ele não passava de um molenga, um dois de paus, e quem poderia explicar o seu parentesco com um tipo como Gilberto Ilharga? Iam nesse trote os comentários de pé de ouvido, quando Lírio, inesperadamente, calou-se. Começou a esfregar as vistas de um jeito angustiado, e muitos ali pensaram que o coió estivesse desatando a chorar.

Mas não. Aconteceu que a posição derreada de sua cabeça alterou a trajetória do suor que lhe brotava das têmporas, e duas gotas escorregaram para dentro de seus olhos. Já no instante seguinte, uma ardência tremenda queimava-lhe a visão. Parecia que todo o sal do mundo viera concentrado naqueles pingos. Quando o incêndio aliviou, Lírio parou de coçar os olhos e testou-os, fitando o vitral colorido que encimava o pórtico da igreja. Percebeu, só então, que faltavam alguns fragmentos do mosaico, justamente aqueles que correspondiam à mão com que Deus Pai, em trajes de pastor, segurava o seu cajado. Será que a ventania não respeitara nem mesmo as coisas sagradas? Com olhos ainda frágeis, Lírio espichou a visão através da falha luminosa do vitral, que deixava ver, lá adiante, o coreto da praça, todo enfeitado para a ocasião.

No entanto, que enfeite era aquele? O que era aquilo, bem no centro do coreto? Lírio fechou as pálpebras com força, duas, três vezes, e tornou a experimentar os olhos. A suspeita, então, converteu-se em aterradora certeza, e ele só teve tempo de erguer o braço: antes que sua mão ganhasse a forma de olhem-lá, perdeu os sentidos. Na frouxidão do desmaio, o corpo de dois metros desmilinguiu-se feito um balão escapado ao nó, e Rosaura não conteve o grito, pois quase que o filho despenca lá de cima.

Voltou a si dez minutos mais tarde, quando dois homens de braços fortes já o tinham resgatado da altura do púlpito. Jazia agora sobre o vermelho comido de traças do tapete em que tropeçara, com o rosto orvalhado de água benta e as narinas ardidas de amoníaco. À sua volta, uma miríade de olhos famintos banqueteava-se de assunto para as fofocas de fim de tarde.

Ao ver o filho consciente, Rosaura engoliu os choramingos e destrambelhou uma enfiada de sinais-da-cruz, rendendo toda a sorte de homenagens ao Cristo Redentor. Foi um custo convencê-la de que Lírio estava bem. Mas então o doutor não via o quanto ele estava pálido? Será que não convinha mandar buscar a maca? O doutor João José repetiu, com toda a paciência, que Lírio fora acometido de uma simples queda de pressão, nada mais que isso, e pediu ao coroinha que trouxesse para Dona Rosaura mais um copo de água com açúcar. Depois, tomou de novo o pulso do rapaz, puxou-lhe para baixo a pálpebra inferior e perguntou a ele quantos dedos enxergava na sua frente.

— Está vendo só, Dona Rosaura? Não há motivo para desassossego. Lírio sofreu apenas um descompasso momentâneo do fluxo sanguíneo, causado pela emoção do momento. Já está novo em folha.

— O senhor tem certeza, doutor?

— Certeza cristalina, minha senhora. Venha, vamos ajudá-lo a levantar-se. — E, virando-se para o padre Darcy, disse: — Se não há outro empecilho, reverendo, podemos dar continuidade à cerimônia.

Embora ainda zonzo, Lírio compreendeu: não podia desperdiçar a oportunidade. Apressou-se em dizer, com voz esganiçada, que preferia ir para casa. Sentia-se bem, mas talvez fosse prudente tomar uma colherada de biotônico. Além disso — ajuntou, por precaução —, estava preocupado com o pai: de que adiantava aquela sineta amarrada na mão do coitado se a vizinha, numa hora dessas, estava ali na igreja?

Ao ouvir aquilo, Rosaura baixou os olhos, a face rubra como o tapete. Todos agora iriam pensar que ela descuidara do marido. Entretanto, Deus Nosso Senhor era testemunha da sua boa intenção — quisera apenas proteger o desvalido da truculência da ventania. Ademais, ela nunca se esqueceria daquela feita em que um pé-de-vento roubara de suas mãos a cadeira de rodas; não tivesse sido pelo Tatu, Percival teria experimentado o visgo das águas em que a cunhada, outrora, banhava-se nua.

Vendo a mãe acabrunhada, Lírio percebeu que, na ânsia por justificar-se, dissera uma inconveniência. Que desastrado que era! Não bastava ter estragado a missa do primo, ainda expunha a mãe a uma situação vexatória.

Nesse instante, ouviu-se uma voz macia como o veludo:

— Não se preocupe, Rosaura. Posso acompanhar o Lírio até o chalé.

Na roda de curiosos, uns se empurraram para cá, outros para lá, até que todos puderam ver a quem pertencia a boca que acabara de falar. Em retribuição àqueles tantos olhares, Valderez sorriu. E, antes que Rosaura pudesse protestar que onde já se viu, mas tem graça, e só faltava essa, viu-se conduzida pelo padre Darcy em direção ao púlpito.

— Aqui está o salmo, minha filha — disse o pároco, pondo-lhe nas mãos a folha de papel que Lírio amarrotara. — Pode recomeçar a leitura, desde o início.

Atordoada, Rosaura viu a multidão dissipar-se pelos bancos da igreja, enquanto seu filho caminhava em direção ao pórtico central, ladeado pelo doutor João José e seguido de perto pela governanta enxerida. Tentou ainda argumentar com o padre Darcy, mas o religioso não se comoveu: fazendo testa severa, advertiu-a de que o finado sobrinho não estava recebendo da família a consideração merecida. Nova onda de rubor cobriu o rosto de Rosaura, e ela não teve remédio senão subir os degraus de basalto que levavam ao púlpito, rogando ao Cristo Redentor, numa prece muda, que olhasse pelo seu Lirinho.

Chegando ao pórtico, o médico virou-se para Valderez e agradeceu a solicitude. Depois, pousou a mão sobre o ombro do rapaz. Ia dizer-lhe alguma coisa, mas, de repente, olhou-o com olhos de outras épocas: viu o bebê recém-nascido que ele arrancara a fórceps do ventre materno, viu a criança de quatro anos que não articulava palavra alguma, viu o menino de onze anos que penava para respirar, viu o adolescente de quinze anos que sofria de intestino preso. Pobre criatura. Para Lírio Caramunhoz, as trocas com o mundo externo haviam sido, sempre, um sacrifício. E, pensando nisso, o doutor João José teve o impulso de pedir-lhe perdão. Nunca duvidara, ao longo de todos esses anos, de que o melhor para Lírio fosse forçá-lo a vencer as suas obstruções; mas agora, nesse exato momento, uma dúvida desgranida acabara de espetar as suas certezas de médico, e algumas outras também. Com um suspiro, despediu-se dos dois e voltou a entrar na igreja.

Assim que se viu a sós com Valderez, Lírio defendeu-se, a voz escorregando para o falsete:

— Conheço bem o caminho de casa, Dona Valderez — e, sem esperar resposta, bateu em retirada, os olhos fixos no chão.

— Espere, menino Lírio! É melhor que eu o acompanhe!

Mas ele já ia adiantado nos degraus da escadaria, e os safanões do vento carregaram para longe o resto das coisas que Valderez falou.

Cruzava a praça com determinação de desertor, quase a correr, quando uma força inesperada puxou seus olhos na direção do coreto. Não queria olhar, não queria! Mas quem sabe, pensou ele, quem sabe não vira o que pensava ter visto. Convenhamos que a distância desde o púlpito até o meio da praça não era pequena; além disso, seus nervos, naquele momento, estavam em pandarecos, de modo que também o nervo ótico havia de estar meio torto. Sim, podia ter sido ilusória a imagem que enxergara através da falha no vitral. Cutucado por tais pensamentos, Lírio apurou ainda mais o passo: não queria olhar, e assunto encerrado. Logo, logo, estaria descendo a ladeira da cidade, e então o coreto e o seu mistério teriam ficado para trás. Estava prestes a deixar a praça, quando, de impulso, escondeu-se na retaguarda de uma quaresmeira: diacho, não podia levar consigo aquela dúvida. Bastava uma olhadinha, e tudo seria esclarecido.

Com as unhas cravadas na rudeza do tronco, Lírio respirou fundo e, bem devagar, alongou metade de um olho em direção ao coreto. O susto foi tão grande que ele machucou a face na casca da árvore. Não havia engano: bem no centro do tablado redondo, estava a boneca. A cabeleira dançava delirante à música da ventania, e cada uma daquelas madeixas parecia uma batuta, a reger, com fúria, uma orquestra invisível.

Abraçado à árvore, Lírio tentou rezar, mas as palavras da oração, para seu espanto, fugiam-lhe à memória. Desorientado, arriscou outra olhadela. Viu que o tamborete de três pernas estava oculto por um amplo saião de retalhos díspares; o peito de louça branca, por sua vez, estava vestido com uma túnica de cor desmaiada, que dava realce à curvatura colorida dos colares de miçangas. E, acima da cabeça da boneca, as bandeirolas que o prefeito mandara pendurar na volta do telhado davam a impressão de uma enorme auréola, tremeluzindo no céu dourado daquela manhã de quase-verão.

Do mais profundo de si, Lírio ordenhou um choro fininho, e não tardou a sentir, sobre o esfolado da face, a carícia ardida das lágrimas. Deus do céu, o que aconteceria agora? Tia Caetana estava de volta, entronizada no coreto onde, por tantos anos, encenara as suas peças de teatro! Mas onde estavam os seus fantoches? Os fantoches — respondeu ele a si mesmo, com o rosto lavado de choro —, os fantoches estavam para além do coreto.

De chofre, soltou a árvore e botou-se a correr. Não demorou e já descia, aos trambolhões, a ladeira principal. De vez em quando, olhava para trás, sôfrego por certificar-se de que não lhe vinha ninguém no encalço. Quanto a isso, porém, podia estar tranquilo: nas ruas, tal como na praça, não se via um único cristão. A ventania estava à vontade para espalhar por todos os cantos o seu vandalismo, e parecia fazê-lo com delícia, tanto que Lírio tinha a impressão de ouvir, por vezes, o som de estrondosas gargalhadas.

Enquanto desabalava ladeira abaixo, ele não conseguia conter a torrente dos pensamentos. Como Dona Valderez pudera fazer uma coisa dessas? Quando o povo saísse da igreja, seria um escarcéu sem precedentes, com direito a gritadeira, desmaios e correria para todo lado. E, depois que o logro se revelasse, era capaz até que a multidão inventasse de arrebentar com a boneca. Mas teriam coragem, sabendo que ali estava representada a mãe do ilustre homenageado? Não era lá compreensível que a Caetana dos Fantoches tivesse querido presenciar, de alguma forma, a solenidade organizada em honra de seu filho?

Quando chegou à frente do chalé, Lírio tinha uma aparência deplorável. Os cabelos dispunham-se em mixórdia, a camisa havia escapado ao cós das calças, e a gravata de crochê revirara por cima do ombro. Abriu o portãozinho de ferro batido e, com passos insanos, atravessou o jardim, sem perceber que os açoites do vento haviam despetalado várias das rosas da mãe, e justo as mais bonitas.

Não lhe passou despercebido, porém, aquele caixote de papelão pousado ali, junto à soleira da porta de ingresso. Tinha o tamanho de uma caixa de sapatos e estava atado, em cruz, por um barbante de sisal. Roendo as unhas, Lírio lançou, em toda a roda, um olhar que suplicava por respostas. E essa agora! Já não bastava de surpresas por hoje?

Agachou-se, todo tremelique, para examinar melhor o volume. Não tardou a descobrir, debaixo do caixote, um envelope de cor esverdeada. E não adiantou, a seguir, fechar os olhos daquele jeito espremido, porque o zás de um olhar havia sido suficiente para dar voz às letras desenhadas na face do sobrescrito: *Lírio Caramunhoz*. Tamanha surpresa provocou-lhe um ataque de soluços, e foi assim, aos pulinhos, que ele rasgou a lateral do envelope, extraindo, do seu interior, uma folha de papel branquíssimo, tão branco que parecia jamais ter sido tocado por mão humana. Desdobrou-a com cuidado, como quem ajuda uma flor a desabrochar, e trouxe à luz uma escrita suave, uma escrita que, reparando bem, parecia fruto do tênue roçar da caneta sobre a superfície de celulose. Mas logo a atenção de Lírio desviou-se desses detalhes sem importância: à medida que as palavras iam se costurando umas às outras, ele tinha a sensação de estar sendo empurrado para dentro de um funil, cada vez mais estreito, e mais, até que toda a sua pessoa concentrou-se, apenas, em compreender o que estava dito naquela carta:

"Lírio:
Foi há uma porção de anos que eu estive aqui em Sanga Menor. Você sequer era nascido.
Naquela época, vi muita doença carcomendo esta cidade e a sua pobre gente. Joguei-me numa investigação profunda, até que consegui rastrear a raiz do mal. Sabe onde ela estava enterrada? Onde continua até os dias de hoje: na relação conflituosa que os sanga-menorenses têm com a força da gravidade.
Deixe-me esclarecer que todos os terráqueos enfrentam problemas relacionados à atração exercida pela Terra sobre seus corpos. A questão é que os terráqueos de Sanga Menor, talvez por lidarem o tempo todo com a diagonal de uma ladeira, foram afetados de forma dramática.
Lá de onde eu venho, também temos forças que nos são maiores. Elas têm outros nomes, manifestam-se de outras maneiras, mas são assim como a força da gravidade: inelutáveis. A diferença é que nós, há milhões de anos, aprendemos a aceitar essas forças, e vocês, terráqueos, sobretudo os sanga-menorenses, ainda não chegaram lá.
Hoje, passados tantos anos, Lírio, eu olho para Sanga Menor e vejo as mesmas doenças, que são todas uma só — a doença da não-aceitação. É preciso que a gente da sua cidade aceite, de uma vez por todas, esse paradoxo: a força que vem de baixo é uma

força superior. Querer escapar ao seu repuxo é um gasto inútil de energia, e paga-se um preço alto por tamanha ingenuidade.

Algumas das criaturas nascidas em Sanga Menor conseguiram manter-se sadias. A irmã de sua mãe foi uma delas. Caetana nunca temeu ou odiou a baixada da ladeira; ao contrário, tinha-lhe respeito e admiração. Era uma mulher sábia, mais sábia do que ela própria pudesse supor. Pois vou lhe contar o que ela fazia, Lírio, ainda que o fizesse sem ter consciência: com o seu teatro de marionetes, Caetana tentava ensinar ao povo de Sanga Menor que a força vinda de baixo era tão importante quanto a força vinda de cima. Pense no funcionamento de uma marionete e você entenderá o que digo. O boneco nada seria sem a força do titereiro, que o controla desde cima, e nada seria sem a força da gravidade, que o puxa para baixo. Essas duas forças, combinadas, é que permitem a movimentação da marionete. Portanto, é tolice desdenhar uma dessas forças e enaltecer somente a outra.

Pena que eram poucas as pessoas que se detinham diante do coreto da praça da igreja. Não sei se alguma foi capaz de apreender a mensagem de Caetana dos Fantoches. Mas ela fez o que pôde, assim como eu, com os meus elixires, fiz o que estava ao meu alcance.

Dentro da caixa que acompanha esta carta, você encontrará um elixir que preparei na medida do seu caso. Beba o frasco inteiro, de uma vez só, afundando no umbigo o dedo indicador direito. Você terá a solução definitiva para a sua prisão de ventre – e para todas as demais prisões que o atormentam.

Não me agradeça a generosidade. Generoso será você ao desincumbir-se de sua missão, confiando as cinzas de meu filho às águas da sanga.

Obrigado, Lírio, e seja feliz.
Eliezer."

Ficou olhando a carta, estático, os olhos focados no ponto final. E foi preciso que uma rajada mais forte de vento viesse certeira em seu rosto, como um tapa, para que ele despertasse do que parecia ter sido um sono. O extraterrestre! O extraterrestre estava de volta à cidade, tal como Tia Caetana! E ambos com aquela mesma cisma, de lhe darem presentes, de recompensá-lo por isso e aquilo. Será que não compreendiam, Jesus Cristinho? O maior presente que poderiam lhe dar seria esquecê-lo num canto escuro! Num canto escuro! Tudo o que queria é que desistissem dele para sempre, assim como ele desistira de si próprio há tanto e tanto tempo.

Desasado, recomeçou a chorar o mesmo pranto fininho que entoara há pouco, junto à quaresmeira. E invadiu-o, de repente, o velho impulso de engolir a saliva. Sua boca, contudo, estava seca como o deserto. Sem conseguir conter o cacoete, pôs-se a engolir coisa nenhuma, e suas mucosas, no desespero da sede, agarraram-se umas às outras. A glote fechou-se, e Lírio sentiu o pânico palmilhar, no estalo de um segundo, cada centímetro dos seus dois metros de altura: estava sendo estrangulado por si mesmo! Quis chamar por socorro, e o grito, sem encontrar passagem na garganta, saiu-lhe mudo pelo esbugalhado dos olhos. Cambaleante, atracou-se a uma das colunas do alpendre e pensou: "Vou morrer!". Poderia ter invocado a piedade do Cristo Redentor, como a mãe lhe ensinara a fazer nos momentos de agrura, mas a ideia que o assaltou foi bem outra. Jogou-se sobre o caixote e, com dedos hirtos de angústia, desmanchou o nó do barbante e arrebentou a abas de papelão. Antes mesmo de examinar o frasquinho estreito que saiu lá de dentro, arrancou-lhe a rolha e, atirando a cabeça para trás, empinou-o sobre a boca de lábios já azulados.

Naquele exato momento, a ventania pareceu suster-se no ar, como fazem os colibris ao individuar a flor em que enfiarão o bico. Não se ouviu o rufar-zunir-uivar das rajadas, mas só o barulho do líquido que, com pequenas borbulhas, despedia-se do frasco e rumava para a garganta de Lírio, acariciando-lhe as mucosas, convencendo-as, com argumentos licorosos, a se apartarem. E ele, sentindo a glote enfim desobstruída, aspirou o ar com a sofreguidão de um náufrago.

    Só depois, quando a respiração já voltara à cadência normal, é que ele se pôs a examinar o frasquinho, agora vazio. Nenhum rótulo, nenhuma inscrição. Apenas um recipiente comprido e delgado, em cujo fundo ainda se podia ver um restolho do líquido grosso, de cor solferina. Lírio admirou-se de si mesmo: que loucuras uma criatura é capaz de fazer quando está com a corda no pescoço! E logo se arrependeu da figura de linguagem, porque lhe veio à mente a imagem de Tia Caetana, lá no alto, puxando o cordel misterioso que acabara de apertar-lhe a goela. Afastou a ideia com um gesto impaciente da mão. O importante é que não morrera sufocado. E o tal do elixir não surtiria efeito algum, nem bom nem ruim. Sempre ouvira Tia Margô dizer que os liquidozinhos distribuídos pelo Eliezer não passavam de água colorida. Ademais, ele sequer seguira as instruções da carta, no que dizia respeito a enfiar o dedo indicador no fundo do umbigo.

    Recolheu do chão o barbante de sisal e os destroços da caixa de papelão. Espalhou um último olhar pelos arredores, à procura de sabe-lá-o-quê, e, ajudado por um suspiro, decidiu entrar.

    Foi então que um pé-de-vento arrancou-lhe da mão a maçaneta. Ouviu-se o estrondo da madeira contra o reboco da parede, e a rabanada insidiou-se saleta adentro, alvorotando as cortinas, derrubando o abajur, eriçando a folhinha do Sagrado Coração. Assustado, Lírio tentou fechar a porta, mas a força contrária era irredutível. Com um fio de voz, ele chamou por socorro, enquanto ouvia, às suas costas, o estilhaçar dos bibelôs da mãe, misturado ao reboar das lufadas. Passou-se um interminável minuto até que, de repente, o ímpeto da ventania pareceu ceder. Trêmulo, Lírio conseguiu reconduzir a porta à esquadria. Depois de passar o ferrolho, tropegou até a poltrona, despencando, aos gemidos, sobre a conhecida maciez. Doía-lhe o corpo inteiro, e cada batimento cardíaco tinha o impacto de um murro em sua garganta.

Em meio à penumbra da saleta, ele avaliou o estrago causado pela visitante indesejada: o chão estava salpicado de cacos de louça, as cortinas rosa-antigo haviam despencado dos trilhos, as quatro cadeiras em torno da mesa estavam tombadas, o lustre do teto oscilava num cai-não-cai.

De súbito, Lírio deu com os olhos em Percival. Cristo-rei! Como pudera se esquecer do pai? Levantou-se da poltrona e, com passos guenzos, precipitou-se até o canto mais escuro da saleta. Sem encontrar coisa melhor para dizer, murmurou o de costume:

— Sua bênção, papai.

Contudo, mal completou a frase e intuiu a tragédia. Da boca de Percival, não escorria o fio de cuspe; os olhos, embora abertos, tinham as bolitas sumidas na pálpebra superior, e a coberta de lã xadrez que lhe escondia as pernas angulosas estava a metros dali, enrodilhada no chão.

— Papai? — chamou ele, com lábios que se moviam sem emitir som.

Amedrontado, Lírio deu um passo para trás, e mais um, e então desequilibrou, pois acabara de pisar sobre alguma coisa. Investigando o assoalho, descobriu do que se tratava. Ajoelhou-se, fez as mãos em concha e, como se juntasse um passarinho morto, juntou o sino, o sino que Rosaura, há anos, amarrava na mão do esposo, com um pano de cozinha, sempre que lhe tocava deixar o pobre do homem sozinho em casa.

E Lírio não ouvira o tilintar do pêndulo. Seria possível que o pai houvesse partido desse jeito, sem um ai, sem um pio, sem um mísero plim-plim do sino? Trinta anos de silêncio absoluto. Nenhuma palavra, nenhuma mensagem. Ao menos na hora de morrer, será que ele não podia ter feito um esforço?

Não podia ter dado uma satisfação, por mínima que fosse? Não. Morrera silenciosamente. E, agora, não havia mais esperança para o menino que, por horas sem conta, punha-se a fitar o ângulo escuro da saleta.

Pensando tais coisas, Lírio sentiu o coração enrijecer, e algo nefando escurejou-lhe o olhar. O sol, que aproveitara a incomum nudez da janela para espiar o que se passava no chalé dos Caramunhoz, recolheu de supetão os seus raios curiosos, e a saleta tornou-se ainda mais sombria.

Lá fora, a ventania continuava o seu baile desembestado, arrebanhando baganas de cigarro, papéis de bala, palitos de picolé, tampinhas de garrafa e toda a sorte de quinquilharias. Querendo ou não, as insignificâncias descobriam, naquele domingo, a vocação que tinham para a dança. E quem saíra de casa às pressas, esquecendo-se de recolher a roupa do varal, corria o risco de avistar, no céu, as suas calçolas e carpins descrevendo arrojados rodopios.

Indiferente à ciscalhada que desfilava no quadrado da janela, Lírio não tirava os olhos de cima do pai. De repente, sentiu-se invadido por uma certeza: aquele momento não passava de um sonho, um sonho que só agora ele percebia já ter sonhado milhares de vezes. Era um sonho pavoroso. A cena seguinte – ele lembrava bem – era a da bofetada, a estrondosa bofetada que vergava a cabeçorra de Percival sobre o ombro. Depois disso, vinha o soco, aplicado no alto da boca, e então nascia, do nariz do pai, o fiapo de sangue. A seguir, Lírio ordenava, com as feições tortas de ódio, que o pai reagisse. E, ante a desobediência do homem, infligia um chute impiedoso nas suas pernas magrentas. Cobria-o então de insultos – seu inútil, seu traste, seu come-e-dorme! – e sentava-lhe mais um violento sopapo na face. Sim, o sonho era desse jeito, sem tirar nem pôr, e o babeiro manchava-se progressivamente de vermelho, tal como estava acontecendo agora, e o abajur estava bem ali, ao alcance da sua mão. Bastava livrá-lo da pantalha e empunhar a haste de bronze, como fosse um porrete. Assim.

Mais Lírio batia e mais sentia vontade de bater. Seu braço, em lugar de cansar, parecia revigorar-se a cada golpe. E, na espiral da fúria, sequer percebeu os respingos de sangue que vinham agarrar-se à sua roupa, ao seu rosto, aos seus cabelos, como a lhe implorar clemência.

Não percebeu, tampouco, o fervilhar de vozes que, ao longe, tornava-se mais denso, arvorando-se em pandemônio. Só quando os gritos de horror furaram o ar com suas lanças pontudas é que Lírio aguçou o ouvido: palavrões misturavam-se a desconjuros, choradeiras trançavam-se com rezas.

Largando a haste do abajur sobre o sofá, ele olhou para o pai. Levou as duas mãos à cabeça, e todos os músculos de sua face retesaram-se na torção máxima, as pálpebras inferiores pulando como que picadas por uma agulha. Deus Todo-Poderoso! O que fizera? Que pecado monstruoso acabara de cometer! E pôs-se a puxar os próprios cabelos, com a gana de quem precisasse arrancá-los.

E agora? Todos iam pensar que matara o pai! E ainda que conseguisse convencê-los do contrário, ainda que admitissem como verdadeiro que o coitado já estava morto antes mesmo que o filho se aproximasse dele, não o perdoariam. Pois não era uma perversão ainda maior ter massacrado um defunto? Não era o mais hediondo dos gestos ter espancado quem já não podia sentir dor? Oh, Deus misericordioso! Não havia castigo que o pudesse redimir! Nem se o montassem num burrico e o fizessem desfilar pela cidade inteira, com uma placa pendurada ao pescoço dizendo "monstro"; nem se, à sua passagem, atirassem-lhe frutas podres e despejassem-lhe os cabungos, gritando-lhe pragas e maldições. Nem assim. Ah, mas isso só podia ser obra da porcaria do elixir! Evidente que, naquela gosma roxa, o extraterrestre inserira uma substância capaz de roubar o discernimento das criaturas. Por que fora beber daquele veneno? Melhor que tivesse morrido asfixiado.

De repente, Lírio iluminou-se de esperança: e se ele mostrasse às pessoas o conteúdo da carta? E se pedisse ao farmacêutico que analisasse o pouquinho que restara no frasco? Revigorado, pôs-se a vasculhar a balbúrdia da saleta. Revirou os cacos de louça e os guardanapos de tricô espalhados pelo chão, sacudiu o tecido das cortinas amontoadas junto ao rodapé, olhou debaixo do sofá e da poltrona, mas nem sinal da carta de papel branquíssimo e do recipiente de vidro. Fazendo olhar de retrospectiva, Lírio coçou a testa: quando o pé-de-vento invadira a saleta, ele soltara o que tinha nas mãos para concentrar todas as forças na tentativa de fechar a porta. Talvez as lufadas, aproveitando a confusão, houvessem carregado para a rua tanto a carta como o frasco. "Diacho", gemeu Lírio, desalentado. Foi ainda até a janela, com olhos que imploravam boas notícias ao alpendre, ao jardim, à calçada, mas ninguém soube dizer do paradeiro do manuscrito e do vidrinho. Só um dos anões é que arriscou uma pista, mostrando o barbante de sisal que, enroscado à ponta da sua picareta, dançava entusiástico ao ritmo da ventania.

Enquanto isso, o tumulto, na parte alta da cidade, engrossava em proporções assustadoras. Começava agora a escorrer ladeira abaixo, quente como lava de vulcão.

Desnorteado, Lírio correu até o guarda-comida e, afastando a lata de café, apanhou o cântaro de porcelana. Pousou-o sobre a mesinha redonda que guarnecia a poltrona e, de joelhos, deu início a uma oração cujo fervor competia com a força daquelas mãos, esmigalhadas uma contra a outra.

— Primo, meu querido primo, que devo fazer? Pelo amor de Deus, primo, indique a direção!

Nas frestas do berreiro que descia a rua, Lírio jurou ter ouvido, em sussurro, a voz de Gilberto. Colocou-se de pé, agarrou o cântaro e saiu porta afora.

19

Ninguém teve coragem de subir os degraus do coreto. Os que não se largaram a correr para suas casas ficaram observando à distância, entrincheirados atrás do próprio medo. Os que se julgaram no dever de demonstrar bravura vieram para mais perto, mas não ousaram aproximar-se demais: aquela cabeleira de medusa movia-se de um jeito alarmante, como se não fosse a ventania a enfurecê-la, mas ela a enfurecer a ventania.

— Com o perdão da palavra, senhor prefeito, mas que ideia estapafúrdia! — disse o diretor do colégio, passando o lenço, com força, pelas faces suarentas.

— De fato. Não sei de onde me veio tal impressão — remendou-se o mandatário.

O padre Darcy, que estava ao lado dos dois, brandia o aspersório energicamente. Contudo, não havia chance alguma de que aquelas gotas chegassem ao destino pretendido, não só pelos bons metros a vencer, mas também porque o vento, zombeteiro, encarregava-se de desviar-lhes a rota.

Cauteloso, o oleiro Gesualdo achegou-se ao trio de eminências:

— Viram o rosto dela?

— Que tem o rosto dela, homem? — indagou o prefeito.

— Então não viram? Pois reparem bem. Está sem fisionomia. — E ajuntou, em voz baixa: — Ao menos isso a terra

conseguiu comer.
   Como se houvessem ensaiado, os três recuaram um passo. Espichando os pescoços e comprimindo as vistas, procuraram, em meio ao fuzuê das guedelhas, os traços fisionômicos da fantocheira.
   — Cruzes! Mas não é que o Gesualdo tem razão? — disse o diretor, com boca de nojo, montando o pincenê sobre o lombo do nariz.
   E o prefeito, com a mão em pala sobre os olhos, falou sem pensar:
   — Puta-diabo.
   Mais adiante dali, junto às duas acácias que brigavam com o vento pela posse da enorme faixa de pano branco, um grupinho de desconfiados formava-se em torno de um homem miúdo, cujas costas lembravam as de um dromedário.
   — Só você pode tirar isso a limpo, Nélio — diziam-lhe.
   — Mas não é certo! — insistia o coveiro. — E tem outra: se eu perco esse emprego, estou encalacrado.
   Tanto amolaram o pobre do Nélio que lá se foi ele, no rumo do cemitério. Meia hora depois, estava de volta, todo esbaforido, com o pé-de-cabra ainda na mão:
   — Está vazia! A sepultura da fantocheira está mesmo vazia!
   Nova onda de gritos e choramingos espalhou-se pela praça. Mulheres e homens caíram de joelhos sobre a grama, outros começaram a andar em círculos, e muitos precisaram dos cuidados do doutor João José, que, precavido, mandara o negrinho Tatu correr até o consultório, a modo de apanhar-lhe a maleta.
   Abraçadas uma à outra, Rosaura e Margô acompanhavam o rebuliço com olhos de piorra, as faces ensopadas de lágrimas. A reconciliação entre as duas — que parecia, ainda há pouco, uma possibilidade remota — havia prescindido de ponderações sobre isso e aquilo, porque aquela atmosfera de apocalipse e juízo final arredava todo e qualquer ressentimen-

to, dando uma dimensão microscópica ao que antes tinha o tamanho do mundo.

— Eu sabia que não ia dar em boa coisa — disse Rosaura, fungando, ao ouvido da velha. — Enterrar a pobrezinha lá embaixo, naquela terra maligna, só podia dar nisso. Mas a culpada sou eu. Quando o Gilberto veio com esse desatino, eu devia ter sido firme. Em vez disso, fui cúmplice, e a alma da minha irmãzinha é que está pagando o preço. Ai, tia, Deus tenha piedade de mim!

— Isso vale para nós duas, Rosaura. Eu também estava lá, naquela madrugada sem lua, e até ajudei o Gilberto a acomodar a menina na cova. Lembro até hoje a nudez do corpo, à luz inquieta do lampião, e lembro a chaga no seio esquerdo, aberta como uma boca pronta a falar. Só Deus sabe o que tinha a dizer.

— Só Deus sabe — arrematou a outra, com voz de agora-é-tarde.

A tia tentou consolá-la:

— Pelo menos, minha filha, ninguém sabe do nosso pecado. Só o padre Darcy. O finado prefeito, posso apostar, levou o segredo para a outra vida, porque os políticos são assim: as mentiras não ocupam espaço dentro deles.

— Quisera eu ser desse jeito, Tia Margô. Quisera eu.

Foi então que as duas avistaram o Tatu, correndo desenfreado na direção delas, os olhos de uma brancura que se esparramava na face.

— Dona Rosaura! Dona Margô! Venham depressa!

— Venham para onde, moleque? Do que você está falando?

— O chalé! O chalé está de porta escancarada! E, lá dentro, a maior lambança!

Desenredando-se do abraço da tia, Rosaura chegou mais perto do negrinho. Os dois cravos da preocupação enterraram-se fundo no meio de suas sobrancelhas.

— Lambança?

— Isso mesmo, Dona Rosaura! Eu não entrei, porque não tinha licença, mas espiei pela porta e pela janela. Está tudo de pernas para o ar! Cadeiras viradas, enfeites quebrados, cortinas caídas... Parece até a casa-da-mãe-joana!

Aproximando-se ainda mais, ela puxou o garoto pela camiseta.

— E o Lírio? Diga logo, moleque! Onde está o Lírio?

Arqueando o corpo para trás, o Tatu justificou-se:

— Tentei chamá-lo, Dona Rosaura. Gritei por ele várias vezes, bati palmas, dei até aquele meu assobio de rachar orelha. Mas nem água.

Os joelhos de Rosaura fraquejaram, e Margô correu a segurá-la, auxiliada pelos curiosos que já se amontoavam em torno. Mas a sobrinha não demorou a recobrar as forças. Saíssem da frente, por favor, que ela precisava passar.

E Rosaura, em toque de caixa, pôs-se a singrar a multidão. Atrás dela, vinha não apenas a velha Margô, mas também um aglomerado de pessoas cada vez maior, cujo fermento era o diz-que-diz: o moleirão evaporara, ninguém sabia dele, e o chalé estava um escangalho, tudo arrebentado e fora de lugar. Naquela ebulição de mexericos, foi a mulher do farmacêutico quem acrescentou a pitada decisiva:

— Aposto que aconteceu uma desgraça! E quero ser mico de circo se não tivermos aí o dedo da maldita fantocheira!

Em poucos minutos, a praça da igreja estava completamente deserta. E, de um momento para o outro, a ventania arrefeceu, tanto que a cabeleira de Caetana, depois de tanto debater-se, pôde enfim descansar.

Foi então que surgiu Valderez. Ela estivera o tempo todo no janelão do clube, assistindo à confusão de camarote. Enquanto o povo se deslocava até o chalé dos Caramunhoz, Valderez cruzou a praça com seus passinhos silenciosos, arrastando uma imensa mala murcha. Subiu os degraus do coreto e, com a agilidade de quem já fizera aquilo inúmeras vezes, desmontou a boneca, ajeitando, no interior da mala, o tamborete, o manequim e a peruca. Antes de fechar o zíper, beijou a face de louça. E disse, com voz amorosa:

— Caetana, Caetana... Você é mesmo teimosa como um inço.

Depois, com o caminhar desengonçado pelo peso da valise, ela atravessou a praça na direção contrária, rumo à pensão.

20

Durante todo aquele dia, o alvoroço foi constante. Embora a ventania houvesse estancado, era como se, dentro das pessoas, ainda soprassem lufadas e redemoinhos, desordenando-lhes os nervos e as ideias.

Para Sanga Menor — onde as emoções mais fortes eram proporcionadas pelos três bazares anuais de artesanato —, aquele domingo de dezembro passou à história da cidade como um dia inesquecível, do qual as gerações futuras ouviriam falar muitas e muitas vezes. De fato, nunca se tinha visto um amontoamento tal de fins-da-picada. Primeiro, a aparição fantasmagórica da Caetana dos Fantoches, episódio agravado pela sucessiva constatação de que a sua sepultura estava oca; a seguir, a invasão misteriosa do chalé dos Caramunhoz, onde a saleta ficara reduzida a uma inferneira; depois, o sumiço do molengão Lírio, que não estava em canto nenhum do chalé ou das ruas; na sequência, a descoberta aterradora de que Percival Caramunhoz havia sido espancado até a morte; por fim, o desaparecimento da fantocheira, tão mágico quanto a sua aparição.

Já caía o entardecer e as pessoas continuavam zanzando pelas ruas, atarantadas como formigas cujo formigueiro houvesse sido aniquilado. Na tentativa de acalmar os ânimos, o prefeito decidiu dirigir algumas palavras à comunidade. Como lhe faltasse coragem para subir no coreto, mandou vir, da prefeitura, um caixotão de madeira e firmou-o junto a um jacarandá.

— Valerosos cidadãos de Sanga Menor! Prezados visitantes! Hoje, nossa modesta compreensão humana foi submetida a duros desafios. Não estou aqui para responder às perguntas que, imagino, estão latejando em suas cabeças. Essa será uma tarefa a cargo da polícia, no que lhe couber, e a cargo de Deus, no que sobejar. Peço-lhes, apenas, que agora voltem para o recesso dos seus lares, para o seio de suas famílias, e que aceitem, ao menos por enquanto, a ausência de explicações.

A expressão geral foi de decepção, pois todos tinham imaginado que o prefeito jogaria alguma luz sobre os fatos, nem que fosse uma luzinha à-toa, um lume singelo de pau de fósforo. Muitos baixaram os ombros e, obedientes, tomaram a direção de suas casas; outros se deixaram ficar por ali, indecisos. E uma mulher, aos gritos, deu voz a um pensamento que a maioria estava mantendo, a custo, amordaçado:

— Esta cidade, senhor prefeito, está amaldiçoada! Só não vê quem não quer! A Caetana dos Fantoches sempre odiou Sanga Menor, e ela voltou para se vingar!

Àquelas palavras, o bafafá revigorou-se, e recomeçou a ladainha das rezas e dos lamentos. O prefeito ainda tentou dizer duas ou três coisas, mas ninguém mais lhe deu ouvidos.

Nesse instante, viu-se uma tremenda correria na rua principal, no sentido de baixo para cima. Os que primeiro alcançaram o cimo da cidade foram logo desembuchando, na medida em que o fôlego permitia:

— É o Lírio, pessoal! O Lírio apareceu! Veio lá de baixo, caminhando como quem vai às pitangas, e está encharcado até os ossos!

Todos desabalaram a conferir a notícia e, no atropelo, até derrubaram o caixotão de madeira, com prefeito e tudo.

De fato, lá estava o cagarola, ensopado dos pés até a cabeça. Subia a rua com um andar estranhamente sereno, deixando, atrás de si, um rastro que escorria na direção contrária.

Ao ouvir tamanho gritedo, Rosaura despertou da prostração em que estava afundada. Graças a um comprimido amarelo e a uma injeção na veia, ela conseguira, enfim, recostar-se no sofá de palhinha do consultório do doutor João José, e foi sob os protestos do médico que se levantou dali. De pés descalços, saiu cambaleante para a rua, os olhinhos de míope lutando para furar espaço nas enormes olheiras. Mal pôde acreditar quando avistou, ao longe, o vulto do filho.

— Oh, Cristo Redentor, de infinita generosidade! — murmurou ela, sorrindo e chorando, chorando e sorrindo, e sentou-se ali mesmo, na laje da calçada, como não fazia desde menina.

Quando Lírio alcançou uma certa altura da ladeira, tida como suficientemente afastada da sanga, todos correram a cercá-lo. Contudo, não se achegaram tanto, porque os cabelos e a roupa do joão-ninguém pingavam, e era forte a suspeita quanto à proveniência daquela água. Antes que ele pudesse abrir a boca, uma saraivada de perguntas caiu-lhe em cima: onde tinha estado, desde de manhã até uma hora dessas? Não tinha ouvido chamarem-no por todos os cantos da cidade? Por que estava encharcado desse jeito?

Estupefatos, os conterrâneos de Lírio Caramunhoz ouviram-no explicar que, esse tempo todo, ele estivera na sanga. Havia ido até ali para espalhar nas águas as cinzas do primo Gilberto, cumprindo assim uma vontade que lhe tinha sido comunicada. Contou, ainda, que julgara mais adequado distribuir as cinzas por toda a extensão da sanga, inclusive no centro, onde o primo gostava de mergulhar quando criança. Por isso, entrara na água. E, quando o cântaro de porcelana já se esvaziara de todo o conteúdo, ele o pousou sobre uma pedra e continuou nadando, e nadou mais um pouco, e mais. Só quando o negrume da água começou a se confundir com o negrume do ar é que ele percebeu que a noite vinha chegando. O tempo passara sem deixar vestígios.

De início, ninguém conseguiu dizer coisa alguma. Parecia que as bocas tinham sido esculpidas em pedra, no formato oval da incredulidade. Aos poucos, uma e outra foram recuperando os movimentos, e logo o burburinho estava escarrapachado ao redor de Lírio. A ideia básica era a seguinte: ao desmaiar no púlpito, o moloide batera com a cabeça, e o resultado era aquele — ficara matusquela.

Abrindo passagem entre o povo e os fuxicos, Lírio retomou a caminhada. E, à medida que ele passava, as pessoas voltavam a surpreender-se: caminhava de forma serena, o estrupício, como se não fizesse força alguma para vencer o ângulo da rua. Tinha-se mesmo a impressão de que a baixada e o topo da cidade exerciam, sobre o seu corpo, as justas doses de força.